AF176302

Die Römervilla

von

Alexander N. Daxl (AND)

für

Leonie Marie Daxl

Drittausgabe
Erstauflage 2013

Bibliographische Informationen der Deutschen Nationalbibliothek:
Die Deutsche Nationalbibliothek verzeichnet diese Publikation;
in der Deutschen Nationalbibliografie; detaillierte bibliografische
Dateien sind im Internet über http://dnb.dnb.de abrufbar.

© by Alexander N. Daxl 2013
Herstellung und Verlag:
BoD – Books on Demand Norderstedt

ISBN: 9783753461946

Widmung

Ich habe dieses Buch als Weihnachtsgeschenk für meine Tochter Leonie Marie Daxl auf deren persönlichen Wunsch verfasst. Die in dem Buch aufgeführte Handlung ist eine fiktive Geschichte. Namen und Vorkommnisse sind größtenteils frei erfunden und haben mit der Realität nichts gemein. Ähnlichkeiten mit Ereignissen, Personen sind rein zufällig. Die geschichtlichen Hintergründe wer wann die sogenannten Römervilla bewohnte oder benutzte sind über diverse Quellen belegt.

Ich wünsche allen Lesern eine spannende und Kurzweilige Zeit. Für mich war es eine interessante Reise und ich danke meiner Tochter dafür dass Sie mir das Vertrauen schenkte dieses Unterfangen auch zu Ihrem Gefallen zu meistern. Schön und Lustig fand ich auch wie sie es kaum erwarten konnte weiterzulesen, wenn ich ihr immer wieder ein Kapitel zum Lesen überlies, wo Sie wutschnaubend aus Ihrem Zimmer ins Wohnzimmer stürmte mit nur einem Kommentar
PAPA!

Euer

Alexander N. Daxl

Kapitel

Kapitel 1

Das Haus

„Du Papa, warum steht denn das schöne Haus schon so lange leer?" fragte Leonie als Sie und Ihr Vater auf dem Weg nach Hause waren und gerade an dem wunderschön restaurierten Haus vorbeifuhren. Die Fassade war in einem warmen Gelb Ton gestrichen. Die Umrandung der Fenster war weiß, was diese noch besser zur Geltung brachte. Das Haus hatte mehrere Erker und wirkte durch seinen malerischen Garten noch eleganter. Die Sonne strahlte und zauberte mit dem sich schon färbende Blattwerk der Bäume eine romantische heimeliche Stimmung auf das gesamte Anwesen. Das Rote Vierseitdach mit seinen Gauben rundete die Stimmung noch ab.

Was dem ganzen aber abträglich war, waren all die Maklerschilder am Zaun, im Garten und in fast jedem Fenster.

„Seit wir hier vorbeifahren hab ich hier noch nie jemanden wohnen sehen." Redete Leonie weiter.

„Ich bin mir da nicht ganz sicher, aber angeblich liegt auf dem Haus ein Fluch. Es sollen schon Menschen gestorben sein. Aber genaueres weiß ich auch nicht." war die Antwort von Leonies Vater.

Leonie grummelte etwas.

„Wie bitte, was hast du gesagt?" fragte Ihr Vater.

„Nichts, hab nur laut gedacht." War die Antwort. „Kommt Patricia am Wochenende?" Patricia war Leonies beste Freundin als Ihre Eltern noch verheiratet waren und Sie Tür an Tür mit Ihr wohnte, beide verbrachten fast jede Minute miteinander, waren ein Herz und eine Seele heckten Streiche aus und, und, und. Nach der Trennung und Scheidung sah Sie Patricia zuerst gar nicht, dann hie und da und mittlerweile hatte Sie an Ihrem Papawochenende immer Kontakt mit ihr und verbrachten immer ein paar Stunden miteinander mal bei Patricias Mutter Luisa oder bei Ihrem Vater Alexander.

„Hast du mit ihr geskypt oder telefoniert?"

„Nicht so wirklich."

„Hallo!, wie soll ich dann wissen was ihr ausgemacht habt?"

Von Leonie kam nichts mehr. Kaum waren sie zu Hause angekommen sprang Leonie aus dem Wagen rannte zur Haustür und drückte dagegen aber diese sprang nicht auf. Mit einem fast mitleidseregen-dem Blick verfolgte Sie wie Ihr Vater den Wagen verließ seine Einkäufe packte und dann Sie ansah „Und wer soll deine Sachen tragen?"

„Jaaaa, mach ich, komm ja schon, aber wollt Patricia endlich sprechen."

„Da habt ihr das ganze Wochenende Zeit"

Leonie packte Ihre Taschen und ging fast im Gleichschritt mit Ihrem Vater zur Haustür. „Darf ich am Wochenende mit Patricia draußen ein paar Sachen machen?"

„Natürlich, warum fragst du denn?, Mir ist es doch recht wenn du mit Freunden draußen was unternimmst, bevor dir drinnen die Decke auf dem Kopf fällt oder nur der Fernseher läuft. Was hast du denn vor oder geplant?"

„Ach einfach nur etwas Volleyball üben und was uns so einfällt." Antwortete Leonie eher beifällig, aber wenn man Sie genau beobachtete sah man Ihr genau an, das es in ihrem hübschen Kopf bereits mächtig arbeitete. Genau genommen war Sie ja auch ein hübscher Teenie mit Ihren zwölf Jahren. Sie war groß, schlank hatte blaue Kulleraugen, dunkelblondes langes glattes Haar. Als Ihr Vater die Haustüre aufgesperrt hatte zwängte sich Leonie rasch zwischen der halb geöffneten Tür und Ihrem Vater durch und nahm die Treppen zum zweiten Stock fast auf einmal. Ihr Vater sah ihr etwas verwundert nach und ging dann selbst nach oben. Dort angekommen hörte er schon wie die Tasten des Laptops in Ihrem Zimmer klickten.

Ihr Vater verstaute gerade seine Einkäufe als Leonie in die Küche kam

„Darf ich Patricia anrufen?"

Ihr Vater zog die Brauen hoch, sah Sie an: „Natürlich, was für eine Frage, ich glaube das Telefon liegt im Wohn …" weiter kam er nicht denn Leonie war mit einem flüchtigen Danke bereits verschwunden. Nach ein paar Sekunden hörte man Sie

„Wo ist denn das Telefon?"

„Hättest du mir zugehört und ausreden lassen, wüsstest du dass es im Wohnzimmer wahrscheinlich auf dem Tisch liegt."

„Habs." War die knappe Erwiderung und kurze Zeit später hörte man wie Sie mit Ihrer Freundin redete. Währenddessen räumte Ihr Vater in der Küche weiter, als Leonie ihm plötzlich das Telefon hinhielt.

„Luisa möchte dich sprechen und darf Patricia heute übernachten? Habs mit Ihr schon ausgemacht." Schmollmund und der typische Augenaufschlag wie das nur Hunde und Teenie-Mädchen schaffen kam natürlich obligatorisch hinterher. Ihr Vater nahm das Telefon und redete kurz mit Luisa und beendete danach das Gespräch.

„Und, und, und" konnte Leonie kaum mehr an sich halten.

„Ja, es geht, Luisa bringt Patricia her."

Ein lautes Kreischen ließ Ihn verstummen, er dachte sich nur hoffentlich bekomm ich keinen Tinitus. Und wandte sich weiter seinem Einräumen zu während Leonie in ihr Zimmer verschwand kurze Zeit später hörte man das Tippen auf den Tasten des Laptops. Nach einiger Zeit klopfte es an Leonies Tür. Ihr Vater fragte nach ob alles in Ordnung sei. Was Leonie bejahte, sie suche nur was im Netz aber komme zurecht. Als es klingelte. Leonie sah Ihren Vater an und verließ das Zimmer zur Sprechanlage, kurze Zeit später erschienen an der Wohnungstüre Patricia und Ihre Mutter Luisa im Schlepptau war Simone, Alexanders neue Frau. Leonie verschleppte Patricia sofort nach ihrer Ankunft in ihr Zimmer. Luisa klärte mit Simone und Alexander noch kurz ab wann Patricia geholt wird und was zu beachten ist. Währenddessen hatte Leonie Patricia schon in ihren Wochenendplan eingeweiht. Als sich Patricias Mutter von allen verabschiedete waren beide Teenies intensiv über den Rechner vertieft und tuschelten über irgendetwas allerdings so leise dass es den Erwachsenen nicht verständlich war. Anfangs bekamen die beiden Teens gar nicht mit dass sich die Luisa verabschiedete.

„Was macht ihr denn da im Internet?" fragte Luisa, beide zuckten zusammen.

„Ich hab da ein Haus gesehen als mich Papa herbrachte, und da wollte ich sehen was dazu im Internet geschrieben steht." Antwortete Leonie mit ihrem Unschuldsblick.

„Welches Haus denn?" fragte Luisa

„Die Römervilla, die schon so lange leer steht" kam es wie aus der Pistole geschossen von den beiden Teenies. Stirnrunzelnd und irritiert sah Luisa beide an.

„Seit wann interessiert Ihr euch für Häuser?" fragte Luisa mit erstaunten Augen. Leonie antwortete eher beiläufig

„Ach, ich find das Haus einfach nur schön und das wollt ich auch Patricia zeigen." Schon mit mehr Feuereifer antwortete Patricia ihrer Mutter

„Wusstest du dass in der Villa sogar mal die Polizei untergebracht war?"

„Ja, davon hab ich gehört, aber auch dass dort viele Menschen ungeklärt zu Tode gekommen sind, ihr solltet euch für andere Häuser interessieren. Ich geb ja zu, nach der Renovierung sieht die Villa richtig toll aus, aber … es gibt sicherlich mehr Häuser die wirklich schöner und interessanter sind. Sucht doch danach, dann hab ich Vorlagen wie das Haus aussehen soll, dass ich bauen soll. Ich wünsch dir viel Spaß Patricia." Mit diesen Worten verabschiedete sich Luisa.

Die zwei Teens vertieften sich sofort wieder in den Rechner und fingen weitere Anfragen bei Google an um mehr rauszufinden. Sie bekamen nicht einmal richtig mit wie Patricias Mutter ging. Das Fieber der Villa hatte Sie gepackt. Sie suchten und surften lange Zeit.

„Hallo Ihr zwei, Abendessen, wir versuchen bereits seit einiger Zeit euch zu holen, aber ihr hört ja momentan grad gar nichts." Bei diesen Worten schreckten Leonie und Patricia zusammen, Sie hatten sich so sehr in den Rechner vertieft, dass Sie alles andere ausgeblendet hatten.

„Ja, ja, wir kommen gleich. Was gibt es denn?" fragte Leonie

„Pasta, Käse und Tomatensauce denke das passt und nun kommt bevor alles kalt wird. Ihr könnt nachher weitermachen." Sagte Leonies Vater. Wiederwillig kamen beide mit nach vorne, das Abendessen schlangen Sie schweigend hinunter, nach nicht einmal 5 Minuten waren beide fertig und nachdem Sie gefragt hatten verschwanden Sie wieder in ihrem Zimmer wo man fleißig die Tasten des Rechners klappern hörte sowie das angeregte Tuscheln der beiden, das verstohlene grinsen, hie und da ein Lachen. Als Ihr Vater nach einiger Zeit kam und mitteilte dass es spät genug zum schlafen sei murrten beide zwar aber folgten der Aufforderung. Im Bett tuschelten Sie weiter, Wie Sie es wohl schaffen konnten ins Haus zu kommen, was Sie finden würden, ob es dort Geister gibt.

„Woran sind die Menschen nur gestorben, war es dieses Asbest oder doch die Radioaktivität?" fragte Leonie Patricia. Und weiter fragte Sie „Glaubst es stimmt wirklich dass diese Frau nach der die Villa nun genannt wurde wirklich einen Geist gesehen hat?"

„Wie können wir dieses Asbest oder die Radioaktivität denn feststellen oder sehen?" fragte Patricia „Und was wenn dort wirklich ein Geist ist, ist der dann auch freundlich oder …" Sie beendete den Satz nicht. Leonie schwieg zuerst, nach einiger Zeit meinte Sie dann

„Ich weiß nicht wie wir Radioaktivität feststellen können, ich glaub dazu braucht man so einen komischen Zähler oder so ähnlich, was das Asbest angeht, die haben doch renoviert und ist dann das ganze Asbest entsorgt worden, das mussten Sie, habe ich auf alle Fälle gehört. Tja mit dem Geist müssen wir uns überraschen lassen. Ich bin so aufgeregt, kann es kaum erwarten. Das wird bestimmt lustig und spannend und wer weiß vielleicht werden wir dadurch berühmt wenn wir das Rätsel lösen würden, das so viele schon beschäftigt hat, was meinst du dazu Pati?" fragte Leonie Ihre Freundin mit deren Spitznamen.

„Aufgeregt bin ich auch, aber ob es lustig wird, bin mal gespannt, hab aber auch Angst." Es beschäftigte Leonie und Patricia sehr und beide fieberten den Morgen entgegen wo Sie auf Entdeckungstour gehen würden. Sie waren richtig aufgeregt so dass Sie ewig nicht einschlafen konnten, aber nach einer schier endlosen Zeit übermannte beide fast gleichzeitig der Schlaf.

Kapitel 2

Erste Entdeckungen

Kaum drangen die ersten Strahlen der Aufgehenden Sonne in Leonies Zimmer war Sie auch schon wach. In ihrer Ungeduld weckte Sie auch Patricia, die darauf erst mal etwas unwirsch reagierte

„Oh Mann, wie spät ist es denn? Warum musst du mich denn unbedingt wecken? Lass mich noch etwas schlafen, dein Vater lässt uns jetzt eh noch nicht raus."

„Ähh, ich schau mal nach wie spät es ist." Mit diesen Worten huschte Leonie aus dem Bett zum Rechner fuhr denselben hoch, kurze Zeit später kam Sie ins Bett zurück.

„Hmm, ist doch schon acht Minuten nach sechs, geb dir recht mein Vater wird noch nicht wach sein und los dürfen wir um die Zeit auch noch nicht. Grrrrrrrrrrrr Also versuchen wir nochmal etwas zu schlafen. Sorry Pati."

„Schon gut. Schlaf aber BITTE jetzt noch mindestens zwei Stunden, damit ich zumindest ein bisschen Ruhe habe, ja?" Leonie nickte und versuchte verzweifelt zu schlafen oder zumindest dösend die Zeit zu überbrücken, teilweise gelang es ihr sogar aber dennoch sah sie vorsichtig so alle 30 Minuten auf die Uhr aber immer bedacht die schon wieder im Land der Träume verweilende Patricia nicht zu wecken. Denn alleine wollte Sie nicht losziehen und wenn Pati verärgert war, konnte es sein dass Sie nicht mitwollte und das wollte Leonie um jeden Fall verhindern. Kurz vor neun konnte Sie nicht mehr und stapfte den Flur entlang zum Schlafzimmer Ihres Vaters.

„Guten Morgen Papa, ich habe Hunger." Ihr Vater war etwas irritiert.

„Hunger? Ok ich besorg Semmeln zum Frühstück dauert nicht lang, derweil kannst du schon mal das Bad benutzen. Soll ich was Besonderes mitbringen vom Bäcker?"

„Ich frag mal Pati." Während dieser Worte drehte sich Leonie um und rief den Flur entlang

„Pati, was soll dir mein Papa vom Bäcker mitbringen?" zuerst kam gar nichts, langsam kam ein grummeliges Geräusch aus Leonies Zimmer, dass dann etwas verständlicher wurde mit der Zeit konnte man auch verstehen was Patricia zum besten gab

„Am liebsten eine Breze oder ein Croissant, aber lasst mich noch ein wenig schlafen."

„Machen wir, Papa braucht eh immer etwas länger."

„Hallo" war die leicht erboste Erwiderung Ihres Vaters.

„Nicht bös gemeint, aber Pati braucht die Sicherheit. Aber wenn wir schon mal dabei sind, lass dir nur ein bisschen mehr Zeit als normal oder noch besser sei biiiiiiiiiiiiiitteeeeeeee schneller als sonst wir wollen raus und draußen was unternehmen."

Leonies Vater zog die Brauen hoch „Du willst jetzt schon raus, ist denn heute was besonderes, habt Ihr was vor?"

„Naja wir wollen einfach draußen was unternehmen."
„DRAUSSEN?" „Was unternehmen?" „Allein als ich dir vor zwei Wochen vorgeschlagen habe mit dem Fahrrad zum Minigolfen zu fahren hast du dich vehement dagegen gewehrt weil es dir zu weit ist, hast sogar verzweifelt geschafft dass Patricia mitkommt damit du nicht mit dem Rad fahren musst! Daher draußen was unternehmen? Versteh mich nicht falsch, ich find es klasse wenn du an der frischen Luft was machst, dich bewegst, aber bin grad etwas verblüfft. Vor allem um die Zeit!!! Normalerweise wenn ich dich ca. 2 Stunden später wecke zum Frühstück kommt neben ein bis zwei geflogenen Kissen nur was unverständlich mürrisches und dann wenn Simone und ich schon mittendrin sind beim Frühstücken kommst du langsam mit klitzekleinen Äugelein langsam nach vorne und dann isst du vor Müdigkeit kaum was, geschweige denn um die Zeit schon mal Flüssigkeit aufzunehmen, also versteh mich jetzt nicht falsch, woher kommt die Energie?"

Leonies schlagfertige Antwort: „Es ist doch was anderes mit Freunden als mit Eltern was zu unternehmen." Ließ ihren Vater verstummen.

Am Frühstückstisch brachte keiner so richtig ein Wort heraus und als alle geendet hatten verabschiedeten sich Patricia und Leonie.

Auf dem Weg zur Römervilla fragte Patricia: „Glaubst du dass wir das richtige machen? Was denkst du das wir finden? Vielleicht werden wir auch angesteckt und sterben bald wie die Menschen die in der Villa gearbeitet haben!?!"

Leonies Antwort war resolut: „So ein ‚Quatsch, dann würden auch die Arbeiter die bei der Renovierung dabei waren schon ein Problem haben. Außerdem haben wir ja herausgefunden dass es sich bei den Toten um Menschen gehandelt hat, die in führenden Positionen waren. Alle anderen blieben verschont, also was soll dann uns passieren?

„Aber wir haben nicht mal Messgeräte für irgendwas." War Patricias Erwiderung.

„Was wollen wir den Messen?, Radioaktivität? Die gibt es hier durch die vielen Backsteinbauten doch eh extrem erhöht! Das haben wir doch gestern Abend doch intensiv recherchiert. Allein wenn du den Glockenturm von St. Martin hochgehst und anschließend ins KKI im Sicherheitsbereich dich aufhältst hast du so viel Strahlung aufgenommen dass du aus dem Sicherheitsbereich nicht mehr rauskommst.
Also lass uns doch erst mal sehen was es da zu sehen gibt."

„Und wie denkst du dass wir da rein kommen?" War die nächste Frage von Pati.

„Oh Mann Pati, lass uns doch erstmals hinkommen und dann sehen wir schon wie wir reinkommen, da vorne ist die Villa schon, bist du auch so aufgeregt?"

„Hab eher Angst, wenn Sie uns erwischen oder was passiert?"

„Mach dir keinen Kopf, da ist doch am Wochenende niemand und mal ehrlich sie dir die Gegend an, hier passt doch niemand auf uns auf. Weiter vorn ist ein Jugendtreff und im Garten hab ich gesehen ist ein Kinderspielplatz. Also warum sollte hier jemand groß von uns Notiz nehmen, die denken doch alle nur ah die gehen auf den Spielplatz oder zum Treff. Also was soll uns passieren? Und antworte jetzt bloß nicht da drauf denn das war eine rhetorische Frage. Also ehrlich Pati, so ein Abenteuer kann sich doch keiner entgehen lassen. Du weißt doch hier ist nur tote Hose."

An der Villa angekommen taten beide erstmals so als wollten Sie zu dem Spielplatz der im Park der renovierten Villa errichtet worden war. Dazu mussten Sie um das komplette Gebäude herum, zuerst zwar nur am Zaun aber als Sie dann den Park betraten kamen Sie dem Haus auch schon näher und konnten auch mal schauen ob jemand da war. Zu beider Erleichterung sahen Sie dass alles verlassen schien.
Auf den ersten Blick.

Vorsichtig näherten sich beide den Mauern der Villa und Leonie suchte nach einer Möglichkeit ins Innere zu gelangen. Währenddessen sah sich Patrizia nervös um in der Hoffnung niemand nahm sie beide war und wurde plötzlich aufgeschreckt als Leonie rief

„Ha, hier geht's rein. Ich halt auf und du gehst vor."

„Niemals, wenn dann gehst du vor. Aber sollen wir wirklich?" Noch während Patrizia die Frage stellte war Leonie durch das von Ihr unverschlossene gefundene Kellerfenster verschwunden.

„Wo bleibst du?" kam Leonies Frage für Patrizia fast überraschend.

Leonie hielt das schmale Kellerfenster hoch damit Patrizia auch rein konnte. Kurze Zeit später standen beide in einem Kellerraum der Villa. Der Raum war zuerst wegen der Dunkelheit nicht einschätzbar. Langsam tasteten sich die beiden vorwärts. Das einzige was den Raum etwas erleuchtete war das kleine Fenster durch das beide eingestiegen waren. Es dauerte auch etwas bis sich die Augen der Mädchen an die Dunkelheit gewöhnt hatten. Nach und nach konnten Leonie und Patricia auch etwas erkennen.

„Wir hätten Taschenlampen mitbringen sollen." Flüsterte Patricia kaum hörbar.

„Ich merks mir, hättest aber auch daran denken können." Gab Leonie genauso leise zurück.

„Bist du genervt?"

„Nein, ich bin nur so aufgeregt, dass es mich ärgert, wenn ich nur an ein paar Sachen denke. Wir haben Stunden im Netz verbracht, aber an so was wie Taschenlampen denke ich bzw. denken wir nicht. Sorry wollt dich nicht angehen. Wieso flüstern wir eigentlich?" fragte Leonie noch immer leise flüsternd.

„Bist du dir sicher dass niemand im Haus ist?" War Patricias Antwort.

„Bin mir leider nicht sicher. Ok, lass uns weiter leise und vorsichtig weitermachen."

Patricia nickte, was zwar in dem spärlichen hellen Raum kaum wahrnehmbar war, aber da sich beide sehr nah standen hätte Leonie es auch im absoluten Dunklem mitbekommen. Langsam gingen Sie im Raum vorwärts. Nach einer kurzen Zeit hatten sie sich eine Übersicht über den Raum gemacht. Es war ein rechteckiger leicht muffiger leerer Raum ohne irgendwelche Besonderheiten. Fast enttäuscht sahen sich die Teens an. Patricia drehte sich um und wollte gerade Richtung Fenster gehen. Als Leonie sie am Arm festhielt. Erschrocken unterdrückte Patricia einen Schrei und drehte sich um.

„Bist du wahnsinnig, du kannst mich doch nicht so erschrecken!" kreischte Patricia kaum hörbar.

„Wo willst du denn hin?" Flüsterte Leonie und überging dabei Patricias erschreckten Gesichtsausdruck komplett. „Da ist die Tür, da kommen wir in die nächsten Räume, wenn wir was rausfinden wollen, müssen wir diese auch besichtigen. Komm jetzt."

Patricia sah Sie zuerst ungläubig, dann verdrehte Sie leicht die Augen und folgte Leonie zur Tür. Vorsichtig drückte Leonie die Türklinke nach unten und zog langsam an der Tür. Sie ließ sich einen Spalt öffnen. Gespannt lauschten beide in die Stille, als sich nichts rührte zog Leonie die Tür so weit auf dass beide raus huschen konnten. Kaum hatten Sie den neuen Raum betreten als dieser in urplötzlich in gleißendes Licht getaucht wurde. Beide schrien vor Entsetzen laut auf. Entsetzt sahen Sie sich um waren Sie entdeckt worden?

Patricia stammelte „Ent … Entschuldigung, wir wollten …"

„Kannst aufhören" kam es erleichtert aus Leonies Mund, „ist ein Kellerlicht mit Bewegungsmelder"

Ein entspannendes Puuhh kam von Patricia. Kaum hatten sich Ihre Augen an die Helligkeit gewöhnt sahen Sie sich um. Es war ein länglicher Raum, ein Kellerflur in dem an jeder Seite jeweils zwei Türen weggingen. Aus der Tür aus der Sie gekommen waren, war einer Treppe nahe auf der anderen Seite war eine Wand. Leonie sah Patricia an.

„Schauen wir uns erstmals im Keller um, oder?" fragte Sie flüsternd. Patricia nickte nur. Leise gingen Sie zur Tür gegenüber erneut drückte Leonie vorsichtig die Klinke nach unten und drückte vorsichtig gegen die Tür. Lautlos schwang diese auf. Beide schlüpften ins Innere des

Kellerraumes und schlossen die Tür geräuschlos. Hier war es im ersten Moment stockdunkel. Der Tür gegenüber war ebenso wie in dem Raum wo sie vorher waren ein kleines Kellerfenster angebracht. Durch das aber kaum Licht kam. Auch dieser Raum war leer, was beide nach einem kurzen Rundgang feststellten. Genauso vorsichtig wie Sie den ersten Raum verlassen hatten huschten beide aus diesem und erneut erschraken Sie als der Bewegungsmelder anschlug. Diesmal konnten Sie einen Aufschrei unterdrücken. Sie gingen zur nächsten Tür erwartungsvoll drückte Patricia die Klinke herunter und drückte gegen die Tür. Sie sah Leonie an,

„Die ist zu."

„Probier's nochmal"

Patricia drückte nochmal gegen die Tür, diesmal fester.

„Du musst aber auch die Klinke nach unten drücken." Raunte Leonie ihr zu. Patricia lief rot an. Dieses Mal klappte es und die Tür schwang auf aber dieses Mal krachte Sie laut an die Wand. Beide zuckten zusammen und blieben wie angewurzelt stehen. Als Sie aber nichts hörten stürzten beide zugleich in den Raum. Gut dass beide schlank waren, so kamen Sie zugleich rein ohne hängenzubleiben. Sogleich schlossen Sie die Tür hinter sich und machten sich gleich daran den Raum zu untersuchen. Dieser war nicht leer. In einer Ecke ragte eine Nische hervor. Auf den ersten Blick glich der Raum den beiden Räumen zuvor. Als beide sich erheblich schneller an die spärliche Beleuchtung durch das kleine

Fenster gewohnt hatten als vorher sahen sich beide um plötzlich raunte Patricia

„Leo, komm her, sieh dir das an, da ist was."

Leonie war sofort zur Stelle, bei Patricia angekommen sah auch Sie die Nische und den Schrank der dort eingebettet war. Beide sahen sich verstohlen an. Fast zugleich griffen sie an die Griffe des Schrankes und versuchten diesen zu öffnen. Aber leider war dieser verschlossen.

„Schade." Kam es zugleich aus beider Munde. Als sie sich gerade abwendeten fiel Patricia ein glitzern auf.

„Was ist denn dass da?" fragte Sie und tastete im Halbdunkel danach.

„Was hast du da?"

„Weiß nicht genau, hab nur was glitzern sehen, ahhh Habs."
„Schell zeig, was ist es?" überschlug sich Leonie fast. Patricia hielt es vors Fenster, worauf ein glitzernder Anhänger mit einem Schlüssel daran zum Vorschein kam. Wieder sahen sich beide verstohlen an ein schelmisches Lächeln trat in beider Gesicht sofort machten Sie sich daran den Schlüssel auszuprobieren, Patricia schob denselben in das Schloss des Schrankes. Er passt, beide sahen sich erwartungsvoll an. Mit einem erwartungsvollen Durch schnaufen drehte Patricia den Schlüssel, das Schloss knackte in der Stille. Beide zuckten zusammen. Das Knacken hörte sich für beide wie ein

Revolverschuss an. Sie warteten kurz ob sich irgendwas regte. Außer dass es urplötzlich dunkler wurde, so kam es Ihnen vor passierte nichts. Langsam öffneten Sie die Türen des Schrankes erwartungsgemäß knarzte dieser. Als er endlich offen war, sahen sich beide angstvoll an. Blitzschnell drehten Sie sich um und sahen hinter sich. Wobei Sie aber nichts entdeckten.

„Hast du auch das Gefühl dass jemand hier drin ist und uns beobachtet?" fragte Patricia ängstlich.

„Nein, nein." Antwortete Leonie hastig, ihr leichtes zittern in der Stimme war kaum hörbar. „Las uns nachsehen was im Schrank ist."

Beide wendeten sich wieder dem Schrank zu und besahen sich den Inhalt. Aber was für eine Enttäuschung er war leer. So schlossen und verschlossen Sie den Schrank wieder und versuchten den Schlüssel wieder an die ursprüngliche Stelle zu hängen was wieder leichter wurde, da es im Keller wieder heller wurde. Als im Rest des Kellers nichts Weiteres gefunden wurde. Beschlossen Sie den letzten Raum des Kellers zu inspizieren. Also bewegten Sie sich wieder wie vorher vorsichtig zum nächsten Raum. Erneut versuchte Patricia Ihr Glück und versuchte die Tür zu öffnen. Aber diesmal klappte es nicht. Leonie versuchte es auch und scheiterte ebenso.

„Mist, verschlossen. Vielleicht können wir das Schloss knacken." Flüsterte Leonie übermütig.

„Bist du wahnsinnig, ist es nicht schon gefährlich genug hier herumzuschleichen! Ich glaub man nennt das Hausfriedensbruch, aber das ist dann wohl Einbruch!" entgegnete Patricia heftig im Flüsterton.

„PSSST" mahnte Leonie

Sie hörten Stimmen!

„Los raus" flüsterte Leonie und beide huschten zum Raum wo Sie reingekommen waren, währenddessen die Stimmen deutlicher wurden. Sie erreichten die Tür, öffneten diese blitzschnell und stürzten hinein. Gerade als Sie die Tür schloßen hörten Sie noch den Satz

„… und wie Sie sehen, auch im Keller sind Bewegungsmelder angebracht damit Sie niemals stolpern."

Leonie und Patricia hielten sich hinter der Tür versteckt, beide hielten die Luft an und lauschten was draußen vor sich ging.

„… dann zeig ich Ihnen noch ein typisches Kellerabteil …" im selben Moment öffnete sich die Tür wo die beiden Zuflucht gesucht hatten. Beide erstarrten fast, aber Millisekunden später reagierte Leonie und zog Patricia mit sich hinter die aufschwingende Tür.

„Hier ist der Lichtschalter." Mit diesen Worten erhellte sich der Raum. „Sehen Sie ein geräumiger Kellerraum. Mit vielen Möglichkeiten, sei es als Hobby- oder Lagerraum."

„Ist es auch möglich hier eine Waschmaschine anzuschließen?" vernahmen Sie eine Frauenstimme

„Natürlich, kommen Sie rein da hinten sind entsprechende Anschlüsse."
„Ich seh schon, ne das passt. Genauer muss ich das jetzt nicht prüfen. Wie sieht es mit dem Garten aus?"

„Den zeig ich Ihnen gerne." Mit diesen Worten erlosch das Licht im Raum und die Tür schloss sich. Es dauerte noch einige Zeit bis beide Mädchen wieder normal Luft bekamen und ihre Knie wieder unter Kontrolle hatten.

„Für heute reicht es mir." Raunte Patricia. Leonie nickte

„Lass uns nach Hause gehen, muss das auch erst verarbeiten." Beide näherten sich dem Fenster. Leonie wollte es gerade öffnen als Sie verharrte.

„Mach auf und lass uns verschwinden." Sagte Patricia

„PSSSSST, sie stehen grad vorm Fenster!!!" Nochmals hielten beide die Luft an. Nach schier endloser Zeit wagten beide einen kurzen Blick.

„Alles frei" sagten beide sich gegenseitig und öffneten das Fenster und krabbelten hinaus. Auf dem Weg zurück schwiegen beide sich zuerst an. Kurz bevor Sie das Haus sahen in dem Leonies Vater wohnte fingen Sie an zu reden.

„Irgendwie war es gruselig und komisch, findest du nicht?" Fragte Leonie Patricia

„Was genau meinst du? Doch nicht etwa … hattest du auch als wir den Schrank öffneten das Gefühl, dass da noch jemand da war? Uns über die Schulter geschaut hat?" war Patricias antwort.

„Ich weiß nicht. Es war irgendwie komisch. Irgendwas war da! Wir haben uns beide umgedreht um zu sehen ob da wer da war!!! Aber …, … ach doch alles nur einbildung, was meinst du?"

„Ich weiß nicht worauf du hinaus willst, aber in dem Moment war es mir mehr als unheimlich und unangenehm. Da fühlte ich mich sogar noch wohler als wir fast entdeckt wurden!!"

„Schon komisch" war Leonies Erwiderung „aber ich hatte ähnliches gefühlt. Fast so als wär noch eine Person da und das obwohl der Raum leer war."

Als Sie bei Leonies Vater ankamen, beglückwünschte dieser zum rechtzeitigen Eintreffen für das Mittagessen. Da beide Pasta sehr bevorzugten wurde diese gereicht. Während des Essen war es zuerst still, dann brach Leonie diese Stille

„Du Papa, kann man jemanden fühlen?" Ihr Vater verschluckte sich fast an der Gabel die er gerade essen wollte.

„Ähhh, wie meinst du das Leonie?" war seine Antwort.

„Naja, z. B. ich bin in einem Raum und eine weitere Person ist da, absolut still, wir sehen und berühren uns nicht …" von Ihrem Vater kam ein Pfüüüüüh „… aber trotzdem weiß ich da ist jemand, ist das möglich?"

„Tja, das ist schwierig zu beantworten. Wenn dir z. B. an einer Person wirklich etwas liegt spürst du natürlich fast alles was die Person bewegt. Wenn du in einem Raum bist wo jemand ist …"

„Aber, kann man auch eine Anwesenheit spüren, auch wenn man allein im Raum ist?"

„Upps, ich kenn das wenn mir im Supermarkt eine unsympathische Person von hinten auf die Pelle rückt. Aber in einem leeren Raum, hatte ich sowas noch nie. Wo oder wann ist dir denn das passiert?"

„Wieso?" fragte Leonie ihren Vater

„Naja, sowas fragt man nur wenn es einem passiert ist, oder man davon gehört hat. Was war es denn bei dir?"

„Ähhh, gar nichts. Es hat mich einfach nur interessiert. Was hast du denn gekocht?"

„Spaghetti Bolognese, oder einfach nur Nudeln für euch mit oder ohne Käse."

„mmmh klingt lecker, wir sind gleich da."

Als Leonie in Ihr Zimmer trat sah Sie Patricia an, „Du mein Vater hat gesagt man kann jemanden spüren, auch wenn man diesen nicht sieht."

Kapitel 3

Dunkel und Hell

Während des Mittagsessen war es sehr still, Leonies Vater sprach gewohnheitsmäßig beim Essen nicht viel, aber auch Simone, seine neue Frau, war eher still. Was verwunderlich sogar gespenstisch wirkte, war das beide Teens während des Essens keinen Laut von sich gaben, sogar eher apathisch wirkten. Was bei Leonies Vater den Drang zum Reden weckte.

„Was ist mit euch beiden los? Ihr seid so still. Ist vormittags etwas vorgefallen?"

Leonie reagierte gar nicht. Patricia antwortete geistesgegenwärtig.

„Nein, alles bestens wir haben nur vorher im Internet ein Rätsel entdeckt, das uns beschäftigt."

„Ein Rätsel, was für ein Rätsel?" hackte Simone nach.

Jetzt erwachte Leonie scheinbar aus Ihrer Welt, „Ach, das betrifft die Jungs in unserem Alter. Die sind uns ein Rätsel."

Simone antwortete fast lachend: „Das sind sie in fast jedem Alter."

Leonies Vater sah hoch, öffnete den Mund und … sagte zuerst nichts. Nach für Ihn schier endloser Zeit wandte er sich an beide Mädchen

„Wenn was ist, wisst ihr ja, Simone steht euch als Freundin zur Verfügung und ich kann auch das ein oder andere zur Aufklärung nach der Bravo beitragen. Und sei dir gewiss es gibt KEINE Frage die ich dir nicht ehrlich beantworten werde."

Es folgte allgemeine Stille, nur unterbrochen durch den Klang der Essgeräusche. Nach einiger Zeit, die Teens hatten Ihre Teller bereits geleert.

„Dürfen wir aufstehen?"

„Ja" war die Antwort von Leonies Vater. „Ihr wisst wohin eure Teller gehören!" kam als nächstes.

Leonie rollte mit den Augen: „Aber natürlich." Mit erheblich freundlicherem Ton fügte Sie hintenan: „Dürfen wir wieder raus? Achja, hab da was gesehen, hast du eine Taschenlampe für uns?"

Ihr Vater sah Sie fragend an: „Was hast du am helllichtem Tage gesehen, dass du eine Taschenlampe benötigst?"

„Ähh wir haben da einen, …" fing Leonie an

„… einen hohlen Baumstamm gefunden und da wollen wir rein sehen, wie der von innen aussieht." beendete Patricia den Satz mit leichtem Beben in der Stimme.

Leonies Vater hob die Brauen sah beide ungläubig an. Mit einem leichten seufzen antwortete er

„Bekommt ihr von mir." Mit fester Stimme fügte er noch hinzu „Damit ihr damit aber nichts anstellt!"

„Danke Papa und damit stellen wir nichts an." Sprudelte Leonie heraus. Zu sich selbst sagte Sie sich „Damit nicht, aber dadurch können wir vielleicht was rausfinden."

Erwartungsvoll sahen beide Teens Alexander an.

„Ach, jetzt gleich?! Darf ich noch fertigessen?" fragte er.

Mit einem Hundeblick „Kannst du dich biiitte beeilen. Wir können es kaum erwarten."

Ihr Vater stieß einen tiefen Seufzer aus. Stand auf und kam kurze Zeit später mit zwei Taschenlampen zurück.

„Die eine läuft mit einem Dynamo und Akku, eine Minute kurbeln und ca. 30 Minuten Licht. Die andere einfach so drehen. Dann viel Spaß und nicht vergessen BRAV bleiben."

„Machen wir." Mit diesen Worten waren beide schon fast weg.

„He ihr beiden, erstens verabschiedet man sich und zweitens um sechs seid Ihr zurück, da kommt Patricias Mama."

„Geht klar und tschüüühüüüss." Kam es von der Tür. Auf dem Weg zur Villa, bewaffnet mit den Taschenlampen meinte Patricia zu Leonie

„Glaubst du, dass da heute noch mehr Leute zur Besichtigung kommen?"

„Nein, ist doch Samstagnachmittag, da will doch keiner mehr arbeiten." War Leonies selbstsichere Antwort.

Als die Villa endlich in Sicht kam waren beide leicht nervös, wie zuvor umrundeten Sie die Villa fast ganz. Sie suchten ob vielleicht ein Auto vor dem Haus parkte. Als sie nichts sahen gingen Sie so unauffällig wie möglich dem Kellerfenster Leonie hielt Patricia mit dem Fuß das Fenster auf und sah sich dabei verstohlen um. Kurz nach dem Patricia im Haus verschwunden war folgte Leonie in den Keller. Unten angekommen wurde Sie erst mal von Patricia geblendet, einen Schrei unterdrückte Sie und hielt nur die Hand vor Augen. Patricia entschuldigte sich kurz.

„Schei…" kam es leise von Leonies Lippen „die Lampe springt nicht an. Ach die ist zum Kurbeln, komm leuchte mal wo die Kurbel ist." Endlich gefunden legte Leonie mit Kurbeln los, ein mittellautes surren ertönte, sofort hörte Leonie auf und beide sahen sich erschreckt um und lauschten in die entstandene Stille. Als es so blieb, sahen sich beide an und Leonie legte erneut mit Kurbeln los. Das surren erfüllte wieder den Raum. Nach ca. 10, 15 Sekunden sahen sich beide leicht grinsend an. Tapfer kurbelte Leonie weiter. Nach einiger Zeit fragte Sie leise

„Ist die Minute schon um?"

„Denk schon. Wenn deine Lampe ausgeht, dann kurbeln wir halt wieder, oder?"

„Wir? Das darfst du gerne das nächste Mal machen, geht ganz schön in den Arm!" flüsterte Leonie zurück. Sie drückte auf den Knopf und der Lichtkegel der Lampe erhellte den Raum noch mehr als bislang Patricias Lichtquelle dieses tat. Sie sahen sich im Raum um und stellten wie zuvor schon fest das es sich hier um ein leeres Kellerabteil handelte, rechteckig aber beinahe quadratisch mit frisch gestrichenen weißen Wänden, einer niedrigen Decke, die ebenso weiß getüncht war, was den Raum etwas mehr Größe gab. Die Wände waren relativ gerade und es gab weder Nischen noch versteckte Räume was beide nach einer ca. viertelstündigen Suche feststellten.

„Lass uns in den zweiten Raum gehen." Raunte Patricia, „hier lässt sich nichts finden." Leonie nickte. Vorsichtig näherten Sie sich beide der Tür. Lauschten erst bevor sie dieselbe leise öffneten. Es blieb still. Beide traten in den Flur und schrien laut auf. Erneut hatten Sie den Bewegungsmelder vergessen, der sogleich angesprungen war. Beide atmeten schwer und sahen sich belustigt an, aber wurden im selben Moment kreidebleich und huschten sofort in den Raum zurück aus dem Sie soeben gekommen waren. Hinter der Tür lauschend blieben Sie ein paar Minuten stehen. Es kam ihnen definitiv wie Stunden vor. Nichts drang von außen in den Raum, obwohl beide vergessen hatten die Türe hinter sich zu schließen. Als Sie dies bemerkten hielten beide erst die Luft an und atmeten fast Sekunden später aus. Fast lachten Sie laut auf. Sie standen leicht gebückt mitten im Türrahmen mit angeschalteten Taschenlampen und lauschten in die Stille als ob eine Tür sie von dem Flur trennen würde.

„Aber du hast es auch gehört, oder?" fragte Patricia mit leicht zittriger Stimme.

„Du meinst dieses Geräusch?" beide nickten. „Aber anscheinend sind wir doch allein hier, den sonst hätte uns mit Sicherheit schon jemand entdeckt! Komm lass uns in den Raum gegenüber gehen." Ohne eine Reaktion von Patricia abzuwarten schlich sich Leonie im gleißenden Licht des Bewegungsmelders zur Tür gegenüber, legte Ihr Ohr an und lauschte kurz hinein. Als Sie Patricias nähe spürte öffnete Sie die Tür und beide huschten hinein. Als die Tür hinter ihnen laut ins Schloss fiel erschraken beide kurz. Sie begannen sich umzusehen zumindest wenige Sekunden. Patricia flüsterte

„Meine Taschenlampe gibt den Geist auf, und deine könnt ein paar Umdrehungen vertragen." Auch Leonie hatte den Abfall der Leuchtleistung schon realisiert. Sie begann zu kurbeln aber es wurde nicht besser.

„So ein Scheißteil, aber was soll's dann lass uns so umschauen, was wir entdecken können." Antwortete Leonie nach einiger Zeit des Kurbelns. Beide Mädchen besahen sich den Kellerraum. Ein Fenster wie in den anderen Räumen, leicht rechteckisch aber milchig schimmernd leer. Kurz darauf verliesen beide vorsichtig den Raum, ohne was gefunden zu haben um in den nächsten mit der Nische zu gehen. Von beiden kam nur ein kurzes Zucken als das Licht wieder anging. Sie schlichen sich trotz allem lautlos zur nächsten Tür. Kurz bevor Leonie diese öffnen wollte hielt Patricia sie am Arm fest.

„Sieh mal unsere beiden Lampen scheinen sich zu erholen und zu leuchten."

„Na super, dann wenn wir genügend Licht haben, leuchten auch die Taschenlampen! Darauf kann ich verzichten. Brauch die Dinger dann wenn's dunkel ist.!" War Leonies berechtigter Einwand.

„Naja, so können wir ja hoffen da drinnen was zu sehen." War Patricias Entgegnung.

Mit größter Vorsicht um lautlos zu sein öffneten Sie die Tür und huschten in den Raum. Beide sahen sich an. Ihre Lampen waren an, man konnte das leuchten der Leuchtkörper ausmachen aber beide Lampen gaben kein Licht von sich. Es wirkte gespenstisch. Hinzukam, dass das Fenster dieses Raumes eher verdunkelt wirkte und somit nicht mehr Licht von sich gab.

„Lass uns das Licht anmachen." Raunte Patricia.

„Welches Licht meinst du?"

„Na, das elektrische für diesen Raum."

„Wo ist deine Angst entdeckt zu werden?" fragte Leonie

„Wir sind im Keller. Das Fenster scheint dicht zu sein, wer soll uns entdecken?" war Patricias rhetorische Frage

„Gutes Argument." Mit diesen Worten betätigte Leonie den Lichtschalter neben der Tür. Ein Knistern erklang. Kurzfristig begann die Lampe an der Decke zu schwach zu leuchten und innerhalb weniger Sekunden war das Leuchten kaum mehr wahrzunehmen.

„Na Super, was für eine Stümperfirma ist da wohl beschäftigt worden? So was bekommt mein Vater mit geschlossenen Augen hin." War Leonies Reaktion. Patricia war etwas verhaltener.

„Mir macht das Angst, warum gehen hier keine Lichter?"

„Die Taschenlampen sind nicht die besten und hier waren nicht die Meister ihres Fachs an der Arbeit. Mehr kann ich dazu nicht sagen." War Leonies Antwort auf die Frage.

„Bist du dir da ganz sicher?" fragte Patricia nach. Und Leonie sah sie nur an.

„Nimm dich zusammen, lass uns diesen Raum auch ordentlich durchsehen. Wir wollen doch rausfinden was in diesem Haus vorgeht und warum so viele Menschen die in diesem Haus wirkten plötzlich verstarben."

Patricia sah Leonie an, Angst war in Ihren Augen zu lesen, dennoch antwortete Sie

„Du hast recht, lass uns weitersuchen, damit wir das Rätsel lösen."

Mit einem Schlag sahen sich beide mit erstauntem fast angstvollem Blick an. Das Kellerlicht und das beider Taschenlampen wirkten plötzlich heller.

„Ähh, hat grad jemand die Scheibe des Kellerfensters geputzt, oder kommt es mir nur so vor als ob diese plötzlich mehr Licht rein lässt." Und mit diesen Worten wurde es wieder dunkler am Fenster und sogleich im Raum.

„In Zukunft unterlass ich solche Aussagen." War die spontane zittrige Aussage von Patricia.

„Nimm dich zusammen. Da draußen hat sich mit Sicherheit nur wieder eine Wolke vor die Sonne geschoben." War Leonies Erwiderung.

„Und warum ist das Kellerlicht auch dunkler geworden?" fragte Patricia

„Ist es das wirklich?" war die Gegenfrage, die keiner von beiden beantworten wollte. Und damit machten Sie sich auf den Raum wie die anderen Räume vorher zu durchsuchen, dieses Mal aber gemeinsam. Als Sie nach kurzer Zeit bei der Nische ankamen versagten beide Lampen komplett. Auch mehreres Drücken des Aus und Anschalters ließ sich nichts machen.

„Echt toll was uns dein Vater da mitgibt." Konstatierte Patricia

„Naja, zumindest hat er was um uns auszurüsten." Verteidigte Leonie Ihren Vater. „Aber du darfst gerne das nächste Mal unser Entdecker Equipment zusammenstellen."

„Nimms nicht so ernst. War doch nicht ernst gemeint." Enttäuscht drehten sich beide von der Nische weg und gingen zur Tür die in dem fahlen Licht kaum zu erkennen war. Vorsichtig lauschten Sie wieder.

„Hauch mich bitte nicht so an, das kitzelt" flüsterte Leonie

„Ich hab gerade die Luft angehalten um besser zu hören." Gab Patricia genauso leise zurück und mit diesen Worten bekamen beide erst mal große Augen und verliesen fast fluchtartig den Raum. Kaum draußen kam von beiden ein kurzer Aufschrei als Sie wieder im gleißenden Licht des Kellers standen. Kurz ausatmend sahen sich beide an und fingen an zu lachen leise zwar aber dennoch.

„Komm, lass uns den letzten Raum ansehen." Flüsterte Patricia fast beschwingt und versuchte diese zu öffnen „Mist, verschlossen."

„Hast du dieses Mal auch die Klinke nach unten gedrückt bevor die Tür gedrückt hast?" flunkerte Leonie, Patricia sah Sie mit einem leicht ärgerlichen Gesichtsausdruck.

„Probier's selber!" kam es bissig zurück.

„War doch nur Spaß!" gab Leonie zurück. Aber Patricia lies von der Tür mit der Geste ab, dass es jemand anders probieren soll. Leonie sah Sie an und drückte die Klinke nach unten, das Kellerlicht flackerte. Leonie drückte die Tür nach hinten ...

... und Sie gab nach. Patricia riss Ihre Augen auf. Leonie sah Sie an.

„Du sagtest doch die Tür wär verschlossen! Warum bekomm ich Sie denn auf?" war Leonies erstaunte Frage.

„Ich hab nicht die leiseste Ahnung!!! Weiß nicht mal was ich sagen soll!! Aber lass uns nachsehen was in dem Raum ist." Antwortete Patricia.

Vorsichtig betraten beide den Raum. Leonie nahm ihre Taschenlampe, die am Handgelenk baumelte in die Hand. Patricia sah Sie fragend an.

„Gewohnheit." War Leonies Antwort. „So wie auf den nicht funktionierenden Schalter zu drücken." Im selben Moment wo Leonie den Schalter betätigte erhellte der Lichtkegel Ihrer Lampe den Raum. Beide sahen sich erstaunt und verwundert an.

„Geht deine auch wieder?" war Leonies vorsichtige Frage. Patricia betätigte mit zittrigen Fingern die Lampe und auch dessen Lichtkegel durchfluteten den Raum. Dieser war im Gegensatz zu den bisherigen aber schon eingeräumt. Als beide mit Ihren Taschenlampen den Raum erstmals ausleuchteten sahen Sie Ordner und

Kartons die einfach entweder in Regalen oder frei dastanden. Patricia begann intensiver nachzusehen.

„Das sind Buchhaltungsordner" flüsterte Sie.

„Ist ja gut, deswegen sind wir aber nicht da. Kannst du in diesem Raum etwas entdecken was ungewöhnlich ist?" fragte Leonie

„Bislang ist mir nichts aufgefallen. Der Raum ist fast genauso wie der Raum wo wir einsteigen. Mit der Ausnahme dass dieser mit Regalen, Kisten und Ordnern voll ist."

„hmm, somit ist im Keller nichts ungewöhnliches." War Leonies Schlussfolgerung.

„Was ist mit der Nische, dem Schlüssel und dem Schränkchen im Keller gegenüber?" fragte Patricia und ein kalter Lufthauch durchströmte den Raum und lies beide kurz frösteln.

„Was soll damit sein? Ach muß wieder kurbeln, ähh deiner Lampe geht auch grad wieder der Saft aus." Gab Leonie zurück. Patricia besah sich in diesem Moment den kaum noch vorhandenen Kegel ihrer Taschenlampe.

„Na super, da haben wir beide ja wirklich was tolles bekommen. Mal funktionieren die Lampen und dann wieder nicht." Leonie kurbelte währenddessen an Ihrer Lampe, aber die Helligkeit ging trotz alle dem zurück.

„Komm raus aus diesem Raum, da finden wir eh nichts." War die vernünftige Entscheidung von Patricia. Beide machten sich im matten Schein des Fensters auf dem Weg zur Tür. Wie üblich lauschten Sie bevor Sie diese öffnen wollten.

„Die Luft ist rein." War Patricias Aussage nach kurzer Zeit, wo Leonie nur nickend bejahen konnte. Damit zogen Sie die Tür auf. Doch bevor Sie in den Raum treten konnten erstrahlten beide Lampen wieder und hellten alles auf.

„Oh man, ich würd vorschlagen wir bringen das nächste mal funktionierende Lampen mit. Und zwar jeder selber. Und diese kann mein Vater verschrotten." War Leonies Reaktion.

Patricia zog die Tür auf und erneut wurden beide in gleißendes Licht getauft, diesesmal war es die übliche Beleuchtung des Kellers. Beide verliesen den Raum.

„Und was jetzt?" fragte Patricia

„Lass uns ins nächste Stockwerk gehen, mal sehen, was wir da finden?"

„Ist ein guter Vorschlag, denn langsam wird mir hier unten immer unheimlicher."

„Ich weiß was du meinst, zumindest glaub ich das." War Leonies antwort. Vorsichtig bewegten beide sich an die andere Seite des Kellers in Richtung Treppe. Am Absatz angekommen sahen sich beide kurze Zeit an, atmeten tief durch und nach einem kurzen nicken stiegen Sie in das nächste Stockwerk.

Im Erdgeschoss angekommen war es erheblich heller. So mussten sich beide erst an die Helligkeit gewöhnen. Und gewohnheitsmäßig fingen Sie an die Ecken und Nischen auszuleuchten bevor beide bemerkten dass Sie im Erdgeschoss keine Taschenlampen benötigten. Dennoch sahen sich beide entsetzt an.

Kapitel 4

Die Stimme

„Leuchten unsere Lampen jetzt heller als im Keller?" war Patricias mehr als verdutzte Frage.

„Ich bin mir nicht sicher, aber es kommt mir ähnlich vor. Eigentlich müssten die Lampen bei dieser Tageshelligkeit an Kraft verlieren, aber irgendwie nimmt anscheinend die Leuchtkraft zu. Ich kann mir das nicht erklären. Aber lass uns mal umschauen, was uns hier erwartet, was meinst du Pati?"

„Naja, wo wir schon mal da sind." war deren ironische Antwort.

Weiter auf äußerste Vorsicht bedacht bewegten sich beide Teens nahezu lautlos vorwärts. Vom Treppenhaus führte ein breiter heller Gang in das Erdgeschoss der quasi den linken Teil des Hauses vom rechten trennte ähnlich wie im Keller. Nur war hier die Aufteilung anders. Es gab nur zwei Türen, eine links eine Rechts am Ende des Flures war ein großes Fenster, dass tagsüber jegliches Licht unnütze machte, daher knipsten beide fast zugleich ihre Lampen aus. Langsam gingen Sie auf die Tür die links von Ihnen lag zu. Lauschten vorsichtig einige Zeit an der Tür ob sich was regte. Da dem nicht so war wollte Leonie schon fast die Klinke runter drücken als Patricia sieh zurückhielt.

„Was ist? Hast du was gehört?" war Leonies erschreckte Antwort.

„Nein, aber sollten wir nicht vielleicht klopfen bevor wir rein stürmen?" gab Patricia zu bedenken.

„Und was sollen wir sagen? Hallo wir suchen nach dem Geheimnis warum hier schon so viele Menschen gestorben sind, dürfen wir uns vielleicht ein paar Stunden immer wieder mal ohne weitere Fragen umsehen?" Kam es fast schnippisch von Leonie.

„Nein, natürlich nicht, aber wenn jemand antwortet wissen wir, dass jemand drin ist und wir besser wieder gehen."

„Du meinst wohl eher schnell mal dann das Weite suchen, weil wir ja nicht einmal erklären können wie und warum wir hier sind." Konterte Leonie rasch.

„Was sollen wir denn überhaupt sagen, falls wir entdeckt werden, hast du dir darüber schon mal Gedanken …" weiter kam Sie nicht Leonie schob ihr die Hand vor den Mund und bedeutete Patricia Sie möge still sein. Und tatsächlich etwas war da, ein Laut, ein Knacken. Nervös sahen beide nach allen Seiten, konnten aber weder die Art des Geräusches noch die Richtung bestimmen. Patricia drehte sich um und wollte schon weglaufen, doch Leonie packte Sie und zerrte Sie in die nun offene Tür und nutzte diese auch gleich als Versteck für Sie beide. Lautlos mit kaum vernehmbaren angstvollen Atemgeräuschen verharrten Sie in ihrem Versteck.

Nichts geschah auch die Geräusche waren nun verschwunden. Nach einigen Minuten spähte Leonie vorsichtig hinter der Tür hervor und sah sich um. Der Raum in dem Sie stand war so eine Art Eingangsbereich von dem zwei offene Türen wegführten. Sie atmete schon mal erleichtert aus als Sie bemerkte dass es sich um ein leeres Zimmer handelte und der Rest auch den Anschein gab leer zu sein. Auch lugte Sie um die Tür herum ob im Eingang vielleicht jemand stand, als aber auch da alles leer war und kein Schatten am Boden ersichtlich ging Sie lautlos hinter der Tür hervor und schlich sich zum Gang. Ein kurzer Blick links und rechts verrieten Ihr, dass sie sich alleine hier aufhielten. Sie nutzte die Gunst der Stunde ging rückwärts wieder in den Eingangsbereich und schloss die Tür zum von innen. Sie sah Patricia mit einem leichten Grinsen an.

„Soviel zum Thema klopfen, lass uns hier alles mal ansehen, diese Räume scheinen leer zu sein."

„Ist ja gut, aber wir sollten uns trotzdem was ausdenken, kann ja jederzeit passieren, das wir doch entdeckt werden. Nichts ist ausgeschlossen." Entgegnete Patricia mit einem leicht verärgerten Gesichtsausdruck.

„Kann sein und geb dir Recht, je plausibler eine Geschichte klingt, desto weniger Ärger bekommen wir."

Mit diesen Worten knipsten beide Ihre Lampen wieder an, denn durch das Schließen der Tür war es in diesem Bereich dunkel geworden. Das einzige Licht kam von einer der geöffneten Tür, die, die der Eingangstür direkt gegenüberlag. Zuerst sahen sich beide in dem

Rechteckigem Eingangsbereich um und entdeckten nichts Auffälliges. Als nächstes besahen Sie sich den dunklen Raum. Instinktiv beide zugleich, da ja gerade die Taschenlampen funktionierten. Hier handelte es sich um einen fast quadratischen Raum dessen Wände jeweils die Länge des Eingangsbereiches hatten. Beim genaueren

Inspizieren des Raumes stellte sich heraus dass es sich um ein Bad handelte mit einer kleinen Badewanne wo die Dusche integriert war, gegenüber war die Toilette und das Waschbecken in dem komplett neu und modern gefliesten Raum war nichts zu entdecken. So verliesen beide den Raum um vom Flur in den nächsten Raum zu kommen. Dort war es hell genug durch die großen Zweiflügligen Fenster die an einmal an der Stirnseite des Raumes und einmal gegenüber der Tür waren. Ansonsten handelte es sich um einen langweiligen auf modern gepeppten Raum mit Fertigparket und langweiligen weiß getünchten Wänden. Keine Nischen. Die Wand rechts von der Tür war durchbrochen wirkte aber eher als mal einfach in den Raum gepresst und störte mehr als das es Vorteilhaft wirkte. Was hier in diesem Raum so richtig auffiel war, dass die Decke auch nicht zum Raum passte, da diese direkt über den Rahmen der Fenster begann. Beide Teens sahen sich an und ihre Blicke sagten das gleiche aus. ‚Hier will ich nicht wohnen.' Da der Raum aber ansonsten „leer" und Nischenlos war. Schritten sie in den nächsten Raum. In dem fiel der offene Kamin auf, mit den vielen Verzierungen. Wobei er den Raum fast erdrückte und damit endgültig klar stellte, dass die Trennmauer eher raus sollte.

„Boah, denn Kamin hätte ich auch gern in meinem Zimmer." Meinte Patricia. Leonie nickte zustimmend.

„Ich auch. Komm lass uns diesen genauer unter die Lupe nehmen."

Stück für Stück besahen sich beide den Kamin von außen nach innen, von links nach rechts, die seltsamen Verzierungen und Ornamente. Dass der Kamin schon lange nicht mehr im Gebrauch war bemerkten beide daran als Patricia mit einer Hand abrutschte und mit der Hand mitten im Kamin landete und diese trotzdem sauber blieb. So nutzten Sie die Gelegenheit und besahen sich auch das innere des Kamins.

„Ganz schön finster da drin, gib mir mal bitte die Taschenlampe." Sagte Leonie zu Patricia als Sie gerade rücklings im Kamin lag. Was diese auch sofort machte. Leonie leuchtete den Abzug aus. Aber die Kraft des Leuchtkegels erhellte diesen nur bedürftig. Die Innenseite der Front war glatt und schwarz. Als Leonie die Lampe zur Seite schwenkte schrie Patricia

„Stopp!!! Schwenk langsam nochmal zurück, in der Ecke dachte ich, dass ich was gesehen habe."

Leonie folgte der Anweisung. Aber Sie sahen nichts. So drehte sich Leonie wieder zur Seite und schwenkte die Lampe mit und diesmal sah auch Leonie etwas aufblitzen und hielt sofort inne schwenkte zurück und suchte die Ecke intensiv ab. Nach kurzer Zeit sahen sie was aufgeblitzt hatte, es war Stein, der wie ein Diamant aussah. Leonie zwängte sich in das innere und versuchte mit der Hand den Stein zu ergreifen.

„Neeeiiinnnnnnn." Klang es auf einmal Dumpf und leise. Leonie zuckte zurück.

„Hast du was gesagt?" fragten beide sich fast gleichzeitig laut.

„Ich dachte du hättest was gesagt." Sagte Patricia. Leonie gab zurück.

„Ne, hab irgendwas gehört und war der Meinung das käme von dir, aber wahrscheinlich war es der Wind im Kamin. Bei meinem Papa klappert der Ofen bzw. das Ofenrohr auch bei Wind immer wieder." Mit diesen Worten wendete Sie sich erneut den Stein zu. Mühsam kratzte sie an denselben, so richtig zum greifen bekam Sie den Stein aber nicht. Gerade als Leonie dachte jetzt hat Sie den Stein als Sie plötzlich eine Ladung Asche und Staub ins Gesicht bekam. Da Sie gerade vor Anstrengung den Mund offen hatte bekam Sie einen Teil davon auch zum schmecken. Hustend und Prustend zog sie sich aus dem Kamin zurück. Als Patricia Leonie sah prustete sie vor Lachen los.

„Hör auf, und hilf mir lieber, hab nen Teil davon verschluckt." Kam es hustend und würgend gequält von Leonie.

„Komm mit ins Bad, vielleicht läuft da Wasser." Im Nachsatz fügte Patricia eher leise und mit einem leisen schmunzeln hinzu „Hoffen wirs."

Im Bad angekommen. Drehte Patricia am Wasserhahn. Ein grummeln kam aus dem Hahn und und nichts.

„Scheiße."

„Das kriegen wir schon hin." Gab Patricia zurück. Leonie trat vor lauter Enttäuschung und Wut gegen die Wand auf einmal kam Leben in die Leitung zuerst einzelne Spritzer und dann ein richtiger Fluss, ein bräunlicher Fluss der sich zur Erleichterung beider bald in klares Wasser verwandelte Leonie wusch sich ordentlich das Gesicht und den Mund aus. Nach schier endloser Zeit hatte Leonie es geschafft und ihr Gesicht gesäubert und wieder einen neutralen Geschmack in Ihren Mund. Sie drehten das Wasser ab und setzten sich lachend auf dem Boden.

„So, jetzt bist du dran." Sagte Leonie lachend zu Patricia. Diese bekam erst große Augen und atmete dann erleichtert aus als Sie merkte dass Leonie es nur zum Spaß gesagt hatte.

„Aber vielleicht sollten wir den Stein fotografieren." Gab sie zurück.

„Dafür bräuchten wir aber wirklich eine gute Kamera, mit einem vernünftigem Blitz. Hmm vielleicht gibt mir mein Vater seine Kamera mit."

„Aber wir wollen eine richtige, eine Digitale Kamera." Gab Patricia zu bedenken.

Leonie zog die Brauen hoch

„Das ist eine digitale Spiegelreflexkamera, also eine richtig gute Kamera, eher die Frage ob er Sie uns überhaupt ausleiht und warum sollte er Sie uns leihen, dafür bräuchten wir einen richtig guten Grund und dann auch noch die Bilder ansehen und auswerten. Weiß nicht ob es auf dem Laptop in meinem Zimmer funktioniert."

„Funktioniert es vielleicht mit der Fotofunktion vom Handy oder vom Nintendo?" fragte Patricia.

„Hast du eines von beiden dabei und wenn, dann bist jetzt wirklich DU dran sich reinzuquetschen!! Ist nicht so angenehm wie es vielleicht aussah. Und nochmal Asche schlucken, nein danke."

„Wie wärs mit TicTacTo?" war der Gegenvorschlag.

„Erst mal, hast du was da um ein vernünftiges Foto zu machen?" fragte Leonie

„Hab mein Handy dabei, sollte eigentlich funktionieren. Also wer als erster dreimal gewonnen hat?"

„Ist aber dein Handy." Gab Leonie zu bedenken.

„Och das macht mir nichts aus." Kam es fast unschuldig zurück.

„Ja, wenn's denn sein muss"

Und so legten beide los und nach dem vierten Mal hatte Patricia sich durchgesetzt.

„Sieh es Positiv, du weißt wie du reinkommst, warst ja schon mal da drin. Hier hast du mein Handy stell dir die Fotofunktion ein. So jetzt brauchst du nur noch hier drauf drücken und dann machst du das Foto." Erklärte Patricia

„Warte lass mich es ausprobieren." Und drückte im selben Moment ab. Beide sahen sich das Ergebnis an.

„Ahhh, lösch es sofort, da seh ich ja echt schrecklich aus." Erwiderte Patricia.

„Ja, ja schon gut. Ist doch dein Handy, kannst es ja dann selber machen. Lass uns jetzt das Foto machen. Dann kannst du das Foto von dir löschen. Du kennst dich damit aus." Gab Leonie zurück.

Mittlerweile waren Sie wieder beim Kamin angekommen und Leonie zwängte sich erneut in den engen Schacht des Kamins in der einen Hand das Handy von Patricia in der anderen ihre Taschenlampe. Nach kurzen suchen fand sie die Stelle leuchtete diese aus mit Ihrer Lampe aus.

„Der Stein ist weg, ich find diesen nicht mehr, da sind nur noch meine Fingerabrücke zu sehen. Spuren wo ich gekratzt hab, aber ich seh nichts mehr. Mist ich bräucht eine dritte Hand zum drüberwischen, kannst du bitte leuchten, warte ich nehm die Lampe in den Mund."

„Geht es." Hackte Patricia nach von innerem des Kamins kam nur ein unverständliches Gegrummel was sich wie ein ja anhörte. Es dauerte ein paar Minuten bis sich

Leonie wieder aus dem Kamin bewegte. Mit leicht schmutziger Hand und noch immer die Lampe im Mund, gab Patricia das Handy und nahm wortlos die Taschenlampe in die Hand, krabbelte wieder in den Kamin und besah sich die Rückwand, drehte sich auf die andere Seite.

„Schnell, dein Handy nochmal!!" kam es von Leonie und Patricia reichte es ihr in die mittlerweile wieder freie Hand die gerade aus dem Kamin schaute.

„Hanke" verstand Patricia.

Als Leonie dann endlich wieder aus dem Kamin kam, grinste Sie

„Was, was, WAAASSS?" fragte Patricia

„Geil, das musst du dir selber ansehen. Du machst dich auch nicht dreckig. Ich kann's dir nicht erklären schau es dir selber an. Fotografiert hab ich es schon. Hoffe es ist auch was geworden. Aber los rein mit dir schau dir die linke Innenwand an."

Patricia ging in die Knie und krabbelte in den Kamin. Als Sie sich nach links drehte meinte Leonie

„Die andere Seite, lag vorher rücklings drin, daher sagte ich links."

Patricia besah sich mit der Taschenlampe die nun von Ihr aus gesehene rechte Kamininnenwand und bekam große Augen.

„Was ist denn das?" kam es von Patricia.

„Keine Ahnung, hoffe es auf dem Rechner besser zu sehen ist, ansonsten müssen wir unbedingt die Kamera meines Vaters bekommen, oder von irgendjemand anderen etwas Vergleichbares. Irgendeinen Apparat der eine hohe Auflösung hat."

„Ich könnt meinen Opa fragen, der hat immer was, aber versuchen wir erst mal die Bilder vom Handy auf den Rechner bekommen, hat dein Laptop Bluetooth?"

„phhh, du stellst Fragen, woher soll ich das wissen, ist ein alter Rechner von meinem Pa, bei dem Laptop ist ja der Akku im A..., aber wenn es bei mir nicht klappt, kannst du es ja bei deinem aufspielen und mir skypen." Antwortete Leonie und Patricia nickte zustimmend.

„Lass uns jetzt aber den Rest noch ansehen von dieser Wohnung." Und so gingen sie beide den Raum noch ab, fanden nichts Weiteres mehr. Auch der Raum der an diesen angrenzte barg keine weiteren Geheimnisse mehr. In dem Raum war nur ein Fenster, in den gleichen Abmessungen wie die in den anderen Räumen. Dennoch war es in diesem Raum irgendwie duster, als wie wenn es nebeln würde. Dennoch fühlten sich beide irgendwie wohl und hielten schon mal Kriegsrat.

„Glaubst du dass das Buchstaben sind?" fragte Patricia

„Weiß nicht, was mich eher noch wundert war dass der Stein wie mit Asche und Staub zugedeckt war, zwar so als ob es mit Absicht gemacht wurde. Hab ganz schön kratzen müssen, hab dann auch nichts gesagt, wollte nicht noch einmal den Dreck im Mund haben. Aber was, diese Zeichen und die Anordnung auf der anderen Kaminseite bedeuten, keine Ahnung. Hast du dir die Bilder auf dem Handy schon mal angeschaut, ob die was taugen?" war Leonies Erwiderung.

Patricia kramte in ihrer Tasche und beförderte das Handy an die Oberfläche

„Schau, sieht doch gut aus, oder?" meinte Patricia Leonie nickte. Beide bekamen plötzlich eine Gänsehaut und begannen leicht zu zittern.

„Spürst du das auch?" flüsterte Leonie und sah dabei Patricia an. Diese wirkte fast apathisch.

„Wie, was?" kam es von Patricia, „Hast du das auch gehört?"

„Nein was denn? Kommt jemand? Komm lass uns nachsehen, ob wir in die andere Wohnung auch kommen. Was meinst du, denn irgendwie ist es auf einmal unheimlich hier drin, findest du nicht." Erwiderte Leonie.

Ein Luftzug kam auf und Leonie dachte Sie hört so etwas wie „Geht."

„Hast du was gesagt?" fragte Leonie

„Nein" antwortete Patricia fast bleich im Gesicht. „Hast du was gehört? Ich hab weder was gesagt noch sonst was. Aber vorher dachte ich, ich hätt hier was gehört. Du auch?"

„Da wo du so abwesend warst, oder grad eben nach meinem Vorschlag?"

„Vorher." Flüsterte Patricia fast unhörbar. Dann etwas lauter und mit festerer Stimme: „Aber es kann auch der Luftzug sein, irgendwie ist es hier drin zugig und ungemütlich. Hast Recht lass uns das Stockwerk fertig begutachten. Hier waren doch die Räume wo die Behörden und die Amis überwiegend waren. Wobei ich glaub die andere Wohnung ist vermietet, als einziges mit ner Firma glaub ich. Also sollten wir etwas besser aufpassen."

Beide standen auf und gingen aus dem Zimmer aber die ungewöhnliche Stimmung blieb. An der Wohnungstür angekommen lauschten Sie wieder. Als sie sich sicher waren, dass keiner da war zogen Sie die Tür erst einen Spalt auf, lauschten erneut als erneut alles still blieb huschten beide vorsichtig raus und zogen die Tür hinter sich zu. Vorsichtig wechselten beide die Flurseite. Besahen sich die Tür der anderen Wohnung. Auf Sichthöhe war ein Schild in Türmitte angebracht. Weißer Kunststoff mit schwarzer Schrift, wo in großer Schrift der Firmennamen stand, darunter die Öffnungszeiten Montag bis Freitag von 08.00 Uhr bis 12.30 Uhr darunter Montag bis Donnerstag 14.00 Uhr bis 18.00 Uhr und darunter sowie nach Vereinbarung.

„Hmm sieht aus, als hätten wir Glück und die Räume sind verlassen." Fing Leonie euphorisch an, doch mit einer Handbewegung von Patricia war Sie still.

„Lass uns erst einmal prüfen ob die Firma so dumm war und uns die Möglichkeit gegeben hat unerlaubt Ihre Räume zu durchsuchen."

„Ach wir betreiben doch keine Industriespionage." Entgegnete Leonie ironisch.

„Hallo, schon mal was von Hausfriedensbruch und Einbruch gehört?"

„und was glaubst du machen wir jetzt gerade Patricia, hmmm, lass mich überlegen wir steigen über ein nicht verschlossenes Fenster in den Keller dieses Haus ein, durchsuchen alle Kellerräume, das Erdgeschoss, haben auch noch vor alle weiteren Räume dieses Hauses zu durchsuchen. Für mich klingt das jetzt schon nach Einbruch und Hausfriedensbruch. Aber wir wollen weder was stehlen, zerstören oder sonst einen Unfug treiben. He Pati, wir wollen den Mythos dieses Hauses knacken, schon vergessen?" Leonie sah Patricia auffordernd an.

Patricia sah Leonie an und antwortete kleinlaut: „ Schon gut, aber wenn die Tür abgeschlossen ist, dann knacken wir diese aber nicht."

„Spinnst du, ich bin doch nicht verrückt, mein Vater würd mir den Kopf abreisen und erst meine Mutter, … , daran mag ich erst gar nicht denken." Bei diesem Gedanken schüttelte es Leonie kurz. Aber schon wieder gefasster griff Sie nach der Klinke, wollte Sie gerade nach unten drücken, als Sie von Patricia zurückgezogen wurde. Verwirrt sah Leonie sie an. Patricia schnaufte kurz durch und klopfte laut vernehmlich an. Leonie riß beide Augen auf

„BIST DU WAHNSINNIG?" flüsterte Leonie vorwurfsvoll. Mit einer beruhigenden Handbewegung flüsterte Patricia zurück

„Wenn du da so einfach reinmaschierst und es ist jemand drin, haben wir MÄCHTIG Ärger, denn wie willst du dass den erklären. Wenn jemand auf das Klopfen reagiert können wir noch immer reagieren, weglaufen …

„ … oder nach nen Job fragen." Spottete Leonie.

„He Leo genau, das ist genial, die Ausrede warum wir hier sind und warum wir IM Haus sind. Ähm nochmal klopfen oder hast du jemanden gehört?" gab Patricia zurück. Leonie schüttelte den Kopf, so klopfte nach einen erneuten kurzen Schnaufer erneut an. Gespannt lauschten beide, als nach kurzer Zeit nichts rührte, kein rufen oder irgendwelche Schritte vernehmbar waren. Sahen sich beide an, nickten sich zu und Patricia drückte die Klinke nach unten und drückte gegen die Tür. Leonie hielt vor Anspannung den Atem an. Aber es half nicht. Die Tür war verschlossen. Auch als Leonie es versuchte und sogar daran rüttelte passierte nichts.

„Mist." Kam von Leonie und Patricia sah Sie an.

„Benimm dich, willst du die Tür einreissen?"

„Am liebsten jaaaa, will wissen, ob es da genauso aussieht wie in der anderen Wohnung, ob es da auch so einen Kamin gibt, ob da auch was drinnen steht. Aaaaah, lasst mich rein. Biiiiiitte."

„Komm lass uns lieber gehen und erinnere dich an das was du mir versprochen hast, keine Türen aufzubrechen. Haben sowieso einen Haufen Material was wir aufarbeiten dürfen." Ermahnte Patricia die enttäuschte Leonie und so gingen Sie gerade Richtung Keller gehen auf halbem Wege hielt Leonie inne und zog Patricia mit sich wieder zurück.

„Wo willst du hin? Haben wir was übersehen?" fragte Patricia verwirrt.

„Wir haben nur den vorderen Teil des Ganges überprüft, aber es geht ja noch weiter nach hinten im Gang bis zum Fenster. Da will ich noch kurz nachsehen und dann gehen wir, ok?"

„Naaa gut." Antwortete Patricia entnervt. An der linken Tür angekommen gingen sie an der Wand entlang und besahen sich diese, den Boden und die Decke bis zum Ende. Das Fenster besahen sich intensiv und gingen dann auf der rechten Seite wieder nach vorn, erstaunt blieben beide vor dem Aktenschrank der auf der rechten Seite stehen.

„He, da ist ja noch ne Tür die zur Firma gehört, komm Pati lass es uns probieren, ich bin mir sicher die haben diese Tür total vergessen und nicht abgesperrt."

Während Sie diese Worte sprach hatte Sie schon die versucht die Tür zu öffnen und … , tatsächlich schwenkte die Tür nach innen. Mit einem triumphierenden Gesichtsausdruck und einer Siegerfaust trat Leonie auch gleich ein. Patricia folgte Ihr nur sehr zögerlich. Im inneren des Zimmers stand ein protziger Schreibtisch mit den üblichen Ablagefächern, ein überdimensionierter Chefsessel aus glänzendem Leder. Auf der anderen Seite des
Tisches standen zwei Lederarmstühle. An beiden Wänden waren vereinzelt Hüfthohe Aktenschränke aus dem dunklem Holz. Vereinzelt hingen abstrakte Bilder rum. Auf dem Schreibtisch standen in Silber und Gold die üblichen Büroutensilien, aber peinlichst geordnet. Das Fenster war im Rücken des Chefsessels und dem Gegenüber eine Tür die in den nächsten Raum führte, diese war aus Milchglas und führte das gleiche Logo wie schon an dem Schild vom eigentlichen Eingang. Ansonsten war der Raum nur nüchtern und hatte auch keinen Kamin. Entäuscht gingen beide in den nächsten Raum der mit mehreren einfachen Tischen mit einfachen Stühlen vollstand. Jeder Tisch hatte auf beiden Seiten einen Rollcontainer. An den Wänden standen Hohe Aktenschränke auf den Tischen waren vereinzelt Akten und Blätter. Auf dem einen oder anderem Tisch standen Bilder von Kindern. Kamin, aber auch hier in diesem Raum Fehlanzeige. Es gab dann nur noch denselben Gang und das Bad.

Enttäuscht gingen beide in den Keller. Und machten sich dann über das übliche Fenster auf dem Weg zu Leonies Vater. Auf dem Weg dorthin unterhielten Sie sich über das erlebte.

Kapitel 5

Ich sehe was, was du nicht siehst …

„Was hältst du von dem was da heute alles passiert ist Pati?"

„Ich weiß nicht was ich davon halten soll, hab ich alles richtig mitbekommen habe, hast du diese Stimme auch gehört, oder warst du das?" fragte Patricia

„Nein, nein natürlich nicht." Entgegnete Leonie rasch. „Hab die Stimme aber auch gehört, mir lief ein Schauer über den Rücken, weiß nicht wie es dir erging?"

„Oh verdammt, ich hätt mir vor Schreck fast in die Hose gemacht." War Patricias Antwort. „Wie wollen wir das mit den Fotos mach?"

„Würd sagen, wir spielen die Fotos auf unsere Rechner und jeder schaut was er rausfindet, bin ja erst in zwei Wochen wieder da, damit haben wir beide viel Zeit über das ganze Nachzudenken und so können wir dann so eine Art Brainstorming machen mit dem was wir rausgefunden haben, wie findest du das? Oder sollen wir unter der Zeit Kontakt via Handy halten, Skype hab ich nur bei Papa. Aber Handy ist mir zu sehr von Mama überwacht und die reißt mir den Kopf ab, wenn Sie mitbekommt was wir grad machen." Gab Leonie zurück

„Oh bitte sag ja nichts zu meiner Mama, sonst, sonst oh je ich glaub dann dürften wir uns nicht mehr sehen bis ich 80zig bin." War Patricias Reaktion auf Leonies Antwort.

„Pakt!" gab Leonie zurück „Wir sagen unseren Müttern nichts, jeder besieht sich das bislang gesammelte Material alleine macht sich Notizen dazu und wenn ich in 14 Tagen wieder da bin, dann vergleichen wir alles miteinander, vielleicht darfst du dann wieder bei mir schlafen, so können wir dann alles besser vergleichen." Leonie strahlte förmlich bei dem Vorschlag. Patricia wirkte erst unschlüssig, aber je länger Sie darüber nachdachte desto besser schien ihr der Vorschlag zu gefallen. Schließlich nickte Sie zustimmend.

„Ja, du hast Recht Leo, das hört sich gut an. ABER DU DARFST DEINEM VATER AUCH NICHTS SAGEN! Jetzt müssen wir nur noch versuchen die Bilder auf deinen Rechner zu bekommen. Ansonsten könnt es schwierig werden. Aber gut ich könnt diese Ausdrucken und dir dann nach Hause schicken lassen, würd halt ein paar Tage dauern."

„Natürlich sag ich auch meinen Vater nichts, der ist zwar lockerer drauf, sagt von sich selbst er hat viel Scheiß in seinem Leben gemacht, warte seine wörtliche Aussage ist glaub ich diese ‚Ich bin nicht auf vieles Stolz, was ich in meinem Leben gemacht habe, aber Stolz darauf was ich daraus gemacht habe.' So oder so ähnlich sagt er das immer. Ach das kriegen wir schon, ich lass mir die Datei dann auch von meinem Papa auf CD-Brennen und so bekomm ich dann alles zu meinem Rechner."

„Hast du denn mittlerweile einen eigenen Rechner?" hackte Patricia nach. „oder machst du nach wie vor immer alles auf dem Laptop deiner Mama?"

„Upps, an das hat ich jetzt gar nicht gedacht. Hast Recht, ich mach so viel mit dem Ding dass ich es schon fast als meins betrachte, brauch ja nur kurz fragen und meistens darf ich dann ran. Und auf einen der Rechner von Mamas neuen will ich nicht, der ist eh immer zu neugierig. Kannst du mir dann bitte die Fotos ausdrucken, oder nein, an dem Rechner in meinem Zimmer hängt ja ein Drucker, da druckt mein Vater auch ständig seine Sachen aus, die er meistens auf seinem Laptop vorher geschrieben hat. Wenn wir bei ihm sind fragen wir sofort nach ob wir da was ausdrucken dürfen und oder können."

„Bei deinem Vater? Und was ist wenn er wissen will was du da ausdrucken willst? Und sieht was es ist? Und fragt wo wir die Bilder gemacht haben und wie und …"

„Ach, du Angsthase" unterbrach Leonie die besorgten Einwürfe von Patricia „Ich erklär ihm kurz dass wir Fotos gemacht haben und ich diese einfach ausdrucken will, weil ich bei meiner Mama zu Hause die noch nachmalen will und deshalb die Vorlage brauch, so einfach und glaub mir das wird schon. Bei so was ist mein Vater nicht so neugierig, der hat laut seinen eigenen Aussagen auch schon viel angestellt und gesagt am meisten hat er aus seinen Fehlern gelernt. Und ich soll einfach nichts Verbotenes anstellen."

„NICHTS VERBOTENES????" entrüstete Patricia sich. „Denkst du, dass die Beschaffung der Fotos etwa legal abgelaufen ist? ..."

„Nein, das weiß ich auch, aber das muss ich ja niemanden auf die Nase binden, oder? Und glaub mir unsere Eltern haben mit Sicherheit auch einige Verbote überschritten von denen wir nichts wissen. Meinem Vater ist es wichtig, dass mir nichts passiert, dass ich aufpasse aber er lebt eher nach dem Wahlspruch ‚gib Kindern Wurzeln und Flügel' oder so ähnlich, zumindest hat er dies schon hie und da erwähnt. Außerdem denk doch lieber Mal positiv als überall nur Schwierigkeiten zu sehen." War Leonies Einwurf.

„Einer von uns muss doch in der Realität bleiben und dich auf die möglichen Gefahren hinweisen, bevor du kopflos in alles rein rennst." Damit war für kurze Zeit die Unterhaltung für beide beendet. Schweigend marschierten Sie nach Hause zu Leonies Vater. Dort angekommen fragte Ihr Vater nach wo Sie denn so lange waren. Leonie meinte nur auf dem Spielplatz bei der Villa. Womit sich Ihr Vater zufrieden gab. Wobei Patricias Mutter kurz erstaunt meinte

„Auf dem Spielplatz? War doch schon länger nicht mehr interessant für euch, aber gut. Hab Kuchen mitgebracht wenn Ihr was wollt?"

„Oh Kuchen, super, können wir den im Zimmer essen?" fragte Leonie sofort nach. Ihr Vater nickte zustimmend und mit dem Kuchen und Handy bewaffnet machten sich die beiden im Zimmer ans Werk. Versuchten das Handy mit dem Rechner zu verbinden. Bald merkten Sie dass dafür ein Kabel notwendig war.

„PAAAPAAAA" schrie Leonie

„Du kannst doch nicht erwarten dass dein Papa sofort hüpft und springt wenn du was willst, komm lass uns zu Ihm gehen und fragen." Mit diesen Worten von Patricia standen beide auf gingen zur Tür, in der gerade Leonies Vater auftauchte. Kurz erklärten beide was benötigt wurde und nachdem dass Ihr Vater kurz nachgesehen hatte was für ein Kabel benötigt wurde verschwand er mit den Worten ‚Hab ich, bin gleich damit wieder zurück. Mach schon mal das Bildbearbeitungsprogramm auf.

„Welches ist das?" hackte Leonie nach und Ihr Vater teilte Ihr den Namen mit. Kurz darauf wurden Leonie und Patricia fündig und öffneten das gewünschte Programm als schon Ihr Vater wieder im Zimmer erschien mit einem Kabel in der Hand.

„Denke, damit müsste es gehen. Lass es uns gleich mal ausprobieren." Mit diesen Worten steckte er das USB-Kabel zuerst in den am Handy vorgesehenen Anschluss und danach an den Rechner. Es dauerte gar nicht lange und ein Fenster plobbte ein Windowsfenster auf, welches aber von Leonies Vater ignoriert und geschlossen wurde. Stattdessen öffnete er im Programm ein Fenster und ordnete die Übertragung der Fotos an.

„Soll ich ALLE übertragen, oder nur die von heute?"

„Nur die von heute." Kam es aus beiden Mündern. „und danke, den Rest schaffen wir." Komplettierte Leonie Ihren Vater gleich noch aus dem Zimmer.

„Immer mit der Ruhe, du wolltest meine Hilfe, die du wie du weißt gerne bekommst. Und sollte noch etwas sein, höflich fragen und bleiben hilft immer." Mit diesen Worten wollte Ihr Vater gerade aus dem Zimmer gehen als Leonie doch noch etwas wissen wollte.

„Habs nicht so ernst gemeint, aber darf ich was ausdrucken? Und wie funktioniert der Drucker?"

„Willst du die Bilder ausdrucken?" hackte Ihr Vater nach.

„Ja" kam es vorsichtig von Leonie.

„Wie viele sind es denn? Und es geht schon klar, hab aber kein Fotopapier nur weißes." Mit diesen Worten hatte er schon den Drucker eingeschaltet. Patricia antwortete für Leonie

„Es sind so fünf oder acht Fotos."

„Das geht schon klar, beachtet halt die Größe, aber wenn was ist einfach fragen. Aber das wisst ihr zwei ja." Damit verließ Ihr Vater das Zimmer, am Absatz drehte er sich nochmal um „Denkt dran, so in ein bzw. eineinhalb Stunden fährt Patricia."

„Was schon." War es überrascht von Leonie gekommen. „Dann müssen wir uns beeilen, damit wir auch alles schaffen." Emsig machten sich beide ans Werk und schon nach kurzer Zeit hörte man den Drucker arbeiten.

„Super das klappt und wir brauchen die Fotos nicht einmal auf den Rechner spielen, wo dein Vater auch dran könnte."

„Ja, find ich auch super. Ach scheiße," kam es von Leonie.

„Was, was?"

„Die Fotos sind schwarz/weiß. So eine Kacke. Ich frag mal schnell bei meinem Vater nach wie ich das umstelle bin gleich wieder da." Es dauerte auch gar nicht lange und da kam Sie schon zurück

„Und weißt du nun wie es geht?" fragte Patricia

„Ich denke schon, lass es uns einfach mal testen." Und somit machten Sie sich erneut ans Werk. Der Drucker begann wieder zu rattern.

„Ja, es klappt." Und lauter schrie Leonie dann noch „ES HAT GEKLAPPT, DAAANKEEE" als der Drucker geendet hatte nahm sich Leonie die gedruckten Ergebnisse steckte diese in eine Mappe und packte alles mit Ihren Klamotten zusammen in Ihre Tasche. Kaum war alles verstaut, ertönte die Stimme von Luisa

„Patricia, mach dich fertig wir fahren jetzt." beide Mädchen sahen sich mit runtergezogenen Lippen an.

„Ach ge, wir wollen noch nicht. Außerdem will auch noch dableiben. Nochmal übernacht, darf Sie?" War Leonies Reaktion.

„Wegen mir gerne, aber damit muss auch Luisa einverstanden sein." Erwiderte ihr Vater. Inzwischen war er und Luisa nach vorne gekommen. Die beiden Mädchen kamen stürmisch aus dem Zimmer und begannen sofort auf Luisa teils zugleich, teils abwechselnd einzureden.

„Darf Pati die Nacht noch bleiben, sehen uns so selten, haben noch sooooo viel zu reden, wollen noch miteinander spielen ..." Es wäre bestimmt noch einige Minuten so weitergegangen hätte Leonies Vater sich nicht lautstark Gehör verschafft.

„STOOOP, Stopp, Stopp, Stopp, lasst uns doch auch mal zu Wort kommen." Zu Luisa gerichtet sagte er, mir ist das egal, zu zweit sind Sie brav, gab auch nichts zu beanstanden."

„Aber Patricia du musst noch für die Schule lernen. Das wollten wir doch morgen Vormittag machen."

„Ja, sicher, aber ich muss doch nicht den ganzen Tag lernen. Das kann ich Nachmittags auch noch machen, die Zeit reicht locker aus und hier ist es sooo lustig und interessant, Biiiiiitteeeeee" war Patricias blitzschnelle Erwiderung. Luisa überlegte sah Alexander an der gab ihr zu Verstehen so oder so ist es in Ordnung.

„Aber wird euch das nicht zu viel?" fragte Luisa jetzt auch Simone, die gerade hinzugekommen war.

„Ob es jetzt ein oder zwei sind, ist doch egal, zu zweit machen Sie halt mehr miteinander. Waren heute den ganzen Tag draußen. Gut das Wetter mit dem komplett wolkenlosen Himmel heut am ganzen Tag lud auch dazu ein. Du kommst morgen so gegen 14.00 Uhr zu Kaffee und Kuchen, danach habt Ihr noch genügend Zeit um zu lernen, was hältst du davon?" schlug Simone vor. Luisa überlegte kurz

„Aber nur wenn du einen deiner tollen Kuchen bäckst." zu Patricia gewandt „Du bist brav und morgen um 15.00 fahren wir zum Lernen nach Hause, da will ich keine Widerworte mehr hören."

„Du bist die Beste, danke Mami" kam es sofort von Patricia und Leonie quietschte vor Freude. Luisa verabschiedete sich und ging. Simone sah Alexander an

„Schau mal nach ob ich alles hab zum Backen, ansonsten müsst ich dann nochmal schnell los. Was machen wir zum Abendessen?" stellte Sie gerade die Frage und im gleichen Atemzug schrien beide Teens ,

„PIZZA!!!!"

„Dann müssen wir sowieso noch einkaufen, schreib zusammen was dir für den Kuchen fehlt und ich fahr schnell und hol dann alles." Antwortete Alexander. Nach kurzer Zeit war Simone soweit fertig und gab Alexander die Einkaufsliste, dieser machte sich sofort auf dem Weg, damit die Geschäfte nicht vor seiner Nase schlossen. Als er nach einer halben Stunde wieder daheim war, waren beide Teens bereits im Zimmer wieder zu Werke und tuschelten. Er klopfte und öffnete die Tür,

„Bin wieder da, und wenn Ihr wollt könnt ihr Simone und mir beim Pizza machen helfen."

„Ein anderes Mal wieder gern Papa, aber haben grad, ähh sind grad bei wichtigen Sachen, die wollen wir noch schnell fertig machen, bis wann gibt es denn die Pizzas?" gab Leonie zurück.

„Ok, nachdem Ihr uns nicht helft wird's wohl erst in 'ner Stunde Essen geben."

„Das passt." Und damit wandte Leonie sich wieder Patricia zu, die sah aber kurz zu Leonies Vater und meinte dann

„Auf meine bitte nur Tomaten, Käse und Salami."

„Auf meine bitte auch. Und noch Schinken, und ganz viel Käse. Das wärs, ach Champignons noch."

„Wie ihr wünscht." Gab Alexander mit einer kleinen Verbeugung zurück. Kaum war er aus dem Zimmer besahen sich die Zwei die Fotos auf dem Bildschirm. Sie vergrößerten einzelne Ausschnitte, drehten das Bild aber irgendwie war da nichts zu erkennen.

„Mist" kam es von Patricia, „wir brauchen eine bessere Kamera, mehr Licht und ein Objektiv mit dem man das ganze herholen kann."

„Du meinst Zoomen. Und warum nicht gleich einen Starfotografen dazu?" kam es ironisch von Leonie die sich sofort dafür entschuldigte.

„War nicht so gemeint, bin einfach nur enttäuscht. Mein Vater hat zwar eine solche Kamera, aber die wird er mir wohl kaum mitgeben. Die ist ihm zu heilig." Leonie grübelte und auf einmal

„Heureka" Patricia sah Sie verwirrt an

„Heu wer? Von was redest du da?"

„Heureka, heißt glaub ich ‚Ich Habs', irgendeiner hat das mal geschrien als er im was Entscheidendes eingefallen war. Glaub es war ein Ägypter, ähh Grieche denk ich war es. Mein Vater hat ja noch ähnliche Kameras aber nur analoge, vielleicht leiht er uns eine solche und damit können wir dann die Fotos machen. Vielleicht klappt es mit der dann besser."

„Analog, dafür braucht man dann doch einen Film, oder? Denn muss man dann entwickeln, oder? Macht dass noch jemand? Und habs grad gegoogelt es war ein Grieche, nämlich Archimedes, der soll angeblich nackt durch die Straße gelaufen sein und ständig Heureka gerufen haben, ums laut Wikipedia genau zu sagen Der Ausruf ist nach einer von Plutarch und Vitruv überlieferten Anekdote berühmt geworden, der zufolge

Archimedes von Syrakus unbekleidet und laut Heureka! Rufend durch die Stadt gelaufen sein soll, nachdem er in der Badewanne das nach ihm benannte Archimedische Prinzip entdeckt hatte. Seitdem wird Heureka als freudiger Ausruf nach gelungener Lösung einer schweren (meist geistigen) Aufgabe verwendet und steht auch als Synonym für eine plötzliche Erkenntnis. Der Ausruf wurde auch von dem berühmten Mathematiker Carl Friederich ..." weiter kam Sie nicht.

„Danke genug Geschichtsunterricht." Unterbrach Leonie Patricia

„Jaaa, schon gut aber willst du wirklich mit einer Uralten Kamera die keiner von uns bedienen kann versuchen alles nochmal festzuhalten auf einem Film, der nach Wochen erst ähh glaub es heißt entwickelt worden ist, dann hast du glaub ich sogenannte Negative, als ich weiß wirklich nicht." Gab Patricia zu bedenken.

„War ja nur eine Idee, aber wenn alle Stricke reißen ist es eine Option, dass solltest du auch beachten. Oder kannst du für das nächste Mal eine bessere Kamera auftreiben und mitbringen?" Kaum hatte Sie geendet vernahmen Sie Simones Stimme

„Pizza ist fertig. Kommt Ihr? Bitte bei der Küche halt machen und schon mal jeder sein erstes Stück abholen und dann nach vorne." Wortlos folgten beide der Aufforderung holten sich die Pizza und gingen zum Essen nach vorne. Während des Abendessens fragte Alexander

„Und, sind die Fotos was geworden?"

„Leider nicht so richtig, das was wir gesehen haben, konnten wir nicht aufnehmen, irgendwie ist da nicht so richtig was zu sehen." Antworteten beide fast zugleich enttäuscht.

„Auch auf den Ausdrucken?" hackte Simone nach.

„Die haben wir noch gar nicht angesehen." Sagte Leonie

„Manchmal ist ein Ausdruck aber aussagekräftiger als auf dem Bildschirm, kenn das selber von dem einen oder anderen Foto." Sofort waren die Lebensgeister beider Teens wieder geweckt.

„Dürfen wir aufstehen?" wollte Leonie wissen. Ihr Vater zog eine Braue hoch

„Esst erst einmal, haben noch ein ganzes Blech voll und Ihr habt gerade mal jeder zwei maximal drei Bissen gegessen. Die Bilder laufen euch nicht davon." Seine Worte wurden durch das Bauchgrummeln von Patricia noch untermauert. So sahen beide Teens es ein und aßen noch gut das halbe Blech weg bevor Sie sich eiligst ins Zimmer von Leonie begeben wollten, aber von Alexander ausgebremst wurden.

„Was ist mit euren Tellern?" Mit einem tiefen Schnaufer nahm jeder seinen Teller und sein Besteck, brachten es in die Küche und verschwanden dann sofort im Zimmer. Dort angekommen holte Leonie die Ausdrucke aus der Mappe. Und tatsächlich. Hier war etwas mehr zu erkennen. Aber selbst als Sie mehrmals alle Farbfotos durchgesehen hatten, auch gedreht und und und. Es war nichts darauf zu erkennen. Weder der Knubbel noch das von der anderen Seite. Vor lauter Enttäuschung nahm Leonie die Mappe mit den Bildern und schleuderte Sie wütend in eine Ecke, wo auch die meisten Bilder landeten. Bis auf eines, dass sich aus dem Stapel gelöst hatte. Es segelte langsam auf Leonies Schoß, die mittlerweile im Schneidersitz genau wie Patricia ihr gegenüber saß, Leonie nahm den Ausdruck und wollte es gerade vor lauter Wut und Enttäuschung zerreißen als Patricia schrie

„STOOP, NICHT, sieh dir das mal an."

„Warum? Was soll denn da sein?" mit diesen Worten drehte Leonie den Ausdruck um sah auf das gedruckte Bild, dass Sie schon mehrmals in Farbe betrachtet hatte, aber als Sie auf den Ausdruck in Schwarz/Weiß sah schlug ihr Kinnladen förmlich am Boden auf.

Kapitel 6

Rätsel über Rätsel

„Da, da, da, da, da, steht was geschrieben." Stammelte Leonie und Patricia nickte mit weit auf gerissenen Augen.

„Was steht da? Häää, komm Pati schau's dir an, was ist das? Kannst du das entziffern?" war Leonies Frage während Sie den Schwarz/Weißen Ausdruck vor sich beiden ablegte. Beide sahen es sich an.

„Sieht irgendwie aus, wie wenn ein dreijähriges Kind was gekritzelt hat." War Patricias erste eher enttäuscht nüchterne Bilanz, aber Leonie nahm das Blatt und drehte es hin und her, stellte es auf den Kopf.

„Hmm, irgendwie ist da aber schon ein Muster erkennbar, sieh mal Pati wenn ich den Ausdruck auf den Spitz stelle ist am unteren Ende ein komisch geschriebenes großes E zu sehen. Sieh doch." Pati versuchte es auch

„Na ich weiß nicht. Es sieht schon ganz schön seltsam aus. Und was sollen das andere für Buchstaben sein?"

„Ich weiß es doch auch noch, NOCH nicht, komm lass uns die anderen Schwarz/Weißen Ausdrucke ansehen was es dort zu entdecken gibt." Gab Leonie jetzt richtig enthusiastisch zurück und schnappte sich sogleich das nächste Blatt, das im fast selben Moment wieder in die Luft segelte

„Mist Farbe kannst ja voll vergessen. Hinter dir Pati liegen noch ein paar, gibst du die mir bitte. Welche willst du dir ansehen?" fragte Leonie nach als Pati Ihr die Blätter reichte.

„Dachte wir sehen Sie uns gemeinsam an, du weißt doch vier Augen sehen mehr als zwei." Entgegnete Patricia.

„Natürlich weiß ich das, aber dachte jeder sieht es sich an macht sich seine eigenen Gedanken und so kommen wir doch auf mehr Ideen." Gab Leonie zurück.

„Aber bei dem Foto vorher haben wir doch fast gar nichts gesehen erst nachdem dir was aufgefallen ist das es ein Buchstabe war."

„Ein komisch geschriebenes ,E' und dann noch ein paar Linien ..." bei diesen Worten begann Sie nach den Fotoausdruck zu suchen, denn Sie vorher auf die Seite gelegt hatte, besah sich diesen nochmals schweigend. Patrizia nahm sich währenddessen einen weiteren Ausdruck und bewegte das Papier nach links, nach rechts, drehte es auf alle Ecken auf die Rückseite, dann wieder auf die Vorderseite immer mehr gelangweilt besah Sie sich das Blatt.

„Ich weiß nicht was da drauf sein soll, ich seh nichts." Dabei sah Sie zu Leonie hinüber die was auf ein Blatt Papier kritzelte.

„Was schreibst oder malst du denn auf?" fragte Patricia, aber bevor Leonie antworten konnte kam eine Ansage von Alexander der gerade klopfte und nach kurzem warten ins Zimmer kam

„Es ist 22.00 Uhr, umziehen, waschen und dann ab ins Bett mit euch. Morgen ist auch ein Tag. Upps da habt Ihr ja ein wenig gewütet, naja dann sag ich es halt mit den Worten meiner Mutter: ‚Mir ist es egal wie es hier aussieht, euch muss es gefallen, Ihr müsst euch drin wohlfühlen.' Und schon weiter mit den Ausdrucken von den Fotos?" Leonie versuchte sofort abzulenken, damit Ihr Vater nicht was sieht was diesen zu, für beide, unbequemen Fragen führen könnte. Gleichzeitig beantwortete Sie die Frage

„Naja, haben den Vorteil zwischen Farbe und Schwarz/Weiß entdeckt. Und dass ich noch viel über Fotografie lernen muss, deswegen müssen wir eventuell das Ganze nochmal fotografieren, aber vielleicht mit einer Richtig guten Digitalkamera." Bei den letzten Worten sah Sie ihren Vater mit einem Dackelblick an.

„Was heißt, du willst dir meine Kamera ausleihen." Erwiderte Ihr Vater.

„Oh super, danke du bist der Beste ..." weiter kam Leonie nicht, denn Alexander unterbrach Sie einerseits in dem er seine Hand hob, andererseits durch seine Worte

„Moment, davon hab ich noch nichts gesagt. Du weißt damit verdien ich auch mein Geld. Aber ich sag dir was, wenn du das nächste mal da bist, hab ich vielleicht eine alte wieder auf Vordermann gebracht. Vielleicht! Und jetzt wird geschlafen."

„Aber es muss eine Digitale Kamera sein." Mischte sich Patricia ein. Alexander zog die Brauen hoch und sah Sie an

„Ihr wisst gar nicht was man mit Analogen Kameras alles rausholen kann, da kann man sich wirklich spielen und mit verschiedenen Beleuchtungen erstaunliches erreichen. Und nicht am Computer irgendwas verändern und dann erst ein ‚Bild' schaffen." Gab Alexander zurück.

„Aber gut, ihr habt ja 14 Tage Zeit euch zu entscheiden. Gute Nacht." Mit diesen Worten wollte er schon gehen als Leonie noch nachhackte

„Aber ich dachte mit deiner geht's am leichtesten."

„Überlegt es euch, gute Nacht ihr zwei schlaft gut." Damit knipste er das Licht aus und verließ das Zimmer. Leonie und Patricia tuschelten noch einige Zeit miteinander wobei Sie sich überwiegend über die Kamera unterhielten. Es dauerte noch einige Zeit bis beide einschlafen konnten. Am nächsten Tag erwachten beide durch den mehr oder weniger sanften Weckruf

„Das Frühstück ist fertig, raus aus den Federn." Kurz darauf klopfte es an der Tür,

„Seid ihr schon wach?" kam es von draußen. Patricia grummelt irgendwas unverständliches während Leonie sich den Schlaf aus den Augen rieb. Es klopfte erneut

„Guten Morgen, es ist bereits nach zehn Uhr und das Frühstück ist fertig, kommt bitte." Schallte es durch die Tür von Simone und Leonie antwortete noch schlaftrunken

„Kommen gleich." Sie wandte sich Patricia zu die mittlerweile auch halbwegs wach geworden war „Wach? Komm lass uns frühstücken." Patricia nickte und beide bewegten sich zu Tische. Während des Frühstücks begann Leonie erneut mit der Kamera.

„Du Pa, mit einer alten Kamera, können wir aber nicht umgehen. Außerdem wissen wir nicht ob das dann auch gut funktioniert, außerdem muss da auch ein Blitz dran sein und ..." da wurde Sie von ihrem Vater unterbrochen

„Wenn du wirklich willst, dann zeig ich dir, wie man damit umgeht und wie man tolle Fotos damit macht. Denn wirklich gute Fotos macht man nicht mit Technik sondern mit dem Auge für das besondere und dann sich die Zeit nehmen, das besondere auch festzuhalten und zwar so, das jeder der dann das Bild bzw. DEIN FOTO betrachtet auch das selbe sieht, wie DU. Aber gut Ihr könnt euch das ja noch zwei Wochen lang durch den Kopf gehen lassen."

„Aber wie sollen wir das so schnell lernen? Das ist doch ganz unmöglich." Entgegnete Patricia. Wortlos stand Alexander auf ging um die Ecke und nahm ein Foto von der Wand ab und drückte es beiden in die Hände. Die Teenies betrachteten es und sahen dann Alexander an.

„Und?" kam es fast gleichzeitig aus beider Mündern. Alexander sah Sie an

„Was seht Ihr auf dem Foto?" Patricia antwortete als erste

„Ein Blume." Eher gleichgültig kam die Antwort während Sie sich das Foto besah. Alexander schüttelte unmerklich den Kopf und sah dann fast schon erwartungsvoll Leonie an.

„Und Leonie was siehst du?"

„Hmm, es ist der Kelch eines Krokus an einem herrlich warmen und sonnigen Frühlingstag inmitten vieler Krokus und frischem Gras, es ist früher Nachmittag."

„Guut" kam es von Alexander. „Siehst du, genau das meinte ich." Es war übrigens das erste Bild das ich mit einer Spiegelreflexkamera gemacht hatte. Allein für die Einstellung, Aufsätze, Belichtung, Dauer der Belichtung, Standort, Höhe und, und, und. Dafür hab ich knapp zwanzig Minuten gebraucht um nur EINMAL abzudrücken aber mit der Gewissheit dass das Foto Klasse wird. Das Ergebnis hälts du gerade ja in der Hand."

„Aber Papa, wir wollen ja keine Meisterwerke schaffen. Wir wollen nur was aufnehmen und das Ganze mit einer guten Kamera, damit wir die Feinheiten besser erkennen können." Entgegnete jetzt Leonie. Ihr Vater schüttelte den Kopf.

„Sieh dir nochmals das Foto an, ich will ja gar nicht dass du dir genau so lange dafür Zeit nimmst, aber mit etwas Zeit erreichst du genau das was ihr wollt, ein Schnappschuss mit detaillierten Feinheiten. Aber wenn du nur draufdrücken willst und darauf bestehst dass eine Maschine für dich das Denken übernehmen soll und die Dinge scharf stellt, die du gar nicht haben willst oder die durch zu starke oder zu schwache Belichtung nicht dargestellten feinen Linien oder überblendet, so dass diese gar nicht auffallen. Überlegt es euch. Denn anscheinend sind die Fotos die Ihr ausgedruckt habt genau von dieser Art wie Ihr Sie nicht haben wollt!" Ohne ein weiteres Wort frühstückte Alexander weiter. Leonie und Patricia besahen sich nochmal das Foto genau, sahen sich erneut an und frühstückten dann ebenso wortlos weiter.

„Und was habt Ihr heute noch vor, bevor Patricia abgeholt wird?" fragte Simone die beiden um das betretene Schweigen am Tische zu beenden.

„Wir schauen uns nochmal die Fotos an." Antwortete Leonie

„Können wir euch vielleicht dabei helfen?" hackte Simone nach.

„NEIN!" kam es sofort erschrocken aus beider Mündern.

„Wow, was habt ihr denn da geheimnisvolles abgelichtet?" fragte Alexander erstaunt.

„Ähh, nichts ..." begann Patricia stotternd

„… nichts wirklich interessantes oder wichtiges, ist nur, nur …" machte Leonie weiter

„… nur was, was uns interessiert." Versuchte Patricia zu enden. Simone und Alexander wechselten die Blicke untereinander und anschliesend jeweils mit einem der beiden Teenies und wieder zurück.

„Okay, frag schon nicht mehr nach. Solang ihr im legalen Bereich bleibt. Das ist doch der Fall, ihr habt doch nirgendwo eingebrochen, andere Menschen in prekären Situationen erwischt, oder was anderes gemacht?" hackte Alexander nach.

„Nein, nein, nein!" kam es aus beider Mündern gleichzeitig. Wodurch ein erneuter Augenkontakt zwischen Simone und Alexander stattfand.

„Oookayy" kam es von Alexander „Ihr wisst ich bin für euch da, aber ihr müsst ehrlich zu mir sein. Und Leonie du weißt deine Mutter bringt uns beide um, wenn du was Verbotenes macht, mit dem Unterschied du scheidest human dahin. Also ich geh davon aus du …" weiter kam er nicht

„Ahh Papa, das sind Mädchensachen die wir fotografieren." Log Leonie ohne dabei Rot zu werden. Sie griff sich zwar verräterisch an den Hals und rieb, aber das übersah Ihr Vater.

„Okay, wenn du das sagst. Dann will ich dir glauben."

„Wir sind satt, dürfen wir ins Zimmer gehen?" fragte Leonie kurze Zeit später.

„Ja, dürft ihr. Aber bedenkt, dass Patricias Mutter um zwei kommt, wir dann noch Kaffeetrinken, bis dahin solltet Ihr zumindest umgezogen sein."

„Jaja" war die knappe Erwiderung und schon verließen beide den Tisch als Simone beide noch kurz stoppte und Alexander auf die Teller deutete.

„Oh, tut mir leid, vergessen." Beide Teens schnappten sich die Teller und brachten diese in die Küche auf dem Weg dorthin tuschelte Patricia zu Leonie

„Wow, wie schafft du das, zu Lügen ohne dabei Rot zu werden. Ich glaub ich …, … ich könnt das bei meiner Mutter nicht." Flüsterte Patricia Leonie ins Ohr.

„Tja, da hab ich es gelernt ohne dass die es mitbekommen hat." Flüsterte Leonie grinsend zurück. Kaum im Zimmer angekommen fläzten Sie sich auf den Boden und jeder schnappte sich einen schwarzweißausdruck und begannen darüber zu grübeln. Leonie betrachtete Ihren Ausdruck minutenlang und wirkte schon fast apathisch, als Sie sich nach fast einer halben Stunde immer noch nicht bewegt hatte, oder einen Kommentar von sich gegeben hatte war Patricia erstaunt und sprach Leonie an

„Hea Leo, was ist los? Haaalloooooooooooooooooooooooooo LEEEEEEEEOOOOO, wach auf!" und rüttelte an Ihrer Schulter.

„Was, was, was?" kam es erschrocken von Leonie

„Bist du eingeschlafen? Noch ein bischen müde hmm."
Scherzte Patricia

„Nein, bin ausgeschlafen, aber weiß nicht, das Bild hat
mich irgendwie in den Bann gezogen obwohl ich nichts
gesehen hab, schau es dir selber an." Mit diesen Worten
übergab Leonie den Ausdruck an Patricia, die sah Sie
zuerst erstaunt, dann entsetzt an.

„IN DENN BANN GEZOGEN, von einem BILD!!! Du machst
mir Angst!"

„Ach hab dich nicht so, ich weiß nicht was aber ich glaub
da ist was zu sehen, oberflächlich sehe ich grad gar
nichts aber als ich dann versuchte mich auf eine
komische Stelle im Bild zu konzentrieren war ich wohl
ein zwei Minuten nicht so ganz vertreten."

„EIN ZWEI MINUTEN???, wohl eher eine HALBE Stunde!
Hab immer mal wieder rüber geschaut, dacht schon fast
du bist zur Salzsäure erstarrt. Daher sehe ich das eher ...
ähh mit gemischten Gefühlen ..., ... ach verdammt,
worauf soll ich bei dem Bild achten?" und nahm das Bild
in Ihre Hände.

„Kann ich dir nicht sagen ..., äh, ... schau selbst. Vielleicht
siehst du was. Eine HALBE Stunde? Wirklich? Mir kam es
eher wie ein paar Minuten vor." Patricia fing an den
Ausdruck anzusehen und Leonie beobachtete Sie dabei.
Sie sah wie Patricia ihre Augen von Punkt zu Punkt auf

den eigentlich als zu verwaschenen anzusehenden Ausdruck auf dem eigentlich nichts zu sehen ist. Aber auf einmal wurden Leonies Augen größer.

„Pati, alles okay? PAAATIIII!! Was ist los?" erschrocken reißt Leonie Patricia an der Schulter und diese schreckte auf.

„Ist was? Warum läst du mich das Bild nicht mal richtig ansehen?"

„Hallooo, du warst grad ein paar Minuten in Trance …"

„… ein PAAR Minuten wohl kaum, ich hab das Bild gerade mal ein paar Sekunden in der Hand!"

„Sorry Pati, würd dir gern Rechtgeben hab dich aber über fünf Minuten beobachtet und nach knapp zwei hingst du irgendwie fest und hast dich nicht mehr bewegt, das war wirklich gruselig und DU glaubst das waren nur Sekunden?" gab Leonie zu bedenken.

„Was sollen wir mit dem Bild machen, alleine drauf schauen, brauchen wir jemanden der uns zurückholt, zusammen, wer soll uns dann zurückholen?" warf Leonie zum Bedenken ein. Patricia sah Sie an

„Komm, ist doch nur ein Bild auf dem eigentlich nichts drauf zu sehen ist, was soll schon passieren? Wir schauen beide drauf und sagen uns gegenseitig was wir sehen, damit können wir das, was uns jeweils abgelenkt hat dem anderen mitteilen und somit die … Details von diesem Foto dem anderen erklären." Mit diesen Worten besahen sich beide den Ausdruck.

„Patricia, deine Mutter möchte fahren." Leonie schrak hoch sah verwirrt aus. Sie sah Patricia an, die ebenso verwirrt gerade zu Leonie blickte.

„Was, jetzt schon?" fragten beide gleichzeitig. Luisa antwortete während Sie ins Zimmer kam.

„Es ist bereits halb vier und du musst noch lernen. Ihr seid ja noch immer im Schlafanzug, komm Patricia jetzt aber schnell, ich geb dir noch fünf Minuten." Luisa wollte gerade den Raum verlassen, als Patricia verwirrt fragte

„Wie spät ist es? Warum hast du nichts gesagt als du gekommen bist?"

„Also wirklich, ich hab kurz geklopft und hallo gesagt, aber ihr beide habt mich gar nicht zur Kenntnis genommen. Das war vor fast zwei Stunden. Und jetzt beeil dich bitte. Du hast noch ein paar Sachen zum lernen." Damit verließ Luisa den Raum. Patricia sah Leonie mit weit aufgerissenen Augen an und die sah ebenso zurück.

„Lass uns das Bild vernichten, anzünden, mit Weihwasser bespritzen ..." kam es hastig nervös und angstvoll von Patricia. Leonie schüttelte Sie

„Komm zu dir Pati, komm zu dir. Wir ... wir sind wahrscheinlich nur eingeschlafen." Versuchte Leonie Patricia zu beruhigen.

„Eingeschlafen?" kreischte Pati fast atemlos „Wir waren fast vier Stunden in Trance und, und, und sag mir jetzt bitte warum und dass du auf dem Bild den Grund gesehen hast." Doch Leonie kam nicht dazu zum antworten. Denn Luisa wurde ungeduldig.

„Na komm jetzt, wir haben wirklich kaum mehr Zeit. Trödle nicht so rum."

„Du solltest dich auch endlich umziehen Leonie, deine Mama braucht auch nicht mehr lange und da solltest du auch fertig sein, bei dieser Gelegenheit solltest du bitte auch gleich alles zusammenpacken und damit meine ich WIRKLICH ALLES." Setzte Alexander noch nach. Beide Teens schlüpften in was Alltagstaugliches verabschiedeten sich kurz voneinander.

„In zwei Wochen könnt ihr ja wieder was zusammen machen, dann vielleicht bei uns." Schlug Luisa vor. Und damit verließen beide die Wohnung von Simone und Alexander. Leonie kam mit den beiden ins Wohnzimmer.

„Na hast du alles gepackt?" fragte Alexander

„Ja hab ich, hast du dir das mit der Digitalkamera überlegt?" gab Leonie zurück

„In zwei Wochen sehen wir weiter." Sagte Alexander.

„Darf ich mir was im Fernsehen ansehen?" fragte Leonie was Alexander bejahte. Während der Film im Fernsehen lief dachte Leonie nach, was war da passiert? Was war da? Was hat Sie da gesehen? Das andere Foto mit dem paar Strichen, was sollte das bedeuten? Waren Sie wirklich mehrere Stunden in Trance gewesen? Diese Gedanken beschäftigten Sie die ganze Zeit bis Sie abgeholt wurde. Sie verabschiedete sich herzlich von Ihrem Vater. Auf dem Weg nach Hause zu Ihrer Mutter, fragte diese Sie intensiv was Sie denn alles am Wochenende gemachte habe. Leonie antwortete Ihr einfach nur allgemein mit Floskeln aus früheren Besuchen bei Ihrem Vater, die einen Großteil an Nachfragen verhinderten. Aber das Bild und das mit den Strichen ließ Sie nicht mehr los. Auf der viertelstündigen Heimfahrt beschloss Sie, mit einer Schulfreundin zumindest das eine Bild nochmals zu begutachten. Die Anderen wollte Sie alleine abends in Ruhe ansehen und täglich die Gedanken dazu zu Papier zu bringen.

Am nächsten Tag in der Schule sprach Leonie mit Ihrer Freundin, ob Sie bereit wäre einen Ausdruck anzusehen und dann zu sagen was Sie sehe. Da ihre Freundin einverstanden war verabredeten Sie sich für den selbigen Nachmittag. Als Leonie dann endlich nach der Schule zu Hause war, erledigte Sie Ihre Hausaufgaben erheblich schneller als sonst. Was ihre Mutter sehr erstaunte.

„Was ist denn heute los, sonst trödelst du ja immer rum?"

„Kathi, kommt gleich vorbei, wir wollen gemeinsam was unternehmen. Ist doch okay für dich?" fragte Leonie ihre Mutter.

„Wenn du alle Aufgaben gemacht hast und für morgen alles gelernt hast, ist es okay. Bist du soweit?" fragte Ihre Mutter

„Ja, bin bestens vorbereitet und hab alle Hausaufgaben erledigt. Darf ich jetzt in mein Zimmer? Und kannst du wenn Kathi kommt, die gleich in mein Zimmer schicken?"

„Mach ich." Antworte Ihre Mutter und damit entließ Sie Leonie, die sofort in Ihren Zimmer verschwand, dort das Bild rausholte und immer wieder einen kurzen Blick drauf warf. Als Ihr aber die Zeit zu lang wurde zog sie einen weiteren Ausdruck raus. Sah sich diesen an, vertiefte sich immer mehr in das Bild, aber es war nichts zu entdecken auf diesem Bild. Als es endlich klingelte zog Leonie das Bild, das bisher beide in den Bann gezogen hatte aus der Mappe wo Sie alles was die Römervilla betraf aufbewahrte und steckte den Ausdruck den Sie gerade betrachtet hatte in die Mappe zurück. Als es klopfte kam nur

„Komm rein Kathi." Die Tür öffnete sich und Kathi betrat Leonies Zimmer.

„Hi, du hast was gesagt von einem komischen Bild und ich sollt dir sagen was ich sehe. Also zeig mir das witziges Foto." War Kathis Begrüßung. Leonie lächelte und winkte Kathi herein.

„Also was witziges hab ich auf dem Ausdruck noch nicht gesehen, aber irgendwie ist es komisch, sobald ich es betrachte zieht es mich in seinem Bann. Will von dir einfach nur wissen was du darauf erkennen kannst." Mit diesen Worten sah Leonie Kathi erwartungsvoll an und gab Ihr den Ausdruck. Während Kathi sich den Ausdruck betrachtete, beobachtete Leonie Sie. Es dauerte nicht lange und Kathi wirkte Apathisch und Leonie holte Sie mit dem rütteln an Ihrer Schulter zurück.

„Was war los, was hast du gesehen?" hackte Leonie gleich nach. Kathi schüttelte sich, blickte verwirrt und entsetzt um sich. Kurz darauf hatte sie sich wieder gefasst.

„Sorry Leo, hab nichts gesehen auf dem Bild, aber es erschreckt mich, irgendwie beginn ich zu fliegen und träumen. Wie ging es dir?" Dabei sah Sie Leonie an.

„Ähnlich." Gab Leonie einsilbig zurück.

„Was hast du denn da abgelichtet?" fragte Kathi und gab es an Leonie zurück.

„Das versuch ich doch selber schon rauszufinden."

„Wo und wie hast du es denn fotografiert?" hackte Kathi nach und Leonie schrak auf, daran hatte Sie gar nicht gedacht, dass jeder dem Sie das Bild zeigt nachfragen könnte wie das Bild entstanden ist. Sie sah Kathi an zuerst wusste Sie nicht was Sie sagen soll, Lügen, Lüge schoß es Ihr durch den Kopf.

„Du, das ist eigentlich ganz witzig, weißt du, am Wochenende, … da haben Patricia und ich Ihr Handy durchgeschaut und sind dabei auf dieses Bild gestoßen und, und wir konnten nichts damit anfangen. Daher haben wir es ausgedruckt und da hab ich gedacht ich zeig es dir, du hast doch so scharfe Augen. Aber Pati und mir ging es genau wie dir. Ich glaub ich tu das Bild mal weg. Hast du Lust was anderes zu machen?"

„Na klar, lass und rausgehen und mit dem Einradfahren." Schlug Kathi vor. Leonie schnaufte innerlich durch und stimmte dem Vorschlag durch einen kurze Bestätigung und nicken zu. Gleichzeitig schwor Sie sich NIE wieder so unvorsichtig zu sein.

Die Tage hatte Leonie wenig Zeit weitere Bilder anzusehen, erst am Samstagnachmittag fand Sie wieder Zeit dazu Sie schloss die Tür zu ihrem Zimmer und zog die Mappe mit den Fotos Vorsichtig und um sich schauend aus Ihrem Schulrucksack gerade als Sie die Mappe ganz rausgezogen hatte öffnete sich die Zimmertür und Leonies Mutter kam ins Zimmer.

„Warum hast du den die Tür zugemacht Leo?" kam es von Ihr

„MAAAM! Schon mal was von Klopfen gehört?" Reagierte Leonie erschrocken und sauer.

„Hab dich nicht so Leo, wollt nur wissen was du machst."

„Nichts! Und jetzt raus." Tönte es zurück.

„Jetzt aber mal runter vom Gas, du bist meine Tochter und ich darf doch wohl wissen was du hinter verschlossenen Türen machst." Gab Leonies Mutter scharf zurück.

„ICH MACH GAR NICHTS! Wie du dich ja jetzt selbst überzeugen konntest, kann ich denn nicht einmal fünf Minuten allein sein? Hab es dir schon mehrmals erklärt HIER ist RECHTSFREIER RAUM!! MEIN Raum OHNE DEINEN Rechten und jetzt lass mich in Ruhe." Giftete Leonie zurück. Mittlerweile hatte Sie die Mappe möglichst unauffällig neben Ihrem Schulrucksack nach unten gleiten lassen. In der Hoffnung Ihre Mutter habe die Mappe nicht gesehen. Doch die folgende Aussage Ihrer Mutter

„Was hast du denn da versucht verschwinden zu lassen." Zerstörte Leonies Hoffnung.

„Wenn du es wissen UNBEDINGT wissen willst sollte es eigentlich für DICH eine Überraschung sein, aber wenn du willst dann zeig ich es dir schon jetzt!" log Leonie mit der Verzweiflung, dass Angriff nach wie vor die Beste Verteidigung sei.

„Ähh, entschuldige wollt dich nicht aufhalten." Die Taktik schien aufzugehen, Leonies Mutter drehte sich um und begab sich aus dem Zimmer im Türrahmen drehte Sie sich allerdings wieder um

„Ah ich bin einfach neugierig, aber das weißt du ja, was machst du denn für mich als Überraschung zeig mal her." Leonie dachte nur „SCHEIßE" aber aus Ihrem Mund kam was ganz anderes

„RAAUUSS!!" zu Leonies Erstaunen und Erleichterung trat Ihre Mutter den Rückzug an.

„TÜR ZU!" gab Sie Ihrer Mutter noch auf dem Weg, hätte die Leonie nochmal kurz angesehen wäre Sie dem Befehl NIEMALS nachgekommen. Aber die Tür schloss sich und Leonie atmete vermehrt tief durch. Aber nur kurz denn Sie hörte die Aussage des Lebensgefährten Ihrer Mutter, das klang wie ‚du musst ihr Grenzen setzen' und ‚du kannst dir nicht von der auf dem Kopf rumtanzen lassen.' aber die Stimmen wurden leiser und schienen sich von ihren Zimmer zu entfernen. Nun atmete Leonie auf und holte die Mappe hervor. Das erste Bild drehte Sie sofort um. Das zweite war das mit den Linien. Leonie legte es vor sich auf den Boden, daneben ein unbeschriebenes Blatt und einen Bleistift. Sie fragte sich immer wieder was die Striche oder Linien bedeuten sollten. Dazu musste Leonie aber erst mal das Gekritzle entziffern bzw. entwirren. Also begann Sie damit die einzelnen Linien auf das Blatt zu übertragen. Aber irgendwie ergab es keinen Sinn, ist überhaupt alles erkennbar. Leonie gab sich mühe alle Linien nachzumalen. Dabei stellte Sie fest es waren anscheinend drei Zeilen. In der ersten war dieses komische E, davor ein großes X so wie es aussah, davor ein Strich von oben nach unten und unten ging er nach links. Daneben so eine Art Pfeil der in die nächste Reihe zeigte. Dort hatte Sie auf das Blatt übertragen links stand so eine Art Hacken, den man in die Decke schraubt, der aber oben noch eine Linie nach links, daneben wieder ein großes X und dann ein Runenartiges gebilde mit Schnabel nach links und einem Schrägstrich nach links, daneben wieder eine Art Pfeil in die Dritte Zeile die so eine Art auf dem Kopfstehendes N gefolgt von einem Schräggstrich von oben links nach unten rechts wieder der Strich von oben nach unten und unten nach links gefolgt von einem unten offenem O oder einer null wie auf einem elektronischem Anzeiger wie bei einer Uhr allerdings ging der Untere Strich die etwas über den oberen Strich hinausging und der rechte Strich von oben nach unten unten nicht den längsstrich berührte. Leonie dachte nur was soll denn das. Da sind ein paar Linien nicht drauf.

Die Tage nahm sich Leonie immer wieder mal das Bild zur Hand und das Ergebnis war immer wieder das gleiche. So versuchte Sie sich an den anderen Bildern, aber so richtig erkennen konnte Sie darauf überhaupt nichts.

Der Freitag wo sie von Ihrem Vater wieder abgeholt wurde näherte sich und damit auch der Kontakt zu Patricia, was hat Patricia wohl entdeckt. Leonie konnte es mittlerweile kaum mehr erwarten. Sie betrachtete immer wieder die Bilder mit Ausnahme des Bildes Nummer eins, das zu Betrachten vermied Leonie auf jeden Fall. Und nur auf dem zweiten Bild war wirklich was zu erkennen. Aber das was Sie mehrmals kopiert hatte ergab keinen Sinn.

Am Freitag nachmittag saß Sie erneut über Ihrem gezeichneten, als es läutete sprang Sie vom Boden auf und stieß schmerzhaft an Ihrem Schreibtisch. Sie verließ das Zimmer und begrüßte Ihren Vater der Sie fürs Wochenende abholte. Leonie eilte ins Zimmer auf dem Boden lag Ihre Kopie des Ausdruckes mit den Linien zum

Teil bedeckt mit Ihrem Spiegel. Leonie wollte noch schnell alles vor Ihrer Mutter verstecken. Hob den Spiegel auf, erstarrte, es dauerte einige Zeit bis Sie auf die Rufe Ihrer Mutter reagierte.

Kapitel 7

Spieglein, Spieglein auf dem Blatt

„Leo, wo bleibst du?" der Ruf Ihrer Mutter holte Sie wieder in diese Welt zurück. Schnell packte Leonie alles ein und lief nach vorne wo Ihr Vater bereits wartete.

„Wo bleibst du? Dein Vater wartet schon." herrschte Ihre Mutter sie an.

„Ist ja schon gut, Sie ist doch schon da." beschwichtigte Alexander die Szene. Zu Leonie gewandt

„Hast du alles eingepackt Leonie?" hackte Alexander bei seiner Tochter nach.

„Ja, hab alles, was wichtig ist." Zu ihrer Mutter gewandt

„Ciao, bis Sonntag."

„Hol dich am Sonntag wie üblich um 18. Uhr ab. Hast du wirklich alles?" hackte Leonies Mutter nach. Leonie nickte.

„Ja, DANKE hab alles fürs Wochenende, was ich brauche." Gab Leonie gereizt zurück.

„Lass uns fahren Papa." War Leonies nächster Kommentar. Beide verließen die Wohnung von Leonies Mutter stiegen ins Auto und fuhren nach Landshut.

„Dauert es noch lang?" fragte Leonie ungeduldig, fast nervös nach. Ihr Vater zog erstaunt die Augenbrauen hoch

„Wir haben gerade die Hälfte der Strecke, was ist denn los? Bislang hast du doch noch nie nachgefragt und warst noch nie so ungeduldig zu mir zu kommen, hast du was mit Patricia ausgemacht?" wollte Ihr Vater wissen.

„Noch nicht, muss aber dringend mir Ihr telefonieren und will was mit Ihr Ausmachen, kann Sie dieses Wochenende wieder bei uns übernachten? Am besten heute gleich."

„Was, heute noch, weiß Luisa Bescheid? Also, mir macht das nichts aus, von mir aus gern, ABER NUR, wenn Luisa auch zustimmt." Gab Alexander zu bedenken.

„Ja, schon gut, aber wie lange dauert es noch, kann es kaum erwarten, hab Ihr SOOO Viel zu berichten." Konterte Leonie, ihr Vater sah nur kurz rüber schüttelte den Kopf.

„Schau, da vorn ist Landshut in ein paar Minuten sind wir daheim und einkaufen war ich auch schon, also kannst sofort Patricia anrufen und mit Ihr und Luisa ausmachen ob das klappt." Mit leichtem Schmunzeln sah er Leonie an. Die aber begann nervös auf dem Autositz hin und her zu wetzen.

„Vorsicht Leonie, du baust gerade statische Ladung auf!" Gab Alexander grinsend an Leonie weiter. Die sah Ihren

Vater an und Ihr Blick hätte töten können, aber nur kurz dann begann Sie zu grinsen und scharrte noch zusätzlich mit den Füßen am Boden. Plötzlich hörte Sie auf und tippte mit Ihrem Zeigefinger ihrem Vater auf den Arm, bzw. wollte, denn ca. einen Zentimeter vor Alexanders Arm war ein kleiner Lichtbogen zu sehen.

„Ahh, verdammt." Kam es von Alexander und er schüttelte den Arm.

„Ah, ich glaub in Physik hast du es schon durchgenommen was statische Ladung bedeutet. Und ich glaub hätt es ähnlich gemacht." Fügte er lachend hinzu.

„Aber das nächste Mal bitte nicht während der Fahrt hab grad das Auto leicht verrissen und das kann bös ins Auge gehen." Dabei sah er Sie immer noch lachend und mit einem leichten Grinsen an. Kurze Zeit später waren beide bei Alexander und Simone angekommen. Das Auto war auf dem Parkplatz noch nicht ganz zum Stillstand gekommen da sprang Leonie auch schon aus dem Wagen und lief zur Haustür, dort angekommen drückte Sie gegen dieselbe aber es erfolgte keine Reaktion. Mittlerweile war auch Ihr Vater aus dem Auto gestiegen, und hielt in der linken Hand das Gepäck von Leonie fürs Wochenende und in der anderen einen Schlüssel, mit beiden wackelte er leicht grinsend. Leonie stöhnte auf und kam rasch zum Auto zurück nahm beides in Empfang und schlurfte rasch zur Tür zurück während Sie leise vor sich hin schimpfte. Ihr Vater lachte nur und holte die gefüllten Taschen seines Einkaufes heraus und verschloss den Wagen. Auf dem Weg zur Tür beobachtete er Leonie wie Sie mit dem Türschloss kämpfte. Kurz bevor er an der Tür ankam, hatte Leonie es geschafft und die Haustür geöffnet. Gerade noch rechtzeitig bevor die Tür ins Schloss fiel erreichte Alexander dieselbe und stemmte sich dagegen. Als er gerade seine Einkäufe verstauen wollte kam Leonie

„Du Papa, kann ich Patricia anrufen? Und wo ist das Telefon?"

„Ich weiß nicht ob du Patricia anrufen kannst, aber dürfen tust du alle mal. Ich denke mal das das Telefon im Wohnzimmer auf dem Tisch liegt." Flunkerte Ihr Vater und kümmerte sich erneut um seine Einkäufe als er kurze Zeit später einen verzweifelter Ruf von Leonie kam

„Ich find es niiiiiicht!" Alexander schnaufte kurz durch zog kurz die Augenbrauen hoch

„Ja, wenn es sooo wichtig ist und nicht einmal mehr zehn Minuten warten kann, dann helf ich dir beim suchen." Mit diesen Worten räumte er die Teile die er gerade in den Händen hielt noch auf und ging zur Ladestation des Telefons drückte dort den Suchknopf und wartete bis das Telefon sich ‚meldete' er hatte noch nicht einmal die Zeit gehabt zu hören woher die Musik des Mobilteiles kam als sich Leonie erneut und jetzt noch ungeduldiger zu Wort meldete.

„Papaaaa, wo hast das Telefon?" tönte Sie mittlerweile lautstark.

„Wenn du still bist, dann können wir hören, wo es liegt."
Konterte Ihr Vater, woraufhin beide lauschten, die
Melodie vernahmen und sich in die Richtung bewegten.
Vor der Schlafzimmertür trafen Sie sich.

„Ich hols schon raus." War der sofortige Kommentar von
Alexander als Leonie Ihr beiden Arme in die Hüfte
stützte und Ihren Vater vorwurfsvoll ansah.

„Hätt ich etwa bei euch, im Schlafzimmer, suchen
sollen?" War Leonies leicht bissige Antwort. Ihr Vater
holte das Mobilteil und überreichte es Leonie, die sofort
die Nummer von Luisa bzw. Patricia wählte und
währenddessen in Ihr Zimmer verschwand. Kaum dort
angekommen schloss Sie gleich die Tür hinter sich

„Komm schon, komm schon ..." knurrte sie ungeduldig
als Sie darauf wartete, dass Patricia endlich abnahm um
mit Ihr zu reden und gleich was auszumachen. Doch
auch nach Ewigkeiten kam keine erlösenden
Begrüßungsworte.

„Mist" rutschte Ihr über die Lippen und legte auf. Sie
hoffte das Patricia möglichst schnell reagieren würde
und Sie den erhofften Rückruf bekam. Erstmals legte Sie
das Mobilteil auf die Seite und holte sogleich die
Ausdrucke aus Ihrer Tasche. Mit leicht zittrigen Händen
nahm Sie den obersten Ausdruck aus der Prospekthülle
und legte denselben auf den Boden. Danach
durchsuchte Sie Ihre Tasche, wühlte alles durch.

„Scheiße." Entglitt es Ihr. Ihr Vater kommentierte nur

„Hmm, du nimmst Sachen in den Mund, die ich nicht mal anlangen würde." Mehr sagte Ihr Vater entweder nicht, oder drang nicht durch die verschlossene Tür.

„Paa… a, hast du einen Handspiegel für mich?"

„Ich glaub ja, im Bad, da dürfte Simone einen haben, denn kannst du dir nehmen, ABER auch gleich nach Gebrauch zurücklegen." Drang es durch die Tür. Welche Sekundenspäter von Leonie aufgerissen wurde, als Sie sich zum Bad begab, den Spiegel suchte, fand und Bruchstücke später wieder in ihrem Zimmer die Tür schloss. Sie setzte sich im Schneidersitz vor den Ausdruck und setzte mit jetzt noch mehr zitternden Händen den Spiegel an das Bild. Sie starrte auf das was im Spiegel erschien und Ihr wurde fast schlecht. Stundenlang hatte Sie versucht die Hyroglyphen zu lösen, im Internet nach vergleichbarem gesucht, nach Übersetzungen und jetzt war alles umsonst gewesen. Sie wollte gerade ihre Erkenntnisse zu Papier bringen, als das Telefon und damit auch das Mobilteil zum Leben erwachten, da das Mobilteil direkt neben Ihr auf dem Laminat lag, war der Klingelton deutlichst laut und mit ihrem erschrecken darüber fiel ihr der Spiegel aus der Hand. Sie blickte sich um und hörte Ihren Vater

„Wo ist das Telefon? Ah da hinten."

„Ich habs." Schrie Leonie und nahm das Mobilteil in die Hand, sah aufs Display

„Ich denk es ist für mich. Auf dem Display steht Luisa, geh mal gleich ran." Mit diesen Worten nahm Leonie das

Gespräch entgegen. Es war Patricia, die den Anruf von Leonie gesehen hatte und gleich zurückrief. Leonie schrie kurz

„Es ist Patricia, können wir am Wochenende wieder gemeinsam was machen? Darf Sie wieder übernachten?" versuchte Leonie Ihren Vater zu informieren und sich die Erlaubnis zu holen. Sie hatte mit Patricia noch nicht mal zwei Worte gewechselt, als es an Leonies Zimmertür klopfte

„Warte Pati, mein Vater will was, Jaaaa?"

„Äh, für mich kein Problem, aber 1. Weiß Luisa darüber Bescheid, 2. Ist Luisa damit einverstanden? Und zu guter Letzt 3. Weiß denn Patricia auch schon von deinem Vorhaben, Ihr habt noch nicht mal miteinander geredet und dann hast du mich schon gefragt!" Stellte Alexander fest.

„Also Papa, ich wollt doch nur schon im vornherein mit abklären, denn solche Fragen kommen doch auch von Pati's Mama. Können wir dann Pati heut noch holen?" die Frage wurde noch unterstützt durch einen leicht schrägen Kopf von Leonie, ihren Schmollmund und leichten Dackelblick. Ihr Vater schüttelte nur ungläubig den Kopf.

„Klär das alles erst mit Patricia und Luisa, dann können wir das Wochenende entsprechend planen. Vielleicht hat ja Patricia dieses Wochenende gar keine Zeit, daran auch schon gedacht? Sobald du mit Patricia und Luisa was abgesprochen hast, will ich auch noch mit Luisa sprechen." Mit diesen Worten verließ er das Zimmer und Leonie widmete sich wieder dem Apparat

„Und Pati, wie sieht es aus, kannst du heut noch kommen und das gesamte Wochenende bleiben, in 14 Tagen kann ich ja dann bei dir bleiben, da haben wir das Haus durch und brauchen bloß noch verschiedenes abklären. Wenn wir überhaupt noch solange brauchen. Hab heut ne RIESEN Entdeckung gemacht, bin gespannt ob du es auch entdeckt hast, und was du noch alles sonst rausgefunden hast. Und, und, und …" damit endete Leonies Redeschwall und Patricia kam zu Wort.

„Hmm, weiß nicht, ob es geht, hab noch zu lernen …" gab Patricia zurück

„Hast Du Angst?" unterbrach Leonie Patiricia's Gestammel

„Ähh, wie kommst du ähh auf den ähh Schwachsinn?" War Patricias Gegenfrage

„Na ganz einfach, der verzweifelte Versuch nicht nachzufragen was tolles mir offenbart wurde und die vage Entschuldigung, außerdem hast du in keinster Weise vorgebracht was du entdeckt hast. Also sei kein Schisser und komm so schnell wie möglich."

„mmm ja, schon gut ich frag nach, was hast du entdeckt?" kam von Patricia

„Das kann ich nicht, DASS MUSST DU SEHEN! Schau dass du heut noch zum Übernachten kommst. Dann zeig ich es dir und morgen können wir dann wieder auf Entdeckungstour gehen. Mein Papa hat nichts dagegen, aber du und Luisa müssen eben halt noch zustimmen. Komm frag gleich mal nach, wir können dich auch holen, das macht mein Papa schon." Drängte Leonie.

„Na gut ich frag mal." Vom Telefon weggewandt hörte Leonie wie Patricia Ihre Mutter um Erlaubnis fragte, hörte die Diskussion und als dann Patricia sich wieder Leonie widmete triumphierte diese innerlich schon leicht.

„Wenn dein Vater mich holt geht es klar, aber ich kann nur von heut auf morgen, da wir am Sonntag zu Opa müssen, der hat Geburtstag und ich muss noch lernen." klärte Patricia Leonie kurz auf, obwohl diese bereits alles mitgehört hatte.

„Gut mach dich fertig wir sind in ein paar Minuten da." Mit diesen Worten beendete Leonie ohne auf einen Kommentar von Patricia zu warten das Telefonat.

„Papaaaa, Pati darf bei uns schlafen aber wir müssen Sie holen, komm mach schnell, ich hab Ihr soooo viel zu erzählen, und da Sie nur wenig Zeit hat möchten wir möglichst viel davon gemeinsam verbringen." Erneut verdrehte Alexander die Augen, stimmte zu und so holten Sie Patricia mit seinem Auto ab. Luisa gab Alexander noch die Zeiten wann Sie Patricia wieder holte und was alles zu beachten sei. Bei der Rückfahrt saßen beide Teens auf der Rückbank und da es merklich still war, außer der Musik des Radios, fragte Alexander nach.

„Ich dachte ihr hättet euch SOOOO viel zu erzählen, und jetzt bringt keiner von euch die Zähne auseinander."

„Das sind Mädchensachen, … nur … für uns, das musst du verstehen." Konterte Leonie und Patricia nickte zustimmend aber mit weit aufgerissenen Augen.

„Ahhhh Ha." Kam es von Alexander aber nicht mehr. Kaum zu Hause angekommen sprangen die Mädchen aus dem Auto und liefen zur Tür, aber ein Pfiff ließ beide verharren und sich umdrehen, Alexander hielt Patricias Gepäck in der rechten Hand und winkte damit und in der Linken Hand winkte er mit dem Schlüssel, beide Teens schnaubten, machten am Absatz kehrt und holten die Sachen, Patricia Ihre Tasche und Leonie nahm den Schlüssel entgegen.

„Aber die Tür ganz aufmachen, muss noch was aus dem Auto hochtragen und will nicht wie vorher fast die Tür vor der Nase zuschlagen sehen. Haben wir uns verstanden?" Leonie nickte und begab sich rasch mit Patricia ins Haus auf der hälfte der Treppe machte Sie rasant kehrt und zog die gerade ins Schloss gefallene Tür auf und drückte diese gegen die Wand über den Feststellwiderstand hinaus. Als Ihr Vater mit einem Kasten den er trug und hochgezogenen Augen schon auf Sie zukam.

„Du hast es ja noch gemerkt." War der einzige Kommentar den Alexander von sich gab. Leonie stürmte die Treppe hoch, Patricia war mittlerweile oben angekommen und wartete, Leonie öffnete die Tür und beide beeilten sich sofort ins Zimmer von Leonie zu kommen.

„Und WAS hast du entdeckt, dass du mir nicht am Telefon sagen konntest?" fragte Patricia sofort nach. Leonie zog den Ausdruck aus Ihrer Tasche mit den komischen Zeichen Patricia sah Sie an

„Darüber hab ich stundenlang gehockt und konnt es nicht verstehen, hab es sogar übers Internet versucht auf kyrillisch und entsprechende Sprachen und Schreibweisen, aber selbst da kam nichts raus, also was willst du?" war Patricias erster Kommentar auf das Bild. Schweigend drückte Leonie ihr Ihren Spiegel in die Hand und sah Sie erwartungsvoll an. Aber Patricia sah nur noch verwirrter aus.

„Ach ge, hier stell den Spiegel so auf und dann sag mir was!" befahl Leonie. Patricia gehorchte sah zuerst gelangweilt, dann erstaunt und erstarrt,

„Da, da, da, da, das sind ja … ähh Buchstaben und Zahlen, … ähh, aber … was … sagen die?" kam es nach und nach von Patricia

„Noch weiß ich es nicht, hab es per Zufall entdeckt, will es heut noch rauskriegen, dafür brauch ich aber deine Hilfe Pati! Und Morgen sehen wir uns den zweiten Stock an und wenn wir es schaffen auch noch den zweiten Stock und den Speicher. Sammeln so viel Material wie möglich und dann lösen wir auf jeden Fall das Geheimnis." War Leonies euphorische Stimmung.

„Lass uns doch erst mal entziffern, was da im Kamin verborgen steht. Da hat sich jemand wirklich Mühe gemacht das zu verbergen angefangen beim Kamin und dann noch in Spiegelschrift, ach glaubst du, dass wir das wirklich alleine machen sollen? Hab Angst, erinnerst du dich an diese komische Stimme und dann das Foto hab es nochmal angesehen und meine Mutter hat mich gerüttelt um mich wieder ‚wach‘ zu bringen, war ca. eine Stunde wie in Trance, da, da ist was, was nicht gut für uns ist." Gab Patricia sorgenvoll von sich. Aber Leonie wischte das mit einer Handbewegung von dannen.

„Ja, in dem Haus ist was unheimlich, da geb ich dir recht, aber deswegen sind wir dran, um das aufzuklären. Damit … das Haus …, … ähh seine zukünftigen Bewohner, oder noch besser die bisherigen ihren Frieden finden! Das sollte doch ein paar Sekunden der Angst überwiegen, komm du bist doch sonst nicht so ein Feigling Pati, reiß dich am Riemen! Das bekommen wir schnellstmöglich geregelt. Komm lass uns jetzt loslegen ich halt den Spiegel und wir beide versuchen zu entziffern was da steht, ok?" Trotz Ihrer Frage wartete Leonie nicht mal auf die Antwort hatte den Ausdruck bereits zurechtgerückt, den Spiegel angelegt und beide sahen in den Spiegel. Sahen sich an und wieder in den Spiegel aber so einfach schien es dann doch nicht zu sein. Patricia zog fast verzweifelt die Augenbrauen hoch

„Gut jetzt sieht es nicht mehr nach einer griechischen oder russischen Schreibweise aus, aber recht viel besser ist das auch nicht." War ihr enttäuschter Kommentar. Leonie war da zuversichtlicher.

„Schnapp dir ein großes Blatt Papier, gib mir auch eins und einen Stift dazu und wir schreiben auf was wir sehen, wenn wir die Spiegelschrift dann ins normale Übersetzt haben können wir uns noch über deren Bedeutung Gedanken machen. Na los mach schon." Kam es überschwenglich von Leonie und Patricia gehorchte, kaum hatten beide ein DIN A4 Blatt vor sich liegen und den Stift im Anschlag setzte Leonie erneut den Spiegel an die Kante der Zeichen, beide lugten in den Spiegel und jeder begann für sich die Zeichen zu deuten und zu übertragen. Es dauerte nicht besonders lange bis beide soweit waren die drei Zeilen mit den jeweils vier Zeichen zu übertragen.

„Fertig?" fragte Leonie Patricia, als diese den Stift zur Seite legte und aufschaute, Patricia nickte und Leonie nahm den Spiegel weg.

„Was hast du da stehen bei dir?" War ihre nächste höchst interessierte Frage. Patricia sah sich Ihre Übertragung an und meinte

„Naja, ich denke das erste Zeichen in der oberen Zeile ist eine Zahl, denke es ist die Zahl drei, und das dritte Zeichen in der zweiten Zeile ist die Zahl fünf, wie siehst du das Leo?" war Patricias Antwort.

„Cool, so hab ich das auch gesehen und in der Zeile eins nach der Drei und in Zeile zwei nach der Fünf jeweils ein großes X. Am Ende der Zeile eins und am Beginn der Zeile zwei denke ich ist jeweils ein Pfeil damit man in die nächste Zeile kommt und in Zeile drei stehen nach meiner Ansicht nur Buchstaben, nach dem Pfeil ein großes D danach ein großes L und der letzte ein großes Z und zwischen dem L und Z ist ein Schrägstrich. Außerdem denke ich das in Zeile eins nach dem X ein L kommt und in Zeile zwei nach dem Beginn des Pfeiles soll das ein R darstellen, bist du meiner Meinung Pati, oder hast du andere Vorschläge?" gab Leonie zum besten. Patricia besah sich Ihre Aufzeichnung und nach kurzer Zeit nickte Sie.

„Ich denke das die Pfeile die Richtung angeben wie wir das lesen sollen ..." Sie stockte, lachte kurz auf

„Wenn ich es so betrachte ist es wie eine Safe Kombination ..." und lachte erneut auf, aber Leonie bekam große Augen besah sich Ihr Blatt begann darauf rumzukritzeln,

„Verdammt nochmal du hast recht, schau mal ich hab in der ersten Zeile von links begonnen, das würde dann heißen drei mal links, zweite Zeile von Rechts fünf mal Rechts, aber die dritte Zeile kapier ich nicht und wofür ist diese Kombination Pati, du hast da wirklich was entscheidendes Entdeckt, aber hast du einen Safe gesehen?" kam es von Leonie, Patricia sah Sie zuerst sprachlos, dann nachdenklich an.

„Hmm, also im Erdgeschoss hab keinen gesehen, aber wenn, dann dürfte in dieser Firma einer stehen, DU WILLST DA DOCH HOFFENTLICH NICHT NOCHEINMAL EINBRECHEN?"

„Ach von wegen Einbrechen," wiegte Leonie gleich ab und begann zuerst leise und verhalten vorsichtig:

„Nur noch mal … ein bischen … was überprüfen, nichts tragisches und außerdem eingebrochen sind wir bislang nirgends es war lediglich Hausfriedensbruch. Hab dich nicht so Pati, WIR ZWEI lösen das Rätsel!" tönte Leonie zum Schluss zuversichtlich. Doch Pati blickte Sie eher leicht unbehaglich an.

„Und was sollen wir mit der dritten Zeile machen? Ist das dann auch eine Zahl und wenn dann WELCHE mir schaut es eher nach einem ‚D', einem ‚L' und einem ‚Z' aus wobei das ‚L' und das ‚Z' durch einen Schrägstrich getrennt sind. WIE WILLST DU DAS BEI EINEM SAFE sagen wir mal DREHEN?" fragend sah Sie Leonie an, die zuckte nur kurz mit den Achseln und konterte

„Das sehen wir wenn wir da sind!"

„Ahh, du bist unmöglich, wie kann man nur so naiv sein? Glaubst du denn im Ernst, dass die für uns den roten Teppich ausrollen? Bzw. erneut so dämlich sind und die Türe unverschlossen lassen, sicherlich haben die unser letztes Eindringen bemerkt und schon Alarmanlagen, Kameras und ähnliches installiert!"

„Ach Pati, wenn die gemerkt hätten, dass da jemand drin war, dann wär das in der Zeitung gestanden, hast du was gehört? Was gelesen? Also ich, bzw. meine Mutter nicht und die beredet so einen Scheiß immer! Also von wegen Kameras oder was anderes. Und ja ich glaub die sind so dämlich!" mit diesen Worten grinste Leonie Patricia an. Gab Ihr einen freundschaftlichen Klaps auf den Arm doch dadurch verschwanden Patricias Sorgen nicht. Der

Abend verlief verhalten Leonie wollte möglichst bald schlafen, während Patricia damit noch weniger einverstanden war, als beide so gegen halb zehn in Leonies Zimmer waren, sich eingemummelt hatten gingen Patricia einige Fragen durch den Kopf.

„Du Leo, wie ging es dir eigentlich mit diesem komischen Bild?" zuerst kam nichts von Leonie, doch zögerlich fing Sie an

„Puh, …, ja, …, dieses eine Bild …, hmm, … so recht kam ich damit nicht zurecht, und bitte entschuldige das jetzt gleich, es war keine böse Absicht, im Gegenteil, hab es einer Schuldfreundin gez…" weiter kam Sie nicht, denn Patricia bäumte sich entsetzt auf

„DU HAST WAAASSS?, hatten wir nicht vereinbart NIEMANDEN anderes davon zu erzählen? Bist du WAHNSINNIG, wenn die das Ihren Eltern erzählt oder nachfragt oder … oder"

„Beruhig dich Pati, habs runtergespielt und entkräftet, hab Ihr gesagt weiß nicht wie und wo das Bild entstanden ist, hats geglaubt, aber auch Sie ist in so eine Art Trance gefallen. Sie hat aber auch nichts gesehen und es war gespenstisch zu beobachten wie Sie förmlich in das Bild fiel und … Sie erstarrte förmlich als wie wenn sie hypnotisiert worden wäre. Ich de…" weiter kam Sie nicht denn Patricia unterbrach Sie.

„Lass es uns vernichten, nur das EINE Bild, komm Leo, wir können damit eh nichts anfangen und so fühl ich mich zumindest wohler."

„Ok, vernichten wir dieses Bild wenn es dir dann besser geht und du dich wieder mehr konzentrieren kannst, es ist schon etwas unheimlich, da geb ich dir recht und bislang konnten wir nichts erkennen. Willst du Sie verbrennen?" ging Leonie auf die Bitte von Patricia ein. Hatte aber einen Hintergedanken, hab das Bild ja auf dem Rechner, dann kann ich es nochmal ausdrucken und zu einem späteren Zeitpunkt fällt mir dann schon die Lösung ein wie ich es ansehen kann ohne in Trance zu fallen.

„VERBRENNEN, definitiv!" kam es hektisch von Patricia.

„Aber wie sollen wir das verbrennen hier und heute?" fragte Patricia Leonie. Doch diese sprang nur schnell auf und begab sich zu Ihrem Vater, kam mit diesem im Schlepptau wieder grinsend ins Zimmer zurück.

„Ich bin mir nicht sicher ob ich dich richtig verstanden haben, Ihr wollt was machen?" fragte er nochmal nach und Leonie antwortete sofort

„Wir haben hier ein paar Ausdrucke und haben gehört, dass diese mit komischen Farben verbrennen und das wollen wir gerne sehen. Das kannst du doch machen, oder" der Augenaufschlag war phänomenal.

„Gut, kann ich mit euch machen, morgen Vormittag vorm Haus." War Alexanders Vorschlag.

„Nein, Paapaa, bitte jeeetzt, sonst können wir nicht schlafen vor Aufregung." Und Leonie wendete erneut ihren Dackelblick an. Ihr Vater schnaufte kurz durch.

„Also gut, dann folgt mir in die Küche." Drehte sich um und verließ dabei das Zimmer, dabei murmelte er vor sich hin

„und ich dachte schon die Pfanne hätte für diese Spielchen ausgedient." Was ein Fehler war, denn Leonie hatte es gehört

„Du hast sowas schon gemacht, cooool, was hast du denn verbrannt? Dann ist es doch gar nicht so schlimm, du hast dafür eine Extrapfanne, warum das denn?" bombardierte Sie Ihren Vater mit Fragen, doch dieser gab Ihr keine Antwort er nahm einen Untersetzer aus Kork legte diesen auf den Boden darauf stellte er eine Gusseiserne Pfanne mit hohen Rand nahm ein Feuerzeug in die Hand und sah Leonie und Patricia erwartungsvoll an, beide sahen Ihn an.

„Und, wo sind die Blätter die wir opfern sollen?" fragte er pathetisch und Leonie und Patricia sahen sich erstaunt an, vor lauter Hoffen und Aufregung hatten Sie die Ausdrucke nicht mitgenommen. Schnell rannten Sie ins Zimmer zurück und nahmen die sämtliche Ausdrucke mit welche Sie in die Trance geführt hatten und brachten die selbigen in die Küche wo Alexander schon auf die beiden wartete.

„Was ist da denn draufgedruckt?" wollte Alexander wissen und beide antworteten hektisch

„Nichts was man erkennen kann, daher einfach verbrennen." Da beide dieselben Worte und fast zugleich diese ausgesprochen hatten sah Alexander beide mit verwirrten Augen an.

„Ist ja schon gut, ich schau nicht drauf ich führe Sie nur der Läuterung gemäß frühere Hexenverbrennungen zu." Leicht Kopfschüttelnd begann er die Ausdrucke anzuzünden, aber so recht fing das Papier nicht an zu brennen.

„Was habt ihr mit dem Papier gemacht, etwa angefeuchtet?" fragte Sie Alexander und beide antworteten in einem Guss

„Nein, wir wollen es nur vernichten." Und Alexander gab sich erneut die Mühe die drei Blätter zu entzünden und auf einmal standen alle in Flammen, aber was Sie da sahen ließ alle drei erbleichen und große Augen bekommen.

Kapitel 8

Der Safe

„Was, was ist denn dass" stammelte Alexander, Patricia kreischte auf und Leonie war zu keinem Laut fähig. Mittendrin wurde die Tür aufgerissen und Simone stand im Türrahmen.

„Alles i …" weiter kam Sie nicht, sie stammelte nur

„Wer … oder … was … ist … das?" Doch keiner der drei gab Ihr eine Antwort. Kaum waren die letzten Flammen erloschen und der Rest der Papiere ausgeglimmt. Fand Alexander zu seinen Worten zurück.

„So was hab ich noch NIE gesehen, das sah ja aus wie ein Gesicht das sich vor Schmerzen windet, … und … dann lautlos schreiend gegen die Decke strömt und verschwindet!!! Simone hilf mir, spinn ich?" er sah seine Frau fragend an, doch die war noch genau wie die beiden Teens noch völlig sprachlos.

„Was hab ich denn da verbrannt, was war das? Was stand auf den Blättern, bzw. was war da überhaupt darauf zu sehen?" löcherte Alexander die beiden Teens, die hatten sich aber immer noch nicht richtig gefangen, die Augen waren riesengroß und beide Münder standen offen. Simone schien sich als nächste zu fangen.

„So …, so …, sowas habe … ich … noch NIE gesehen …, nicht einmal in einen Film." Stammelte Sie und Leonie und Patricia nickten mit noch immer weit aufgerissenen Mündern und Augen. Aber dann schien es als ob sich die Teens auch wieder fingen.

„Wau." War Leonies erste Aussage und Patricia fügte nur hinzu

„Wau"

„He, ihr beiden, was waren das für Blätter, macht ihr jetzt in Voodoo?" fragte Alexander die beiden erneut was und dieses Mal schien die Frage auch anzukommen, denn Leonie antwortete deutlich gefasster

„Nein in Voodoo machen wir nichts, was ist das eigentlich? Und das waren DEINE Blätter, ausgedruckt auf DEINEN Rechner. Das solltest du eher dir die Frage stellen, mit was für Druckmaterial du arbeitest, holst du das im Hexenladen nebenan?" konterte Leonie geschickt und drehte den Spieß damit um. Und prompt tappte Ihr Vater in die Falle

„Ganz normale günstige Toner aus dem Internet, nicht in bester Qualität und warum verteidige ich mich jetzt gerade?" alle zuckten mit den Achseln und die Anspannung wich langsam von allen. Alexander fing zum grinsen an,

„Ihr hättet eure Gesichter sehen sollen …"

„Deines sah auch nicht besser aus Pa …" prustete Leonie los, auch Simone stimmte nickend und lachend mit ein, Patricia war noch verhalten bekam aber langsam wieder Farbe ins Gesicht.

„Ja, das … sah schon … lustig aus …, hätten wir auf einem Foto festhalten sollen …" bei diesen Worten wurde Leonie still und bleich. Ihr Vater schien das nicht zu bemerken. Er lachte weiter

„Du hast recht Patrici…" und jetzt verstummte Alexander

„Waren das etwa Fotos die Ihr das letzte Mal gemacht habt und ausgedruckt habt?" War seine ernste und strenge Frage, seine Augen hatten sich zu schmalen Schlitzen verengt aus denen er beide musterte und diesmal rettete Patricia die Situation

„Nein …," ein wirklich als ernst zu nehmendes Lachen folgte

„So was würden WIR doch niemals verbrennen." Alexander beobachtete Leonie doch da diese nicht Rot wurde und es dem Anschein hatte Patricia lachte noch immer meinte er leicht aufschnaufend

„Sorry, aber wenn man so was sieht malt man sich vieles aus, ach ja, habt Ihr das Gesehen was Ihr für euren Versuch gebraucht habt, die Farben der Flammen glaub ich war's, oder?"

„Also Papa, mal ganz ehrlich, hast DU bei DEM was wir gerade gesehen haben auf die Farben geachtet? Ich schreib jetzt das so auf und ich will es gar nicht wiederholen, sonst bekomm ich noch Alpträume und wenn es meinem Lehrer nicht passt, verweise ich Ihn zu dir, damit du es ihm bestätigen kannst, ist das ein Deal?" antwortete Leonie

„Geht klar, sonst noch was?"

„Nein, wir gehen wieder ins Zimmer und machen weiter." Bei diesen Worten sprang Leonie auf, zog Patricia mit hoch und beide verliesen die Küche und verschwanden in Ihrem Zimmer. Alexander und Simone blieben verdutzt und fragend blickend zurück. Im Zimmer von Leonie angekommen riss Patricia erneut ihre Augen auf mit einer schrillen Stimme aber fast lautlos verzweifelt fragte Sie

„Was, um Himmels willen, war das?" Leonie zuckte mit den Achseln und flüsterte

„Ich weiß es nicht, aber ich denke, dass in der Römervilla mehr passiert ist, als bislang vermutet! Aber gut, lass uns morgen den Safe suchen, vielleicht können wir diesen ja öffnen mit dem Code den wir gefunden haben ..."

„... und noch nicht ganz entschlüsselt haben." Ergänzte Patricia zynisch

„Mein Gott, lass dich doch nicht von solchen Kleinigkeiten ins Bockshorn jagen. ... Sie es doch mal so, wir haben schon einiges rausbekommen, was bisher nicht im Internet stand." Gab Leonie an Patricia zurück.

„Und was haben wir schon so tolles herausgefunden, das noch nicht der Welt zugänglich gemacht wurde, frage ich dich bitteschön." Kam es gereizt von Patricia

„Na, das da irgendwas ist haben wir doch bereits rausgefunden, kannst du dich noch an die Worte erinnern die wir beide gehört haben, dann frage ich dich WER in drei Teufels Namen schreibt einen Safecode in Spiegelschrift auf die Innenseite eines Kamins? Das da ein Safe ist! Das man anscheinend Irgendwas fotografieren kann, dass einen beim Betrachten des Fotos dann Matt setzen und beim Vernichten theatralisch wird! Ich finde das ist einen ganze Menge, du etwa nicht Pati?" und damit sah Sie sie vorwurfsvoll fragend an. Pati schwieg eine ganze Weile. Plötzlich klopfte es an der Tür und Leonie gab die Genehmigung des Eintritts mit einem einfachen neutralem

„Herein." Alexander trat ins Zimmer und sah beide an.

„Simone und ich schlagen vor, dass wir noch kurz in die Stadt auf ein Eis schauen, dabei können wir auch nochmal über das ... was in der Küche passiert ist reden, wenn ihr wollt. Wir haben im Internet ein bisschen gesurft um herauszufinden was das war. Habt Ihr Lust?" Als zunächst keine Antwort kam fügte er noch hinzu

„Wir können auch NUR Eis essen, reden war keine Verpflichtung nur ein Vorschlag falls ihr es wollt. Ok?" beide nickten, standen auf und so fuhren Sie mit den Rädern zur Eisdiele, zum Glück hatte Alexander das Rad seines Vaters, dass er sich bevor er ein Rad für Leonie geschenkt bekommen hatte, noch nicht zurückgebracht und somit standen genügend zur Verfügung. In der Eisdiele bestellten alle was Sie wollten und setzten sich auf die Bänke die neben der Eisdiele standen hin und genossen zuerst schweigend das Eis. Alexander brach das Schweigen.

„Also im Internet hab ich wenig über so etwas gefunden, was aber in ein paar Foren stand war, dass es bei bedruckten Papier das verbrennt wegen der Chemie die da drauf ist zu seltsamen Farben kommen kann und Luftverwirbelungen auch seltsame Formen entstehen lassen können, also war das was wir in der Küche gesehen haben ein absolutes seltenes Zusammenspiel von einzelnen Ereignisse ohne irgendwelche mystischen oder sogar gespenstischem Hintergrund. Habt Ihr Fragen?" wollte Alexander noch wissen und insgeheim hoffte er, dass Sie keine hatten, denn trotz intensiver Suche im Internet hatte er nur wenig Brauchbares gefunden und das wenige zusammengesetzt aus verschiedenen Foren. Nicht dass er beide angelogen hätte, er hatte nur die Ergebnisse seiner Suche so zusammengesetzt, dass er hoffentlich beide beruhigt hatte, damit diese auch heute Nacht wenn überhaupt, dann ohne Alpträume schlafen konnten. Zu seiner Beruhigung schüttelten beide Teens den Kopf, seine Frau Simone griff unmerklich seine Hand und drückte diese sanft zum Zeichen, gut gemacht. Beide sahen sich in die Augen und nickten kurz. Und wieder kehrte stille ein, alle genossen Ihr Eis, auch die Rückfahrt war schweigsam und es dämmerte bereits. Zuhause angekommen sagte Leonie

„Das war eine tolle Idee mit dem Eis hat mich auf ganz andere Gedanken gebracht, aber wir gehen jetzt ins Bett." Und leicht schrägem Blick von unten hängte Sie noch eine Frage hintenan

„Wie lange dürfen wir noch ratschen und kudern?" nach dieser Frage schob Sie ihre Unterlippe nach vorne, Simone stand neben Alexander und drehte sich grinsend weg und Alexander senkte seinen Kopf zog dabei die Brauen hoch

„Wie lange gedenkt Ihr denn über Gebühr zu ratschen und kudern?" Damit hatte Leonie nicht gerechnet und der den Papa um den Finger wickeln Blick ging in einen ratlosen über, aber nicht lange.

„Ist es nicht unhöflich eine Frage mit einer Frage zu beantworten." Konterte Leonie, ihr Vater grinste.

„Tja, da geb ich dir recht." Leonie setzte ein Triumphierendes Lächeln auf.

„Allerdings wollte ich wissen, ob Ihr länger als zwölf vorhattet, da du aber so auf Korrektheit bestehst, bleibt es wie sonst auch bei zehn Uhr nachts." Ihr Vater wendete sich Simone zu, zuckte kurz mit den Armen und meinte

„hmm, da willst schon mal Spielraum geben und dann wollen Sie es nicht." Aus Leonies Gesicht verschwand der Blick des Triumphes.

„So hab ich das doch nicht gemeint, komm Papa wie lange?" und erneut folgte der Schmollmund.

„Also gut, ich will nochmal Gnade vor Recht ergehen lassen. Licht ist spätestens um elf aus und stille herrscht definitiv ab Mitternacht, haben wir uns verstanden?" Beim Schluss sah er beide streng an.

„Vor allem da ihr ja gesagt habt, dass Ihr morgen wieder früh raus wollt und draußen was fotografieren wollt und wie sieht es aus, hab die Analoge Spiegelreflexkamera einsatztauglich da, wollt Ihr Sie?"

„Analog heißt was?" wollte Patricia wissen. Alexander lächelte, nein er grinste schon mehr.

„Analog bedeutet, in der Spiegelreflexkamera ist ein Film, der, nachdem dieser komplett durch fotografiert wurde zur Entwicklung in ein Fotostudio gegeben wird und danach, wenn dieser fertig ist, könnt ihr die Negative und die Positive euch abholen." Erklärte Alexander kurz.

„Also man sieht nicht sofort was man fotografiert hat?" hackte Patricia nach.

„Ja und Nein, dass was du fotografiert hast siehst du durch den Sucher, aber die Ergebnisse ob du auch das getroffen hast und erkennen kannst was du willst siehst du erst nach der Entwicklung des Filmes." Antwortete Alexander wahrheitsgemäß.

„Danke Papa, aber wir leben moderner und da ist es besser wir machen das digital und ich hab ein neues Handy, ein Geschenk von Ferdinand, den Freund meiner Mutter, bekommen, das neueste Handy, das macht super Fotos." Gab Leonie zurück

„Bedingt Super Fotos, nur das was ein ComputerChip euch sagt das ist super aber die menschliche Komponente eines wirklich guten Fotos geht damit komplett verloren! Das solltet ihr wirklich bedenken."

„Dann gib uns deine digitale Spiegelreflexkamera mit, damit wär die Brücke zwischen Mensch und Computer geschlagen." War Leonies Schlagfertige Antwort. Doch ihr Vater lächelte nur.

„Gute Nacht, schlaft gut. Bis wann wollt Ihr Frühstücken?"

„Um neun bitte." Kam es fast gleichzeitig aus beider Mündern.

„Wie ihr wollt, noch spezielle Wünsche fürs Frühstück, weiße Breze, Gebäck, etc.?" Wollte Alexander wissen, doch beide schüttelten den Kopf und somit verließ er das Zimmer.

„Lass uns einen Schlachtplan zurechtlegen, was wir morgen machen." Schlug Leonie vor. Patricia stimmte zu.

„Und was gedenkst du wann morgen zu machen?" fragte Sie

„Naja, nach dem Frühstück suchen wir den Safe im Erdgeschoss bei der Firma, denn nur da könnte einer sein, in der anderen Wohnung war nichts was auf einen Safe hindeutete. Wir schauen ob die Kombination passt und sehen dann was passiert."

„Und wenn da kein Safe ist, oder die Kombination nicht passt was dann?" wollte Patricia wissen. Leonie war aber keiner Antwort verlegen.

„Dann haben wir noch den zweiten Stock, bzw. den Dachboden und den müssen wir ja auf alle Fälle auch noch kontrollieren. Aber ich bin mir sicher wir finden in dem Büro den Safe."

„Und was ist mit der letzten Zeile des Codes, kannst du damit schon was anfangen?" wollte Patricia wissen

„Ne, nicht wirklich, aber ich denke wenn wir den Safe finden, wird sich auch die dritte Zeile klären denke ich, oder was meinst du Pati?"

„Ich weiß nicht da sind so viele Ungereimtheiten, ist die dritte Zeile vielleicht auch ein Code, den wir noch lösen müssen, und wieso sollte eine Firma Ihren Safecode in einem Kamin der Nachbarwohnung schreiben, wo, sobald die wieder genutzt wird das ganze eh mit Ruß zugedeckt wird, das gibt doch keinen Sinn und in Filmen hab ich immer gesehen, dass es mehr als nur zwei Richtungen gab und selbst wenn in der dritten Zeile das „L" wieder gedreht oder mit dem Spiegel gelesen we…" weiter kam Patricia nicht mit Ihren Ausführungen

„Das ist genial! Pati, du bist ja ein Genie!" strahlte Leonie

„Danke, und das merkst du erst jetzt, aber um meine Gedanken bzw. Bedenken noch weiter auszuführen, wie gesagt selbst wenn man anstatt dem „L" eine sieben liest, ist es immer noch fraglich was der Schrägstrich bedeutet und ob das komische Zeichen jetzt ein „D" oder eine Null ist. Wenn jemand einen Safe mit Zahlenkombination hat dann waren die Kombinationen meist eher zweistellig in eine Richtung und dann auch noch in einer Vierer Reihe also nicht wie hier mal zwei Reihen und dann noch irgendwas hintendran." Beendete Patricia ihre Bedenken. Aber davon ließ sich Leonie überhaupt nicht beeindrucken.

„Ach Papperlapapp, wir schauen morgen nach und sehen dann weiter. Du weißt doch Vertrauen ist gut, Kontrolle ist besser, so oder so hören wir das doch immer mal wieder, oder?" beendete Sie Ihre Aussage mit einer rhetorischen Frage.

„Also schlaf gut, wir haben morgen wieder einen anstrengenden Tag vor uns Pati." Sie hörte Patricia noch auf schnauben bevor diese antwortete

„Ja, dir auch eine ruhige Nacht, süßen Träumen, ohne den Anblick eines verbrennenden Bildes wo interessanter Rauch aufsteigt und so weiter." Mehr gab Patricia nicht von sich und Leonie schmunzelte vor sich hin, schlief aber bald ein. Bis Sie auf einmal unsanft aus ihren harmlosen Träumen durch ein Klopfen geweckt wurde.

„Guten Morgen ihr zwei, in zehn Minuten ist das Frühstück fertig, ein bisschen später als gewünscht aber ist ja nur ne Viertelstunde." Klangen Alexanders Worte durch die Tür. Leonie sah sich um und entdeckte Patricia, die noch kaum aufgewacht war. Sie rüttelte Sie.

„Hmm, was, …"

„Alles ok, Frühstück ist gleich fertig, komm stehen wir auf und machen uns fertig, stärken uns und dann ab zur Safe suche!" schäumte Leonie vor Begeisterung fast über. So machten sich beide fertig und gingen frühstücken. Kaum waren beide satt bat Leonie aufzustehen und draußen was zu unternehmen dürfen, wo Ihr Vater gern zustimmte. Kurze Zeit später waren beide Teens bewaffnet mit Handy, Block und Stift in Richtung der Römervilla. Dort angekommen schlenderten Sie bewusst langsam in Richtung des Spielplatzes und sahen sich so unauffällig wie möglich um. Da niemand zu sehen war, bogen Sie in Richtung der Villa ab und schlichen sich zum Kellerfenster, Leonie hielt wie gewöhnlich mit dem Fuß das Fenster auf, noch ein kurzer Blick und schon war Patricia verschwunden. Leonie sah sich nochmal um und als Sie sich auch sicher war, dass Ihr niemand zusah verschwand auch Sie im Keller. Dort angekommen wartete Patricia schon nervös auf Sie.

„Warum hat das solange gedauert? Es kam mir vor als würdest du oben Wurzeln schlagen." Fuhr Sie Leonie gleich flüsternd an.

„Ganz ruhig Pati, ich hab nur gemeint was zu sehen und dann mich lieber zu vergewissern, dass wir nicht gesehen werden. Daher die fünf Sekunden Verspätung. Soll ich für dich Pampas besorgen?" erwiderte Leonie leicht genervt. Patricia schüttelte beschämt den Kopf und so schlichen beide zur Tür lauschten und als es still blieb öffneten Sie die Tür und gingen aus dem Raum in den Kellerflur, der erste Schritt und beide hielten einen kurzen Aufschrei gerade noch zurück als beide im gleißendem Licht des Bewegungsmelders standen, aber dieser kurze Schreck verhalf beiden ihre Spannungen etwas zu lösen, Sie sahen sich an und konnten nur mit Mühe ein Lachen unterbinden. Mit grinsenden Gesichtern begaben sich die Teens ins Erdgeschoss schlichen zur hintern Tür in der Hoffnung diese wiedermal unverschlossen vorzufinden. Leonie sah Patricia an und beide drückten die Daumen, ob Patricia die Daumen drückte eine verschlossene Tür vorzufinden oder doch lieber eine offene konnte man aus ihrer Mimik nicht deuten. Leonie nahm die Klinke in die Hand und drückte diese nach unten, gleichzeitig hielt Sie die Luft an kniff beide Augen fest zu. Als die Klinke sich nicht mehr weiter runter bewegen ließ drückte sich Leonie sanft gegen die Tür und mit einem triumphalen Gesichtsausdruck gab die Tür dem Druck nach und stand somit für beide offen. Leonie drehte sich zu Patricia um und machte eine Bewegung, die man als ‚Nach Ihnen Bitte' deuten konnte. Patricia folgte der Aufforderung mehr oder weniger wiederwillig, kaum drinnen angekommen erschrak Sie.

„Sorry" flüsterte Leonie „Ist mir beim Zumachen ausgekommen." Patricia verdrehte ihre Augen.

„Bist du wahnsinnig, ich … ich … „

„… hätt mir fast in die Hose gemacht?" versuchte Leonie den Satz fragend zu beenden.

„Also doch Pampers!" und grinste Patricia an. Die aber wehrte mit den Händen verächtlich ab.

„Lass uns lieber loslegen und den Safe suchen, wo könnte der denn Sein?" fragte Sie und Leonie hob Achselzuckend ihre Schultern.

„Lass uns mal hinter alle Bilder sehen, in größeren Schränken, einfach überall." Schlug Sie vor. Patricia stimmte stumm nickend zu und so sahen Sie hinter jedes Bild, öffneten zuerst alle Großen Schränke, dann auch die kleineren zum Schluss sogar Schubläden, aber nirgends war ein Safe zu finden. Das einzige was im Raum verschlossen war. War ein Aktenschrank mit Schubfächern. Und der war mit einem Schloss versehen. Also einen Safe einschließen? Eher unwahrscheinlich.

„Und was jetzt?" flüsterte Patricia

„Jetzt gehen wir in den Vorraum und suchen da weiter." Gab Leonie genauso leise zurück und während Sie dies von sich gab machte Sie sich auch bereits auf dem Weg und Patricia folgte Ihr erneut wiederwillig. Im Vorraum angekommen sah Patricia Leonie fragend an.

„Ich bitte dich, das gleiche wie im anderen Raum, zuerst Bilder, dann Schränke etc. nun komm hab dich nicht so, je eher wir den Safe gefunden haben, desto eher können wir unsere Theorie bestätigen. Und desto eher sind wir auch wieder hier wieder draußen." Fügte Leonie noch im Nachsatz hinzu. Also machten sich beide Teens erneut auf die Suche, kurz bevor Sie alle Schränke durch hatten, stockte beiden der Atem und wurden kreideblass.

Kapitel 9

Erwischt

„Da ist einer an der Tür!" kreischte Patricia fast tonlos auf.

„Verstecken!" gab Leonie genauso tonlos zurück.

„Aber wo?" kam nun fast hysterisch von Patricia und Leonie deutete auf den Tisch der beiden am nächsten stand. Fast gleichzeitig hechteten Sie unter denselben, keine Sekunde zu spät. Denn kaum waren Sie unter dem Tisch verschwunden schwang auch schon die Tür auf dem Ton nach eilte ein wütender Mann in den Raum

„ … es ist mir scheißegal, … irgendjemand von euch hat das verbockt, … in zehn Minuten ist die gesamte Mannschaft da! … das interessiert mich nicht, … wenn in zehn Minuten nicht alle da sind bekommen Sie dieselben Konsequenzen zu spüren wie der Idiot der diesen Bockmist verursacht hat." Mit diesen gebrüllten Worten schritt der Mann durch den Raum, die Tür, durch die er gekommen war, viel hinter ihm laut krachend ins Schloss und das Gespräch schien er auch beendet zu haben.

„Verdammte Scheiße, sind diese Idioten nicht einmal in der Lage, wenn Sie das Büro verlassen dass dann ordentlich zu tun! Schränke offen stehen zu lassen, Stühle stehen mitten im Raum …" bei diesen Kommentar stand der Mann gerade auf Höhe des Tisches wo sich

Leonie und Patricia versteckt hielten, der Stuhl zu diesem Tisch stand natürlich weiter in den Raum und vor lauter Wut stieß der Mann diesen mit aller Wucht unter den Tisch. Wo er beide Teens empfindlich traf, aber Tapfer hielten sich den Mund zu und bevor der Stuhl wieder raus federte und Sie definitiv verraten würden packte Leonie denselben und hielt in fest. Kurz drauf hörten Sie den Schrank zuknallen, den beide zu Letzt begutachtet hatten. Erneut hörten Sie eine Tür ins Schloss fallen. Leonie sah Patricia an, die starr vor Schreck war und deutete ihr mit Zeichen an den Raum zu verlassen. Doch zu Leonies schrecken starrte Patricia nur vor sich hin. Leonie rüttelte Sie und langsam schien diese aus Ihrer Starre zu erwachen. Gerade als es schien dass auch Patricia wieder soweit war sich zu bewegen, hörten Sie erneut eine Türe und eine gehetzte Person lief durch den Raum öffnete die Tür zum hinteren Büro.

„Sparen Sie sich die Floskeln, setzen Sie sich …" kam es lautstark aus dem Raum. Patricia wollte schon sich aus ihrem Versteck bewegen, doch Leonie hielt Sie zurück.

„Noch nicht, es kommen noch mehr Personen und alle gehen in diesen Raum, wenn die mit Ihrer Tagung anfangen, dann können wir hier raus." Flüsterte Leonie zu.

„Ist doch irre aufregend, findest du nicht Pati?" fügte Sie noch mit einem grinsen im Gesicht dazu die Ihre Aussage untermauerte. Patricia sah Sie nur angstvoll an Sie zitterte und brachte keinen Ton heraus, auch gut so, denn schon kamen die nächsten ins Büro und durch das Büro gehastet.

„Ahh, auch schon da, setzen!" tönte es ungehalten und äußerst lautstark aus dem Büro und kurz darauf hörten Sie dann noch lautstark

„Dann holen Sie doch noch Stühle oder knien sich hin, …, wo bleibt denn der Rest verdammt nochmal?" Bei diesen Worten öffnete sich die Bürotür und zwei Personen betraten rasch den Raum wo beide Teens sich versteckt hielten, es waren Frauen sie tuschelten,

„weißt du warum er so aufgeregt ist und uns wieder mal das Wochenende versaut?"

„Nein, aber anscheinend hat von uns einer großen Bock geschossen. Oh Gott ich hoffe es war nichts was ich getan habe, denn so wie er heute drauf ist, ist es das Todesurteil dieser Person." Mehr hörten beide Teens nicht, bekamen aber einen erneuten Schreck als der Stuhl von dem Tisch worunter Sie sich versteckten entfernt wurde. Da aber niemand was sagte und die Damen weiter in ihr Gespräch flüsternd vertieft waren wer oder was an der Versammlung schuld sei, lies beide beruhigend lautlos aufschnaufen. Sie warteten bis die zwei aus dem Zimmer verschwunden waren, nickten sich zu und lugten zuerst vorsichtig unter dem Tisch hervor, bevor Sie aufstanden. Auf Zehenspitzen gingen Sie zur Tür wo alle bislang rein gestürmt waren. Kurz bevor beide diese erreicht hatten hörten Sie schnelle Schritte die immer lauter wurden, mit aufgerissenen Augen sahen sich beide an, dann nach links und rechts, immer noch erstarrt sahen sie dass sich bereits die Klinke nach unten bewegte, geistesgegenwärtig schubste Leonie

Patricia hinter den nächsten Schreibtisch, den der der Tür abgewandt war und hechtete hinterher. Bei Ihrer Landung landete Sie direkt auf Patricia, die gerade aufschreien wollte, doch Leonie hielt Ihr den Mund zu, dennoch konnte Sie nicht jeden laut unterdrücken. Doch zu Ihrem Glück war diese Person so in seine Gedanken vertieft, dass er Patricias unterdrückte Schreck- und Schmerzenslaute nicht wahrnahm und einfach nur in Richtung Chefbüro weiterrannte, kaum war diese offen, erfüllte auch schon der ironische und schreiende Ton der Person die als erstes kam den Raum

„Ahh, auch schon da, die zehn Minuten sind schon vorbei, Pünktlich wie immer …" mehr bekamen beide nicht mit, da die Tür wieder geschlossen wurde. Noch lauschten beide in die Stille, gerade als Leonie aufstand, wurde die Tür des Chefbüro geöffnet

„ … ich hol die Unterlagen." Und Leonie warf sich erneut auf den Boden, wobei Patricia erneut die Unterlage bildete aber dieses Mal lautlos aufschrie. Nervös lauschten Sie was die Person machte und zu ihrem Entsetzen kramte ein Mann, in dem Aktenschrank auf den beide gerade freie Sicht hatten. Gerade als beide sich Schutz unter dem nächsten Tisch suchen wollten schrie der Mann auf

„Ich habs …" triumphierend hielt er eine Akte in die Höhe und eilte in Richtung Büro. Doch auf einmal stoppte er und drehte um, ging zurück zum Aktenschrank aber sah in die andere Richtung, dahin wo Leonie und Patricia noch kurz zuvor gelegen waren. Verwirrt schüttelte er den Kopf und als er die Worte

„Verdammt noch mal wo bleiben Sie denn!" vernahm, spurtete er in das Büro zurück und schloss hinter sich die Tür. Leonie und Patricia, die die Gunst der Sekunde genutzt hatten und sich unter dem nächsten Schreibtisch versteckt hatten, atmeten ersichtlich auf und beeilten sich den Raum zu verlassen. Kaum waren beide auf dem Flur und hatten die Tür hinter sich geschlossen hörten Sie eine leise kaum wahrnehmbare Stimme

„Ihr habt hier nichts zu suchen, verschwindet!" Leonie und Patricia sahen sich angstvoll an und versuchten die Stimme zu lokalisieren, doch zu Ihrer Verwunderung war außer Ihnen beiden niemand zu sehen. Leonie winkte erleichtert ab, fast lachend wandte Sie sich erneut Patricia zu

„Jetzt hab ich doch fast geglaubt was zu hören und wir wären entdeckt worden. Komm lass uns hoch in den ersten Stock gehen." Flüsterte Sie amüsiert. Patricia zitterte leicht.

„Ich hab die Stimme auch gehört, genau wie beim letzten Mal, komm lass uns lieber gehen, sonst passiert vielleicht noch was." Gab sie mit leicht zittriger Stimme zurück.

„Ja, sicher passiert noch was, du hast ja den Choleriker von eben gehört über kurz oder lang hat der nen Herzinfarkt, so wie der sich aufregt. Hmm, ich geb dir recht, etwas unheimlich ist das schon, ABER genau deswegen ist es wichtig, dass wir weitermachen und jetzt schnell in den ersten Stock." Bei diesen Worten bekam Sie große Augen und rannte Patricia hinter sich her ziehend los, die wusste erst gar nicht wie Ihr geschah, auf der Treppe nach oben angekommen presste Leonie Patricia an die Wand und sogleich hörte Patricia auch weswegen so übereilt geflüchtet wurde. Die Schritte kamen näher und auch war ein leises Gemurmel zu hören, klang wie ein Schimpfen. Es dauerte nicht lange, dennoch kam es beiden wie Stunden vor, bis der Mann an der Treppe erschien, vor lauter Angst hielten beide die Luft an, der Mann nahm die Teens gar nicht war und begab sich zur Kellertreppe, die er mit raschen Schritten laut hinter sich bringen wollte, Leonie stieß Patricia in die Seite und machte eine nickende Kopfbewegung in Richtung erster Stock, da jetzt Patricia dass als einzige Fluchtmöglichkeit sah, nickte Sie und so lautlos wie möglich versuchten die beiden in den ersten Stock zu gelangen. Dort angekommen schnauften beide erstmals erleichtert durch.

„Pow, das hätte voll ins Auge gehen können!" waren die ersten Worte von Patricia, da diese in einem leicht kreischenden Ton kamen, war es nicht verwunderlich als jemand fragte

„Hallo, ist da jemand?" Leonie deutete Patricia den Mund zu halten und dann sogleich in die Richtung der Wohnungen. Vorsichtig schlichen beide zur ersten Wohnung. Noch bevor Sie diese erreicht hatten, hörten Sie die Treppe knarzen. Jetzt schlich doch eine leise Panik in beiden auf. Kommen Sie noch rechtzeitig in die Wohnung, ist diese denn überhaupt zugänglich. Erneut hörten Sie die Stimme des Mannes dieses Mal schon deutlich näher.

„Haalloo?"

„Verdammt noch mal, wo bleiben Sie?" lärmte unmissverständlich eine Stimme durch das Haus. Und zu beider Teens Erleichterung wurden die Schritte leiser und von weiter weg hörten Sie

„Entschuldigung, hörte nur etwas und dachte es wäre jemand im Haus, der uns evtl. belauscht."

„Ach und die Person hätte es ohne von einen von Ihnen gesehen zu werden ins Haus geschafft? Haben Sie was gesehen? Oder waren es nur die Motten in Ihrem Gehirn?" brüllte der Mann weiter. Ohne weitere Worte verklangen langsam die Schritte im Flur und als dann die Tür lautstark geschlossen wurde, hatten beide auch die Wohnungstür im ersten Stock erreicht erneut die Wohnung auf der linken Seite des Hauses, Leonie fragte gar nicht lange, öffnete einfach die Tür und trat ein. Da Patricia zuerst noch zögerte, packte Sie ihren Arm und zog Sie ebenso in die Wohnung. Der Eingang gestaltete sich genauso wie der in der Wohnung darunter, ein dunkler Eingangsbereich, rechts die Tür ins Bad, ein Blick darein offenbarte nur das übliche. Dann der Raum der dem Flur folgte der als Wohn/Essbereich dienen könnte aber absolut leer, ebenso der Nachbarraum, dort wo der offene Kamin im unteren Raum war, war hier gar nichts zu sehen. Aber anders wie im Erdgeschoss war hier noch ein weiterer Raum, aber auch dieser war komplett leer und weder Zeichen noch irgendein Safe war zu sehen.

Enttäuscht verließen beide die Wohnung und begaben sich zur Gegenüberliegenden Tür und öffneten diese, wie erwartet war Sie das Seitenverkehrte Gegenstück und auch komplett leer. Allerdings einzige Ausnahme war der Zusatzraum, der fehlte hier. Gerade als Sie die Wohnung verlassen wollten schlug sich Leonie auf den Kopf.

„Verdammt, weißt du wo wir noch nicht nach den Safe gesucht haben?" ohne eine Antwort abzuwarten redete Sie weiter.

„Im Bad, bzw. der Toilette vom Büro, da will ich heut noch unbedingt rein!" gab Sie unmissverständlich Patricia zu verstehen, diese schüttelte nur ungläubig den Kopf.

„Bist du wahnsinnig, die hätten uns heut beinahe fünf bis achtmal fast erwischt und wahrscheinlich lynchen sie gerade den Schuldigen und du willst da zur Vordertür rein spazieren, wahrscheinlich kurz Hallo, ich will mal kurz euer Klo nach einem Safe absuchen sagen und danach einfach wieder raus spazieren, oder?"

„Hey, das ist genial!" rief Leonie Patricia sah Sie nur noch mit entsetzten Augen an.

„Hallo? Tickt es noch bei dir?"

„Wieso, Spielplatz, Leute gehen ins Haus, dringendes Bedürfnis und zwei unschuldig blickende Mädchen, wer könnte denn da wiederstehen?" gab Leonie grinsend zurück. Patricia konnte es kaum glauben, aber musste es, da Leonie bereits aus der Tür war und in Richtung Treppe schritt, vielmehr rannte. Patricia gab sich einen Ruck und startete hinterher auf halber Treppenhöhe hatte Sie Leonie eingeholt

„Du willst das jetzt wirklich so durchziehen?"

„Was denkst du denn? Eine bessere und vor allem für dich zur Beruhigung legalere Methode bekommen wir nicht!" grinst Leonie bei ihrer Antwort. Vor der Tür angekommen schnauften beide kurz durch und Leonie klopfte. Als sich nichts tat, schnaufte Patricia beruhigt aus. Doch Leonie gab nicht auf und klopfte lauter. Es dauerte etwas und Patricia wollte schon gehen, als die Tür aufgerissen wurde eine Frau stand Ihnen gegenüber mit einem verkrampften Gesichtsausdruck

„Was wollt Ihr?" fragte Sie mit leicht zittriger Stimme

„Entschuldigung, dass wir stören …" begann Leonie unschuldig,

„… aber wir waren gerade draußen auf dem Spielplatz und ich muss ganz dringend auf die Toilette und bis daheim schaffe ich das nicht mehr und es ist wirklich ganz ganz dringend!" zur Untermauerung kniff Sie die Beine zusammen und tänzelte von einem zum anderen. Die Frau entspannte sich und setzte sogar ein kleines verständnisvolles Lächeln auf

„Ja, ist kein Problem, kommt rein, die Toilette ist da, ich muss wieder zu einer Sitzung, wenn Ihr geht, schließt bitte die Tür hinter euch. Und …"

„Verdammt noch mal wo bleiben Sie, wer war das der da gestört hat, wir sind hier nicht zum Spaß!" kam es lautstark von weiter hinten. Die Frau rollte mit Ihren Augen und zu den Teens gerichtet sagte Sie nur noch mit einem tiefen Seufzer

„Ihr hört ja, ich muss zurück behaltet euch bloß eure Kindheit solange es geht." Mit diesen Worten verschwand Sie und Leonie zog triumphierend Ihren rechten Arm der zur Faust geballt war zurück. Patricia war nur noch erstaunt, vor allem über Leonies Schauspielerisches Talent. Doch diese eilte bereits ins Bad und begann mit der Suche nach dem Safe, doch trotz intensiver Suche war auch hier nichts zu finden. Enttäuscht verliesen beide das Bad und verschwanden aus dem Büro.

„Wie spät ist es denn eigentlich?" fragte Leonie Patricia, diese sah auf Ihr Handy.

„Es ist jetzt kurz nach zwölf Uhr, was willst du machen?"

„Nach Hause Mittagessen und neuen Schlachtplan entwerfen. Komm lass uns gehen." Das ließ sich Patricia nicht zweimal sagen und begab sich Richtung Keller. Leonie hielt Sie zurück.

„Stopp, wir sind gerade offiziell da, also können wir auch offiziell durch die Haustüre verschwinden." Und mit einem leichtem grinsen begab Sie sich zur Haustür und Patricia folgte. Auf dem Weg nach Hause diskutierten beide das heute erlebte durch, kamen zum Schluss dass es keine neuen Erkenntnisse gab. Aber noch immer lag ein Stockwerk vollkommen unerforscht vor Ihnen. Doch das zu besprechen wollten Sie auf nach das Mittagessen verschieben, denn Sie waren gerade bei Leonie zu Hause angekommen und konnten, um sich nicht zu verraten, weiter ungestört reden. Während des Mittagsessen, es gab Pfannkuchen mit Himbeersahne, Nutella oder einfach nur Puderzucker. Beide Teens ließen es sich schmecken.

„Und wie war es? Habt Ihr gute Motive fotografieren können?" fragte Alexander beiläufig. Beide sahen verdutzt auf. Alexander sah sie verwirrt an

„Wolltet Ihr nicht raus um was zu fotografieren?" Leonie fasste sich und antwortete

„Ja schon, aber …"

„… es war nichts was uns von den Socken gehaut hätte …" machte Patricia weiter und Leonie endete

„um es fotografisch festzuhalten." Patricia nickte. Leonies Vater wägte den Kopf

„Schade, für euch. Und was habt Ihr am Nachmittag geplant?"

„Ach, einfach weitersuchen, irgendwann finden wir das, was wir suchen schon." Kam es schlagfertig von Leonie und erneut nickte Patricia zustimmend, was Leonie als Erleichterung empfand, denn somit konnte Sie eventuelle Bedenken von Patricia gleich ausräumen und sich auf Ihre Zustimmung berufen. Kaum war das Mittagessen vorbei verschwanden beide Teens erst mal im Zimmer von Leonie.

„Was hast du vor?" fragte Patricia

„Würd vorschlagen wir fassen, wieder jeder für sich, alles Wichtige zusammen, und dann gehen wir erneut los und erkunden das letzte Geschoß des Hauses, oder willst du gleich los?" setzt Leonie die weitere Vorgehensweise mehr oder weniger fest und lies Patricia nicht einmal mehr die Wahl. Diese stimmte zähneknirschend dem ersten Vorschlag von Leonie zu und so zogen beide Papier und Bleistift raus und notierten was Sie jeweils für wichtig hielten. Nach einer knappen halben Stunde war Leonie fertig und beobachtete wie Patricia immer noch eifrig in Gedanken versunken das ein oder andere notierte. So hatte Leonie Zeit sich nochmal kurz das Haus in Erinnerung zu rufen und zu überlegen wo dieser Safe stehen könnte. Aber trotz intensiven Nachdenkens Ihr viel kein Ort ein. Als Leonie wieder aufblickte bemerkte Sie, dass Patricia anscheinend fertig war, denn Sie sah Sie an.

„Fertig?" fragte Leonie

„Ja, gerade eben. Du auch?"

„Hab nochmal nachgedacht wo der Safe stehen könnte, aber fiel absolut kein Standort ein, wo wir heute nicht gesucht hätten."

„Hmm, vielleicht gibt es auch keinen oder er ist wo wir schon waren. Willst du heute wirklich noch in den Speicher der Villa?" gab Patricia zurück.

„Ja!" kam es bestimmt von Leonie

„Und wenn du jetzt fertig mit deinen Aufzeichnungen bist, dann geht es jetzt los, je eher desto besser. Nur so können wir uns ein richtiges Bild machen." Leonie stand bei diesen Worten auf und Patricia folgte Ihr wiederwillig. An der Wohnungstür gab Leonie noch ihrem Vater Bescheid, dass Beide wieder unterwegs waren. Ihr Vater gab zurück, dass Sie spätestens um fünf Uhr wieder da sein müssten, da Patricia dann von Ihrer Mutter abgeholt würde. Wenn Sie eher kämen gäbe es noch Kuchen. Was beide mit

„Ja Danke." Quittierten. Auf dem Weg zum Haus wurde Patricia nervös.

„Was hast du denn?" hackte Leonie nach.

„Es ist diese Stimme, die uns aus dem Haus haben will, wo kommt die her, ich versteh das nicht und das macht mir Angst!"

„Das glaub ich dir, aber genau deshalb müssen wir am Ball bleiben, wenn irgendwas so furchterregend versucht uns von der Sache fernzuhalten, dann ist da ein dicker Hund begraben und wartet nur auf seine Auferstehung, verstehst du!" Patricia nickte zögerlich. Ihre Bedenken waren nicht wirklich zerstreut, aber gegen Leonies Dickkopf, ein Erbe Ihres Vaters, kam Sie nicht wirklich an.

Das Haus kam schnell in Sicht und Vorsichtig begaben sich beide erneut Richtung Spielplatz, dort war niemand. Sie setzten sich auf den Rand des Sandkastens und Beide ließen die Blicke über das Gelände wandern. Der Parkplatz war verwaist. Auch sonst war niemand zu sehen und so standen Sie möglichst unauffällig auf und begaben sich zum Haus. An dem Kellerfenster, wo Sie wie üblich einstiegen sahen Sie sich nochmals um, erneut war niemand zu sehen. Leonie ließ Patricia wiedermal den Vortritt und folgte Sekunden später in den dunklen Kellerraum. Doch dieses Mal wirkte der Raum anders, gespenstisch, es schimmerte grünlich hell von den Wänden und leichte Schwaden zogen durch den Raum. Patricia war leichenblass, das konnte ein Blinder sehen, auch Leonie war nicht wohl im Bauch, aber mutig kämpfte Sie sich zur Tür vor und öffnete diese ohne zu lauschen Ruckartig, das Licht im Flur sprang an und der Spuk im inneren des Raumes verschwand augenmerklich.

„Na los komm schon, alles ok hier." Zischte Leonie zu Patricia, die nach wie vor wie angewurzelt da stand. Aber aufgrund Leonies Ansprache dann doch reagierte. Beide verliesen den Keller und begaben sich vorsichtig in den zweiten Stock. Doch im Gegensatz zu Keller, Erdgeschoß und dem ersten Stock war hier die Aufteilung anders. Schon der Treppenverlauf lies es vermuten, da dieser dieses Mal nach links ging und kurz vor Ende dann einen Knick nach rechts machte. So sahen beide zu einem hohen Fenster hin, welches viel Licht in das Treppenhaus lies und nach Osten zeigte. Rechts von Ihnen war eine Wohnungstür, Leonie nickte Patricia zu, diese nickte zurück. Leonie klopfte an die Tür. Beide lauschten … aber es kam kein Laut aus der Wohnung und so drückte Leonie beherzt den Türgriff nach unten und schob etwas, die Tür ging auf und beide huschten schnell in die Wohnung und schlossen sofort die Tür hinter sich. Es handelte sich hier um einen Raum der zu Ihrer Rechten mit einer Tür versehen war, die offen stand. Beide Teens starrten kurz hinein und sahen, es war ein Badezimmer. Leonie machte als erstes einen Schritt hinein. Mit Ihrer Taschenlampe leuchtete Sie den Raum aus, eine Toilette, eine Dusche, ein Anschluss und ein Waschbecken, mehr hätte in dem kleinen Raum auch nicht Platz gefunden. Zur Sicherheit leuchtete Sie alle Wände sorgfältig ab, den Boden und die Decke, Sie ließ sie auch nicht aus, fand aber auch hier nichts.

Als nächstes besahen sich beide den großen Raum. Dieser war rechteckig, hatte an der Südseite zwei große Fenster, ansonsten gab es in den Raum nichts Spektakuläres oder erwähnenswertes. Somit verliesen beide Teens dieses Apartment. Und Sahen gegenüber eine Balkontür links und rechts daneben jeweils ein schmales Fenster und darüber ein weiteres, welches wie eine Breze aussah. Langsam gingen Sie auf die Balkontüre zu, späten hinaus und nahmen einen halbrunden Balkon dessen Abschluss runde Säulen in weis mit einem ebenso in weis gehaltenem Handlauf. Links und Rechts sahen die Beiden eine Tür.

„Wo zuerst?" wollte Patricia flüsternd wissen und Leonie deutete mit runtergezogener Lippe auf die zu Ihrer Rechten Seite. Langsam öffnete Patricia die Türe und beide schlupften hinein, zogen sogleich die Tür hinter sich zu und standen im Halbdunkel, durch ein

Dachflächenfenster kam etwas Licht, so konnten Sie erkennen, dass es sich um ein Speicherabteil handelte. Aber um genau zu erkennen ob und was hier drin war oder nicht suchten Sie den Lichtschalter, der gleich neben der Tür angebracht war, als das Licht aufflammte waren beide geblendet. Jedoch sobald sich Ihre Augen wieder entspannt hatten wurde auch dieser Raum auf Herz und Nieren geprüft und enttäuscht mussten beide feststellen, das in dem Quadratischem Raum mit Dachschräge nichts zu finden war.

„Sollen wir uns überhaupt noch die Mühe machen und gegenüber nachsehen?" kam es von Patricia enttäuscht. Mit einem entrüstetem Blick sah Leonie Ihre Freundin an. Doch bevor Leonie auch nur ein Wort sagte hatte Patricia den Blick gesehen und ruderte sogleich zurück.

„Ist ja gut, ist ja nur noch ein Raum, den können wir uns auch noch ansehen." Und beeilte sich aus diesem Abteil rauszukommen, zu Mahl es doch etwas stickig in den kleinen Raum war. Vor der Tür des Abteils gegenüber machte Patricia zu Leonie eine einladende Geste um Ihr den Vortritt zu lassen. Dem kam Leonie sogleich nach und betrat als erste den Raum. Dicht gefolgt von Patricia. Anders als in der vorherigen Kammer empfing Sie hier ein unangenehmer Geruch, den beide nicht zuordnen konnten. Auch kam es beiden Dunkler als drüben vor.

„Mach Licht, hier seh ich gar nichts und die Taschenlampe geht auch kaum." Flüsterte Leonie und Patricia suchte den Schalter. Sie fand diesen, betätigte denselben und … es blieb dunkel.

„Was ist los?" kam es von Leonie ungeduldig.

„Der Schalter geht nicht, ich mach schon dauernd, aber es passiert nichts."

„Hmm da waren wohl Pfuscher am Werk." Gab Leonie zurück, also gut sehen wir uns halt so um, es wird schon gehen." War Leonies Antwort. Und schon war sie dabei mit dem fast nicht wahrnehmbaren Licht Ihrer Taschenlampe die Wände, den Boden und das Dach auszuleuchten. Auch Patricia tat das selbe aber in der entgegengesetzten Richtung. Plötzlich meinte Sie

„Du Leo, hier kommt es mir so vor als ob das Fenster verhängt worden ist, was meinst du, denn es ist schon ein erheblich schlechteres Licht hier drin." Leonie meinte

„Mir kam es auch so vor, aber ich bin gerade unter dem Fenster es ist frei, sauber und ich seh strahlend blauen Himmel."

„Ok, dann schein ich mich zu täuschen." Raunte Patricia und beide suchten den Raum weiter ab, kurz bevor Sie sich trafen, als schräg gegenüber des Eingangs erschraken beide und erstarrten. Damit hatten Sie nicht gerechnet!

Kapitel 10

Unerwartetes

„Sieh, …, sieh doch … Leo. Was … leuchtet denn da?"
stammelte Patricia, Leonie schüttelte ungläubig den
Kopf, rieb sich die Augen, sah zu Patricia und dann
wieder in die Ecke der Kammer.

„Ich hab keine Ahnung." Gab Sie langsam zurück und
dann auf einmal hecktisch

„Schnell, Fotos, das müssen wir festhalten, mach
schooon beeil dich Pati!" Beide zückten Ihre Handys und
schon blitzte es immer wieder mal auf. Beide machten
aus mehreren Winkeln Fotos, bevor Leonie vorsichtig
weiter in die Ecke ging.

Wie aus dem Nichts tauchte auf einmal etwas
Schemenhaftes vor beiden auf und ein extrem hoher
Dauerlaut ertönte, beide Teens hielten sich
schmerzverzehrt die Ohren zu. Nach kurzer Zeit gingen
Sie sogar vor Schmerzen in die Knie. Leonie fasste alle
Kraft zusammen die Sie noch besaß und begab sich
irgendwie in Richtung der Türe. Kaum dort angekommen
verstummte der Ton. Und beide gaben Ihre Ohren
wieder frei.

„War das eine Alarmanlage?" wollte Patricia wissen.

„Keine Ahnung, schnell zur Treppe, oder besser ein Versteck suchen, das hat man mit Sicherheit im ganzen Haus gehört!" Und so zogen sich die Zwei in die Rechte Kammer und dort in die Dunkelste Nische des Dachbodens zurück. Leonie huschte nochmal aus Ihrem Versteck und leuchtete mit der Taschenlampe zur Deckenlampe.

„Was machst du denn da?" flüsterte Patricia entsetzt.

„Komm her und hilf mir hoch, ich schraub die Lampe raus." Man konnte förmlich den Groschen fallen hören als sich Patricia schnell näherte und Leonie hochhob, diese nahm die Blende der Lampe ab und schraubte das Leuchtmittel aus der Fassung.

„Ich kann nicht mehr." Kam es stöhnend von Patricia.

„Dann lass mich runter bin fertig." Gab Leonie zurück und schon zogen Sie sich in die dunklste Ecke zurück. Lauschten und Patricia fing an zu beten. Minuten später, den beiden kam es eh wie Stunden vor, war immer noch kein Laut zu hören, kein Getrampel auf der Treppe, keine Stimmen die näher kamen und wissen wollten was da los war nichts.

„Ich hab mir doch dieses mörderische Sirenengeheul nicht eingebildet." Stellte Leonie an Patricia mehr oder weniger die Frage bzw. Ihre Feststellung.

„Nein, das hast du nicht, … und … wenn … dann haben wir, es uns beide eingebildet! Denn meine Ohren schmerzen noch immer, stärker als bei deiner

Übernachtungsparty bei deinem Vater als wir, du, deine zwei Freundinnen und ich getestet haben wer von uns vieren am intensivsten Kreischen kann!" stellte Patricia fest. Leonie nickte in Gedanken an die Party.

„Ja, im Vergleich zu dem eben, war der ,Schrei- oder Kreischkontest' auf der Party eher ein kaum wahrnehmbares Ertönen unserer Stimmen, aber was in aller Welt war das eben? Und wieso, oder sagen wir besser zum Glück haben anscheinend dass nur wir wahrgenommen! Was war da eben, das vor mir aufgetaucht ist? Hast du das gesehen? Hast du was erkennen können Pati?" löcherte Leonie Ihre Freundin, doch diese schüttelte nur den Kopf.

„Sorry, aber, da war dieser Ton und ich dachte nur mir platzt der Kopf." Auf einmal bekam Sie große Augen.

„Wie, … v v v vor dir ist … was aufgetaucht? W … w … was ist vor dir aufgetaucht?" kam es Bruchstückchenweis über Patricias Lippen.

„Hast du … das Ding … etwa nicht gesehen?" fragte Leonie entsetzt und Patricia sah Sie an, schüttelte den Kopf

„Tut mir leid, aber ich sah nur den schimmer, dich und dann war da schon dieser schrille Ton … und, und dann bin ich einfach in die Knie gegangen, hab meine Ohren geschützt. Du doch auch!" Gab Patricia zurück.

„Ja, sicherlich, dachte nur, du hättest es auch gesehen." Gab Sie enttäuscht zurück.

„Wwwas gesehen?" hackte Patricia nach.

„Nun mir kam es vor als ob kurz vor dem Schrei … ein … Gesicht … oder … eine … Gestalt aufgetaucht wäre." Patricia sah Leonie leichenblass an.

„Wie, wie, wieso sagst du Schrei? Und, und, und Gesicht oder Gestalt?" kamen Ihre entsetzten Fragen. Leonie sah Sie an.

„Nun, Schrei sag ich deshalb, … weil … ich da glaub eine Gestalt gesehen zu haben … die mich ansah und dann den Mund öffnete, aber ich kann mich auch geirrt haben, sozusagen ein paar Halos gehabt. Komm lass uns die Fotos mal auf dem Handy ansehen." Versuchte Leonie Patricia wieder zu beruhigen, was auch zu funktionieren schien denn Patricia zückte Ihr Handy und so sahen sich beide die Ergebnisse von Patricias Fotografie an, doch außer einem komischen Leuchten war darauf nichts zu erkennen. Beide sahen sich enttäuscht an.

„Zeig mal deine Fotos, vielleicht ist da mehr zu sehen?" gab Patricia Leonie zu bedenken. Und so wollte Leonie ihr Handy zücken, doch auch nach intensiven Abtasten und durchstöbern aller Taschen die Sie hatte, das Handy war weg.

„Wo kann es denn sein?" und bei dieser Frage schlug Sie sich auf den Kopf.

„Es muss vorne in der Kammer liegen, ich hatte es in meiner Hand als ich reinging." Mit leicht entsetztem Gesichtsausdruck gab Sie diese Erkenntnis von sich.

„Also ich muss da nochmal rein, und mein Handy holen."

„DU WILLST DA NOCH MAL REIN!!!" kreischte Patricia fast tonlos und Leonie nickte.

„Aber, ich hab für dich eine Aufgabe!" und dabei sah Leonie Patricia mit einem verschmitzten Lächeln an.

„Was hast du vor? Ich geh da nicht rein!" stellte Patricia gleich resolut fest.

„Ganz ruhig Pati, du darfst am Türrahmen der Kammer bleiben, nur ein bisschen mehr nach links, so dass du die Ecke gegenüber richtig im Blick hast und du filmst mich sobald ich in die Kammer gehe und mein Handy hole, stopf dir bitte vorher was in die Ohren, damit du nicht gleich zusammenzuckst sollte es erneut unerträglich werden, damit wir nachher sehen können was da ist. Hast du mich verstanden?" fragte Leonie zum Schluss und als Patricia nickte in Ihren Taschen zu kramen begann und sich links und rechts in Ihre Ohren ein zusammengerolltes Papiertaschentuch steckte, Leonie tat das selbe schnaufte kurz tief durch und beide schlichen vorsichtig zur Kammer. Als Sie dort am Türrahmen angekommen war sah Leonie zu Patricia zurück und nickte Ihr zu, worauf diese mit ihrem Handy begann zu filmen. Nochmals atmete Leonie tief durch. Dann fasste Sie sich ein Herz und betrat die Kammer erneut, verzweifelt suchte Sie den Boden ab, aber sie sah nichts, es schimmerte zwar leicht in der Kammer aber die Taschenlampe versagte nachwievor den Dienst. Kaum war Sie vollkommen in der Kammer in Richtung der gegenüberliegenden Ecken, kurz vor der Ecke tauchte wie aus dem nichts wieder etwas vor ihr auf und der schrille Ton füllte erneut schmerzhaft Ihre Ohren. Sofort hielt Sie sich Ihre Ohren zu, doch die Höhe des Tons drang durch die schützenden Hände. Sie sank auf die Knie, drehte den Kopf links und rechts, und da, da lag es, Ihr Handy am Rand, es lehnte förmlich an der Wand des Raumes. Leonie nahm alle Kraft zusammen, nahm die rechte Hand vom Ohr und wurde fast ohnmächtig vom Laut, aber irgendwie schaffte Sie es sich ihr Handy zu schnappen und aus dem Raum zu hechten. Kaum draußen, verstummte der Ton und Leonie fiel in Ohnmacht.

Irgendwann schlug sie die Augen auf, sah Patricia die über Sie gebeugt war und ihre Lippen bewegte nahm eine Bewegung links von sich war und spürte und hörte das klatschen einer Hand auf ihrer Wange. Sie schüttelte den Kopf und hörte Patricia

„Leo, Leo, kannst du mich hören?" und sie nickte und Patricia sank erleichtert neben Ihr zu Boden.

„Entschuldige, dass ich dich mehrmals gewatscht habe, aber du warst für ein paar Sekunden vollkommen weggetr …"

„Hallo, ist da wer?" tönte es auf einmal durch das Treppenhaus, Schritte folgten, erschrocken sahen sich beide Teens an und wenige Augenblicke später waren

Sie wieder in Ihrem Versteck. Kurz darauf sahen Sie wie zwei Männer erschienen. Sofort hielten beide die Luft an.

„Hier ist niemand, lass uns in die Wohnung schauen." Sagte der Eine und war schon auf dem Weg dorthin.

„Ich bleib hier, nicht dass jemand versucht abzuhauhen." War die Erwiderung des zweiten.

„Auch gut." Und schon hörte man die Tür zur Wohnung aufgehen. Kurze Zeit später hörte man den ersten wieder.

„Also in der Wohnung ist niemand. Vielleicht da in einem der beiden Speicherabteile dahinten oder sogar auf dem Balkon." So ging einer der Beiden Männer auf den Balkon.

„Ne, da ist keiner. Also gut ich schau noch in die Kammer." Sie hörten wie die Linke Kammer betreten wurde.

„Mist, hier ist kaum Licht, ich sehe nichts, du etwa?"

„Ne, und halt endlich deinen Mund, wie sollen wir was finden, wenn du uns schon Stunden vorher ankündigst!" Von beiden kam kein Ton mehr Leonie und Patricia verfielen in eine Starre.

„Ach es hilft nichts, hol eine Taschenlampe." Einer der Männer begab sich hörbar nach unten. Leonie hörte wie in der linken Kammer mehrmals der Lichtschalter betätigt wurde.

„Klasse Firmen waren hier beschäftigt." Hörten die Beiden Teens den Mann ironisch sagen. Auf einmal wurde die Tür zu Ihrem Versteck aufgestossen und sie nahmen schemenhaft einen Mann war der in das Dunkel der Kammer starrte auch hier testete er mehrmals den Lichtschalter, trotzdem tat sich nichts, wie denn auch, da Leonie ja so geistesgegenwärtig war und das Leuchtmittel entfernt hatte.

„Mist." Kurz darauf hörte man Schritte die nach oben kamen.

„Hab vom Chef eine bekommen, geht sogar." Fügte er noch hinzu.

„Ich schau mal in die Linke Kammer du kannst die Rechte ja absuchen."

„Wie denn, auch hier geht kein Licht. Da waren echt tolle Handwerker am Werke." Kam erneut die ironische Bemerkung des einen Mannes.

„Wahrscheinlich genauso gut wie unser Chef, siehe heutige Aktion, dass wir seinen Mist ausbügeln dürfen und uns anschreien lassen müssen." Gab der zweite zurück. Bei diesen Worten ging der Mann der in Ihrem Versteck stand aus der Kammer raus und folgte den Schritten nach dem ersten in die Linke Kammer. Es dauerte gar nicht lange und erneut erschallte dieser

Schrille Ton, aber nur kurz denn beide Männer rannten förmlich aus der Kammer. Leonie und Patricia hörten nur

„Ich dachte die geht, hol mir sofort eine Taschenlampe die wirklich funktioniert." Brüllte der eine und der zweite folgte der Anweisung sofort.

„Ich halt hier Wache, dass mir da niemand entwischt. Ahh verdammt ich hör kaum was, verdammt nochmal, kann die kreischen." Wortlos verschwand der andere. Der Mann der noch da blieb setzte sich auf den Boden, rieb sich die Ohren und murmelte

„Na warte, dich krieg ich, mir brüllt niemand ungestraft in die Ohren!" und lauter gab er von sich

„Komm nur raus, wir kriegen dich eh! So gut verstecken kannst du dich eh nicht." Auf einmal begann die Kammer zu leuchten es wurde immer heller, da Ihre Verstecktüre geöffnet war konnten Sie die Entwicklung über die Spiegelung an der Türe mitverfolgen. Gespannt sahen Leonie, Patricia auf die immer heller und grüner werdende Spiegelung. Es wirkte als würde die Kammer mittlerweile glühen, aber in einem grünlichen Licht! Es schien förmlich als brenne die Kammer. Auf einmal schien die Selbstsicherheit des Mannes zu weichen, er stand vorsichtig auf und ging langsam immer weiter zurück. Mittlerweile hörte man schon wieder Schritte auf der Treppe die nach oben kamen und es dauerte nicht lange und der zweite Mann erschien wieder. Anscheinend mit Ersatz. Er wollte anscheinen vollkommen außer Atem die Taschenlampe übergeben.

„Hier bitte, die funktioniert, vom Chef selbst überprüft!"
Doch der andere Mann wehrte ab. Angstvoll gab er die
Anweisung in Richtung der Kammer zu leuchten. Doch
nichts geschah. Nur das Glühen der Kammer wurde
größer. Gleichzeitig kam es entsetzt aus den Mündern
der beiden Männer.

„Hier ist nichts passiert, ich hab niemanden gesehen!"
Mit diesen Worten liefen beide die Treppen nach unten.
Und während Sie dies taten wurde das Glühen der
Kammer leichter, aber selbst als die Schritte verhallt
waren, war immer noch ein leichter grünlicher Schimmer
zu sehen. Aber beide Teens sahen sich erleichtert an.
Schnauften durch und fingen leise zu lachen an.

„Hast du die Angst in den Stimmen der beiden
mitbekommen?" kicherte Patricia und Leonie stimmte
ein

„Wie schnell die abgedüst sind, solche Weicheier und
das wollen ausgewachsene Männer sein." Beide
kicherten und lachten noch einige Zeit weiter bis Sie sich
beruhigt hatten.

„Na los, zeig mal deine Fotos." Hackte Patricia nach. Und
Leonie holte Ihr Handy vor und fing an die Fotos zu
zeigen. Doch auch auf diesen Bildern war nicht wirklich
was zu erkennen.

„Ich mach bei meinem Pa lieber noch schwarzweiß
Ausdrucke, vielleicht sieht man da dann mehr. War ja
auch beim letzten Mal so." Beide sahen sich die Fotos

erneut an und wie zu erwarten es war nichts zu erkennen. Enttäuscht machte Leonie Ihr Handy aus.

„Und jetzt?" fragte Patricia

„Ich hab keine Ahnung." antwortete Leonie und zuckte mit den Schultern.

„Ah, zeig mir dein Video als ich mein Handy geholt habe." Kam es noch schnell von Leonie und beide Teens besahen sich das Video, doch so richtig war da nichts zu sehen, eher wie wenn jemand oder etwas einen Vorhang vor die Tür gehängt hätte. Nur der Ton war deutlich vernehmbar, und beide verzogen Ihr Gesicht schmerzverzehrt und dass obwohl die Lautstärke auf ein Minimum eingestellt war. Als das Video zu Ende war, sahen sich beide Teens enttäuscht an. Sie blieben noch sitzen und Leonie versank in Gedanken, was hatte Sie übersehen, Sie waren alle Räume durchgegangen, hatten den ein oder anderen Raum sogar mehrmals untersucht, aber nichts gefunden und trotzdem etwas, irgendetwas war hier. Aber was? Und was hatten Sie beide übersehen? Sie waren alle Räume durchgegangen. Irgendwas, musste doch da sein! Auf einmal wurde Leonie aus Ihren Überlegungen gerissen. Patricia stupste Sie an.

He Leo, willst du noch lange bleiben, oder sollen wir unsere Gedanken doch besser bei dir zu Hause zu Papier bringen, was meinst du? Da können wir dann auch die Fotos ausdrucken in Farbe und SchwarzWeis und vielleicht sehen wir da mehr, was meinst du?"

„Du hast Recht Pati, komm lass uns gehen, vielleicht finden wir zu Hause raus, was wir hier übersehen haben und können das dann später nochmal überprüfen." Und so machten sich bei Teens vorsichtig auf dem Weg in den Keller, der erste Stock nach dem Dachgeschoß war schnell überwunden, aber, da beide nicht wussten ob die Tagung noch stattfand war der Übergang vom ersten Stock über das Erdgeschoß zum Keller sehr behutsam und vorsichtig. Kaum im Keller angekommen, schrien beide kurz auf als der Bewegungsmelder losging.

„Stopp" hielt Leonie Patricia an.

„Was willst du?" hauchte diese angstvoll zurück.

„Ich will wissen, ob in jedem Stockwerk Bewegungsmelder sind." Gab Leonie zurück.

„Wozu?" flüsterte Patricia angstvoll.

„Ich weiß es nicht, es ist so eine Ahnung, kann es grad nicht erklären."

„Aber du weißt, dass da im Haus noch ein paar Menschen sein könnten die uns wegen Hausfriedensbruch drankriegen könnten." Gab Patricia mit einem sarkastischen Ton zurück. Und Leonie grinste nur.

„Lass uns unten aus dem Fenster schauen, wenn noch ein paar Autos auf dem Parkplatz stehen, dann lassen wir das Erdgeschoss aus, aber ich will wissen ob im ersten Stock und im Dachgeschoß Bewegungsmelder installiert sind."

„Aber wozu?"

„Ich hab da was im Kopf und will das erst wissen, danach sage ich dir warum." Dieses Mal rollte Patricia mit den Augen. Schnaufte durch.

„Ok, ich frag nicht mehr nach und wir sehen nach." Gab Patricia leicht entnervt zurück. Beide schlichen aus dem Keller in das Erdgeschoß hoch, hörten in den Flur, als alles still blieb, betraten beide diesen und in Sekunden waren beide in Licht getaucht. Es viel Ihnen zuerst nicht auf, da von draußen durch die vielen und großzügigen Fenster noch viel Licht in den Flur strömte. Aber als Sie die Lampen ansahen, sahen Sie diese leuchten. Leonie zog Patricia zurück um die Ecke und wartete etwas. Nach ein, zwei Minuten lugte Sie vorsichtig ums Eck spähte zu der Lampe zog den Kopf zurück und sah Patricia an.

„Also die Lampen sind jetzt aus, versuchen wir es erneut und sehen dann ob die Lichter wieder anspringen, ok Pati?" was mehr ein Festellung als eine Frage war. Diese nickte nur und man sah Ihr an, dass sie die Vorgehensweise nervte. Mit einem erneuten Seufzer gingen beide wieder um die Ecke in den Flur und erneut flammten Sekunden später die Leuchten auf.

„Ok, hoch in den nächsten Stock. Hier hab ich genug gesehen." Gab Leonie leise Ihre Anweisung an Patricia. Und so leise wie es beiden möglich war wanderten Sie ein Stockwerk höher, hier wollte Patricia aber endlich wissen, wozu Sie dieses Kaspertheater überhaupt machten. Doch Leonie winkte ab.

„Ich kann's dir noch nicht sagen, aber mir kommt irgendwas total merkwürdig vor. Aber ich bin mir nicht sicher und will es einfach nur prüfen. Vielleicht fällt dir auf, was ich meine, will mich aber nicht lächerlich machen. Geht übrigens deine Taschenlampe Pati?" fragte Leonie ganz beiläufig.

„Du hast doch oben gesehen, dass diese nicht ging, hier bitte." Patricia nahm ihre Lampe hoch und leuchtete in Leonies Gesicht. Zuerst erstaunt nahm Patricia die Lampe runter und leuchtete auf den Boden sah die volle Leistung.

„So ein Scheißding, wenn es gehen soll, dann tut sich nichts und wenn ich Sie nicht brauche, dann funktioniert es einwandfrei!" moserte Patricia leise vor sich hin. Leonie nahm es mit einem leichten grinsen zur Kenntnis, sagte aber nichts dazu. Im ersten Stock angekommen hielt Leonie Patricia zurück und lugte langsam und vorsichtig um die Ecke, hier war es genauso hell wie im Erdgeschoss, dennoch konnte Sie die Lampen als aus wahrnehmen. So zog sie ihren Kopf zurück und erstattete Patricia Bericht, die es immer noch genervt zur Kenntnis nahm und froh war als Leonie es sozusagen erlaubte auf den Flur zu treten, wie Leonie bereits erwartet hatte gingen auch hier gleich die Lichter der Bewegungsmelder an. Patricia sah Leonie an

„und, war's das jetzt?" fragte Sie mehr als genervt, bemerkte aber dass Leonie jetzt angespannt wirkte, also fragte Sie nach.

„Ist was Leo? Du wirkst so angespannt." Doch Leonie schüttelte nur den Kopf biss sich auf die Unterlippe

„Nein, es ist nichts, komm ein Stockwerk haben wir noch."

„Wozu das Ganze denn?"

„Ich weiß es nicht wirklich, komm nur noch den Speicher und dann gehen wir auch schon nach Hause, das ist gleich geschafft."

„Wenn es dich glücklich macht." Gab Patricia schon wieder etwas genervter zurück. Und beide traten den Weg zum obersten Stock an. Patricia hielt sich leicht hinter Leonie oben angekommen, schnaufte dieses Mal Leonie tief durch, als würde Sie etwas erwarten. Wie zuvor auch, sah Leonie erst vorsichtig in den Flur des Dachgeschosses. Zog ihren Kopf gleich wieder zurück wie die anderen Male zuvor.

„Also ich hab den Bewegungsmelder gesehen, der ist jetzt auch aus. Wie man sieht scheint deine Taschenlampe grad ziemlich schwach zu werden." Flüsterte Leonie Patricia zu, diese sah kurz auf Ihre Taschenlampe und rollte erneut mit den Augen.

„Die kann ich gleich direkt entsorgen." War ihr erster Kommentar.

„Und was ist jetzt? Gehen wir nun auch darein, oder willst du hier Wurzeln schlagen, schließlich haben wir noch einiges Vor uns mit den Bildern und dem Aufschreiben, und langsam wird es spät und ich werd ja auch noch abgeholt." Gab Patricia flüsternd noch hinterher. Doch Leonie schien in Gedanken und kam nicht in die Puschen, so stupste Patricia Leonie kurz an.

„Ja, ist ja schon gut, aber bitte, sollte kein Licht angehen suchen wir nen Lichtschalter, ok?" Leonie wartete Patricias nicken ab, schnaufte erneut kurz durch und dann bogen Sie in den Flur ein, Seite an Seite.

Und, kein Aufflammen von Lichtern, es änderte sich nichts an der Helligkeit wie Sie es im Keller gewohnt waren, dennoch sahen beide dass der Bewegungsmelder funktionierte. Ein kaum wahrnehmbares Leuchten ging von dem Gerät aus. Und wie war es anders zu erwarten die Taschenlampe von Patricia versagte vollkommen ihren Dienst.

„Super!" strahlte Leonie

„Aber sag mal, ist die Lampe jetzt an, oder aus, oder was ist das?" hackte Leonie nach.

„An, würd ich sagen, aber im Dunkeln möchte ich hier nicht hoch. Mit dieser schwachen Leuchtkraft stolperst du doch über alles." Gab Patricia zu bedenken.

„Ok, wir wissen nun dass die Lampe funktioniert. Lass uns nochmal etwas runter gehen, ein paar Minuten warten und dann schauen wir beide vorsichtig ums Eck und versuchen zu sehen, ob die Lampe noch, naja brennen kann man hier schlecht sagen, eher ob diese noch funzelt, ok? Sollte die Lampe nicht mehr auszumachen sein, möchte ich nochmal mit dir hoch gehen um zu sehen was passiert und danach gehen wir sofort heim. Versprochen." Mit einem tiefen Seufzer stimmte Patricia Leonie zu und so zogen Sie sich zurück Patricia sah dabei Leonie verwundert an, die rückwärts die Stufen nach unten ging. Als Sie fast im ersten Stock angekommen waren hockten sich beide auf die ersten beiden Stufen zum Dachgeschoss.

„und, ist dein Bauchgefühl oder deine Ahnung bestätigt worden?" wollte Patricia wissen.

„Beinahe, aber erst muss ich das gleich noch wissen und dann zu Hause meine Aufzeichnungen überprüfen." Antwortete Leonie jetzt zumindest ausführlicher, aber Patricia wusste noch immer nicht was Leonie meinte. Schließlich nickte Leonie Patricia zu.

„So, denke es ist soweit, also langsam und vorsichtig hochgehen und nachsehen, weißt du noch wo die Lampe war, versuch da hin zu sehen, ob das Ding an ist oder nicht." Patricia nickte war sogar gespannt was Sie sehen würde und ob Sie das erkennen würde was Leonie sieht. Vorsichtig gingen beide nach oben schoben den Kopf vor und versuchten die Lampe ausfindig zu machen.

Nichts, es war nichts zu sehen, außer der Schimmer links hinten. Der Bewegungsmelder war aus. Leonie stand auf und ging in den Flur, augenblicklich flammte ein

Leuchtmittel auf, zwar war kaum wahrnehmbar. Doch Patricia hatte es gesehen.

So machten sich die Beiden schweigend und leise auf dem Weg in den Keller. Dort angekommen in den Kellerraum, den Sie sooft schon benutzt hatten um unbemerkt in und aus dem Haus zu kommen. Patricia stieg zum Fenster und schloss es augenblicklich.

„Da steht einer vor dem Fenster!" gab Sie fast tonlos von sich. Schnell gingen beide Teens links und rechts vom Fenster in Deckung. Nach kurzer Zeit hörten Sie Autotüren, die zuschlugen und ein paar PKWs, die anscheinend das Grundstück verliesen. Leonie spähte vorsichtig von der Seite aus dem Fenster, sah aber niemanden und wagte daraufhin den Frontalangriff, kurzfristig taumelte Sie mit aufgerissenen Augen zurück, schüttelte sich kurz und rieb sich die Augen.

„Ist was? Hat uns jemand entdeckt?" fragte Patricia angstvoll. Doch Leonie schüttelte den Kopf.

„Nein, nein, alles ok, dacht nur ich hätt im Fenster was gesehen, war aber bloß Einbildung. Los jetzt, die Luft ist rein. Lass uns schnellstmöglich nach Hause gehen." Patricia stimmte nur noch zu. Und kurze Zeit später waren Sie schon auf der Straße auf dem Weg zu Leonies Wohnung. Sie redeten fast kein Wort aber Ihren Gesichtern konnte man ablesen, dass beide sehr intensiv nachdachten. In der Wohnung von Leonies Papa angekommen, waren beide sofort auf Leonies Zimmer verschwunden und Leonie und auch Patricia steckten Ihre Handys an den Laptop an um die Daten zu überspielen. Bei Patricia ging es ruck Zuck, doch bei der Übertragung von Leonies dauerte es länger und so machten sich beide Teens erst mal daran ihre jeweiligen Erlebnisse und Gedanken zu Papier zu bringen. Genauer wollten sich beide eh erst in den kommenden 14 Tagen darüber machen, da Sie da, jeweils für sich waren. Und so kümmerten Sie sich um die Fotos und druckten aus welche Sie für gut hielten und zwar jeweils in Farbe und in Schwarz Weiß. Als Sie damit fast fertig waren, und versuchten das letzte zu drucken, aber sich das absolut nicht über die Bilddatei öffnen ließ wollte Patricia dieses am liebsten löschen.

„Und, und, und, w, wenn es wie das Foto ist, … dass uns … so … in den Bann zieht? Und sich deshalb nicht öffnen lässt?"

„Ach du alter Angsthase." Spottete Leonie zurück. Aber innerlich war Sie dennoch beunruhigt. Aber auf einmal fiel Leonie etwas auf. Sie setzte sich an den Rechner

„Das ist gar kein Bild, das ist ein Handyvideo. Cool, ich glaub ich hab was gefilmt, schau mal Pati, oder ist das nur ein Bild mit fast einer Gig Größe, das kann doch nur ein Film sein. Bin mal gespannt was da drauf zu sehen ist." Und mit diesen Worten spielte Leonie die Datei ab, die beiden Teens die Kinnlade auf den Boden aufschlagen ließ.

Kapitel 11

Das mysteriöse Video

„Siehst du das Pati, geil!" gab Leonie von sich und schlug sich leicht auf den Kopf.

„Stimmt ich hab mir ja gedacht beim reingehen ich filme das Ganze, dann kann ich so einen richtigen Rundumschwenk machen und wir können es nachher besser zu Hause ansehen." Fügte Leonie noch ihrer ersten Aussage hinzu.

„Wow, schau dir das an, was ist das?" Leonie stoppte das Video und näherte sich dem Bildschirm. Patricia hatte sich noch immer nicht gefasst, saß bewegungslos mit offenem Mund und weit aufgerissenen Augen da, aber ein Kommentar oder irgendwas kam von Patricia. Leonie bekam Angst, dass Patricia vielleicht einen Schock erlitten haben könnte, daher stellte Sie sich vor Patricia packte Ihre Schultern und schüttelte Sie.

„Ja, ja, ist ja schon gut, hör schon auf damit, ich bin wach." Gab diese erschrocken zurück.

„Sorry, du warst grad komplett weggetreten. Was war denn los?" fragte Leonie besorgt.

„Ach, ich weiß nicht." Druckste Patricia zuerst herum, als aber dann Leonie sie auffordernd anstieß begann Sie zögerlich

„Nun, … ich, … naja, als dein Handy fiel dachte ich zuerst ich seh …, ach quatsch, du glaubst mir eh nicht."

„Jetzt aber raus mit der Sprache, ich sag dir auch alles was ich denk, und glaub mir ich komm mir manchmal auch komisch dabei vor. Vor allem wenn du mich dabei ansiehst als käm ich von einem anderen Stern. Aber ehrlich wir wollen wissen was es mit dem Haus auf sich hat und jetzt bin ich mir sicher das wir auf die Quelle gestoßen sind und …"

„Ja genau das ist es, was mir auch Angst macht, da sind Menschen gestorben und beim Betreten der Kammer wird jeder verjagt. Ist das vielleicht der Grund und dann dieses Gesicht …" redete Patricia sich gerade ihre Sorgen von der Seele als Leonie Sie unterbrach.

„Welches Gesicht?" hackte Leonie nach.

„Na dass, als der schrille Ton anfing, ich dachte sogar die Augen sehen mir direkt in meine Augen und dann dass da!" und zeigte dabei auf den Bildschirm. Leonie drehte sich um. An das Standbild hatte Sie schon gar nicht mehr gedacht. Doch jetzt fiel ihr wieder ein warum Sie das Video angehalten hatte. Sie setzte sich wieder auf Ihren Stuhl und sah Patricia fest an.

„Ich sag dir gleich was ich darüber denke, aber zuerst möchte ich von dir wissen was du darüber denkst, ok?" Patricia nickte. Zögerlich besah Sie erneut das Standbild

„Irgendwie sieht es aus, wie ein grüner Schein, der eine ähnliche Form hat, wie der, der eines Menschen, …, nein eher wie der eines Kindes aber es ist einfach zu schummrig und die Qualität ist auch nicht gut. Mehr kann ich da nicht sehen. So und jetzt du." Forderte Patricia Leonie auf jetzt wie angekündigt Ihre Sicht darzustellen

„Also, ich seh das genau wie du, denke auch dass es sich hier um die Form eines Kindes handelt, allerdings hast du das da hinten gesehen, was hälts du davon?" Doch eine Antwort bekam Leonie nicht mehr, es klopfte an der Tür des Zimmers.

„Patricia, komm es ist schon spät, wir müssen los." Hörten Sie die Ansage von Luisa. Schnell schloss Leonie den Laptop und Patricia antwortete

„Ach noch nicht, so spät ist es doch noch gar nicht."

„Du es ist sechs Uhr, hab mich eh verratscht, also komm los, wir müssen noch ein paar Sachen erledigen und einkaufen muss ich auch noch. Was habt ihr denn so wichtiges, dass du noch nicht los willst?" wollte Luisa wissen.

„Nichts … wichtiges, aber es ist gerade soo schön." Bettelte Patricia und Leonie stimmte ein.

„Ja, bitte." Luisa sah beide an.

„Ich glaub es euch ja, aber es geht nicht, mir geht jetzt schon die Zeit aus. Komm in zwei Wochen könnt ihr ja wieder zusammen da weitermachen." Patricia und Leonie zogen Schnuten und notgedrungen verabschiedeten sich beide voneinander. Als Patricia schon fast weg war, fiel Leonie auf, dass Sie Ihre Ausdrucke liegengelassen hatte, Leonie packte den Stapel und stürmte die Treppe runter. Gerade noch Rechtzeitig erreichte Sie Luisas Auto, bevor Sie aus den Hof rollte. Vollkommen außer Atem

„Hier … Pati … du … hast … deine Aus… drucke ver…ges…sen." Brachte Leonie hechelnd hervor.

„Hmm, das müssen ja ganz schön wichtige Ausdrucke sein, wenn diese nicht mehr warten können bis Ihr euch wiederseht." Warf Luisa ganz erstaunt ein und beide Teens antworteten gleichzeitig bestürzt

„Nein, nein, nur ein paar harmlose Fotos." Luisa zog die Augenbrauen hoch und sah etwas ungläubig beide an. Sagte aber nichts dazu und kurze Zeit später waren Sie außer Sicht. Leonie atmete etwas erleichtert auf, bei sich dachte Sie nur, so wie Sie Luisa kennt mit dem ganzen Stress, hat Sie es in ein paar Minuten schon vergessen und Patricia wird ihr übriges tun, damit das Thema nicht mehr zur Sprache kommt. Mit diesen Gedanken ging Sie nach oben, dort erwartete Sie bereits Ihr Vater.

„Wir essen gleich, kannst schon mal vorgehen. Evtl. Simone helfen beim Aufdecken." wies Alexander Leonie freundlich an. Diese nickte und ging in den Essbereich der Wohnung wo Simone bereits die Teller und das Besteck auf den Tisch gestellt hatte, zusammen verteilten Sie es und Leonie hockte sich auf Ihren Platz.

Beim gemeinsamen Essen redeten die drei über ihren Tag, lachten gemeinsam über das ein oder andere Missgeschick, alles in allem ein gemütliches Essen. So fasste sich Leonie ihren Mut zusammen und versuchte so belanglos wie möglich ihre Frage zu stellen

„Gibt es eigentlich Geister? Und wenn ja, wie sehen die aus? Und können die einem was antun?"

Alexander verstummte und sah erstaunt Simone an, die zuckte mit Ihren Armen. So sah er wieder zu Leonie

„Ganz ehrlich, ich weiß es nicht, aber wie kommst du da drauf, hast du was erlebt, gehört oder hat jemand so was gesagt?" versuchte Alexander die Frage zu beantworten. Simone fügte noch hinzu

„Also ich hab auch noch nichts gehört, mir ist so etwas noch nicht untergekommen, leider kann ich dir da auch nicht helfen."

„Schon gut, aber trotzdem danke."

„Und was hast du morgen vor, wollen wir zu dritt was unternehmen? Vielleicht mit dem Rad zu einem See fahren, oder in die Stadt gehen?" fragte Alexander.

„Hmm, … weiß nicht. … Vielleicht kurz in die Stadt?" kam es zögerlich von Leonie

„Auf ein Eis?" richtete Simone ihre Frage an Leonie. Nach kurzem Überlegen stimmte Sie mit einem Kopfnicken zu. Und mit weiterem allgemeinen

Gesprächen ging das Abendessen zu Ende. Leonie verschwand wieder im Zimmer und sah sich das Video erneut an. Dieses Mal, ließ Sie es ohne anzuhalten durchlaufen, und nochmal, und nochmal, was war das komische Ding bloß und zum Teufel, was war da hinten zu sehen? Beim nächsten Versuch, Stellte Sie den Modus so ein, dass der Film langsamer als üblich ablief, mit halber Geschwindigkeit. Gebannt starrte Leonie auf den Bildschirm.

„Gut, ich bin mir mehr als sicher, dass das ein Geist ist. Ein Kind, so, jetzt gilt es herauszufinden, wer alles in der Römervilla und wann umgekommen ist, oder wessen Tod mit der Römervilla im Zusammenhang gebracht wird." Sprach Leonie mit sich selbst und leicht halblaut vor sich hin. Aber mittlerweile war Sie ziemlich ausgepowert, so beschloss Sie erst morgen wieder weiter zu machen. Legte alles auf einen Stapel und begab sich in das Wohnzimmer. Zu dritt sahen Sie dann noch fern. Bevor Leonie um zehn ins Bett gebracht wurde, gut, es war zwanzig danach, aber der lustige Film lief noch so lange.

Am Morgen wachte Leonie ziemlich spät auf, da Ihr Zimmer gen Südosten ausgerichtet war und die Sonne mittlerweile direkt durch das einzige Fenster im Raum schien. Wusste Sie dass es bereits zwischen zehn und elf Uhr am Vormittag war. Verdammt nochmal eigentlich wollte Sie früher aufstehen und nochmals alles durchsehen, vor allem das Video, welches Sie ja nur bei Ihrem Vater ansehen konnte. Dafür blieben Ihr jetzt noch knapp sieben Stunden, aber dann kam ihr in den Sinn Sie hatte zugesagt Eis essen zu gehen. Also nochmal eine Stunde weniger! Und nicht zu vergessen ... im selben Augenblick klopfte es und Leonie dachte nur wenn man an den Esel denkt, dann kommt er.

„Leonie, frühstücken, los raus aus den Federn, ist ein herrlicher Tag." Hörte Sie Ihren Vater rufen. Grummelig, nicht wegen der Müdigkeit, sondern weil Sie selber so spät aufgewacht war antwortete Sie.

„Bin gleich da, nur noch umziehen, Bad und dann komm ich schon." Und wirklich keine zehn Minuten später war Sie am gemeinsamen Frühstückstisch.

„Ich denke wir fahren so gegen zwei in die Stadt zum Eis essen, oder habt Ihr anders geplant?" stellte Alexander die Frage in den Raum. Beide Damen sahen sich kurz an und nickten wegen des jeweils vollen Mundes nur zustimmend. Als das Frühstück beendet war, verschwand Leonie sehr schnell wieder in Ihrem Zimmer. Dort angekommen startete Sie sofort das Video, lies es in Teilstücken ablaufen, und je Teilstück dachte Sie intensiv über das gesehene nach. Aber je mehr Sie darüber nachdachte desto verwirrender kam Ihr alles vor. Nach kurzer Überlegung nahm Sie ein Blatt Papier zur Hand. Zu sich selbst sagte sie „ich schau mir das Video jetzt am Stück an und schreib alles auf was ich grad denke." Das tat Sie dann auch. Sie sah nicht mal auf das Stück Papier um ja keine Sekunde des Videos zu verpassen, sondern schrieb einfach drauf los. Als nach einigen Minuten das Video zu Ende war besah sah Leonie wieder auf Ihr Blatt. Sie schnaufte kurz durch. In all der Konzentration auf die Bilder hatte Sie einige Sachen übereinander geschrieben. Mit einem leichten

Blick der Verzweiflung begann Sie Ihr Geschreibsel auf einem weiterem Blatt in Form zu bringen bzw. zu entziffern, was ihr da durch den Kopf gegangen war. Es dauerte einige Zeit bis Sie entnervt aufgab, den Stift in die Ecke feuerte und leise fluchte.

„Ich schreib jetzt mal auf was ich mir so denke." Sprach Sie erneut zu sich selbst. So schloss Sie Ihre Augen und begann in Gedanken das Video durchzugehen.

„Ich komm rein, es ist düster, ich seh kaum was, aber Licht geht auch nicht. Ich such soweit es geht den Boden und die Wand ab, aber zu erkennen ist da nichts. Ich bin am ..." weiter kam Sie nicht, es klopfte an der Tür und Ihr Vater meldete sich zu Wort

„Es ist vierzehn Uhr, machst du dich fertig wir gehen jetzt in die Stadt zum Eis essen." Erschrocken sah Leonie auf die Uhr, es war wirklich schon zwei, wo war die Zeit geblieben? Hastig antwortete Sie

„Ja a, komm gleich." Und räumte in der gleichen Hast alle verräterischen Utensilien in die Mappe. Kurze Zeit später waren die drei auf dem Weg in die Stadt und Alexander erkundigte sich was Sie denn so alles gemacht habe gestern und heute.

„Och mal dies mal das, ein bischen rumgeschaut, versucht was zu fotografieren und das Ganze dann auch noch versucht am Rechner etwas zu bearbeiten und da läuft einem wirklich die Zeit davon." Antwortete Leonie möglichst beiläufig.

„Ja so was kenn ich." Trug Simone der Unterhaltung bei.

„Ich wenn male oder was verziere verlier ich mich, allerdings wenn was nicht so funktioniert werde ich auch ungeduldig und würd am liebsten alles hinschmeißen!" fügte Sie noch hinzu. Alexander schmunzelte

„Da sind wir wohl alle drei ziemlich gleich. Da tut zwischendrin so eine kleine Auszeit, wie jetzt, richtig gut um mal wieder an etwas anderes zu denken. Zumindest hilft das mir, danach sehe ich dann alles wieder irgendwie mit anderen Augen und geh es auch von einer anderen Seite an, meistens funktioniert das. Wenn nicht habe ich noch eine andere Möglichkeit, ich frag jemanden wie die Person das sieht." Leonie nickte und mit belanglosen Gesprächen erreichten die drei gut gelaunt die Eisdiele. Hockten sich nach Erhalt des gewünschten in den Außenbereich der Eisdiele und genossen schweigend Ihr Eis. Auf einmal sah Leonie etwas und unterdrückte einen Schrei, aufgeregt zupfte Sie Alexander am Ärmel

„Papa, schau mal da!!! Siehst du das? Ist das wirklich…"

„Ja, Leonie das ist eine Ratte, aber die tut dir nichts, erstens ist die Ratte ein Fluchttier und würde nur angreifen bzw. sich verteidigen wenn du Sie in die Ecke drängst und zweitens ist die Ratte so satt, dass ihr das Wurst ist wer da sitzt oder geht, daran sind die Leute hier schuld, denn die schmeißen Ihre Waffeln einfach hin und denken die Vögel holen es sich schon gleichzeitig kommen dann aber auch Ratten." Beruhigte Alexander Leonie. Simone fügte noch hinzu

„Es ist ganz lustig die Tiere zu beobachten, auch wie große Bögen Sie um die Personen hier machen. Aber wie ich Sie das erste Mal hier gesehen hab, hab ich mich zuerst geekelt. Aber je länger ich die Ratten beobachtet habe, merkte ich die haben hier Ihren hmm sagen wir ‚McDonalds' und warum sollten Sie sicheres und reichhaltiges Essen aufgeben, solange die Menschen so dumm sind und Sie durchfüttern." Man merkte Leonie an, dass Sie sich nicht ganz wohl fühlte allerdings begann Sie wie von Simone vorgeschlagen, die Ratte zu beobachten und bemerkte es war eine ganze Familie, die sich irgendwie gegenseitig die Krümel zuschusterten. Auf einmal begann Sie zu schmunzeln es war ähnlich wie mit Ihren Hamster. Nach einiger Zeit meinte Alexander

„Und, alle fertig? Hier bleiben? Weiter gehen? Nach Hause?" Alle sahen sich an und übereinstimmend trafen Sie die Einigung nach Hause zu gehen. Den Rückweg traten Sie langsam schlendernd an. Als Sie bei Simones und Alexanders Wohnung angekommen waren, verschwand Leonie sofort wieder drinnen in Ihrem Zimmer. Ihr Vater gab Ihr noch Bescheid, dass Sie unten blieben.

Mist schon wieder halb vier, in zweieinhalb Stunden werde ich schon wieder abgeholt. Dachte Leonie bei sich. Sie überprüfte sofort ob Sie schon alles ausgedruckt hatte was Sie wollte, packte dann alles Ausdrucke in die Mappe zu dem übrigen Zeug was Sie schon gesammelt und ausgewertet hatte. Als Sie die Mappe und Ihre Kleidung und den Rest in Ihrer Reisetasche verstaut hatte wandte Sie sich wieder dem Video zu ließ es erneut ablaufen im Normaler Geschwindigkeit, sie sah hin. Als nach einiger Zeit das Video zu Ende war nahm Leonie erneut ein Blatt Papier zur Hand und fing an Ihre Gedanken zu Papier zu bringen. Dabei murmelte Sie leise vor sich hin.

„Also zuerst ist es nur schummrig fast als wie wenn es gerade anfangen würde neblig zu werden, je näher ich der Ecke aber komme scheint es ist als würde es dichter werden. Auf einmal schießt was Grünes auf mich zu, das Handy wirbelt und dreht sich, man sieht aber nichts außer grünem Licht das nach einiger Zeit verschwindet. Lange Zeit bleibt es sagen wir mal milchig, dann kommt ein Schatten, ich seh meine Hand den Boden abtasten, komm in Richtung der Ecke, irgendetwas leicht Grünliches taucht auf, von der Seite sah es wie ein Kinderkörper, wie der eines kleinen Mädchens aus. Da bin ich mir ganz sicher. Ich schau auf mein Handy seh es und schnapp es mir. Dann verdecken meine Finger die Aufnahme. Hmm verdammt. Gut ich geb ja zu, ich hab jetzt definitiv mehr leserlich aufgeschrieben als bislang zu dem Video. Gut also ein bischen was scheint der Abstand ja gebracht zu haben." Sie holte Ihre Aufzeichnungen von vorher aus der Tasche und las sich durch was Sie aufgeschrieben hatte. Aber dort stand nur Grüne erscheinung, Schriller Ton, dann das Blatt wo Sie das meiste übereinander geschrieben hatte, da stand zwar mehr drauf als jetzt, doch das war derzeit nicht mehr lesbar und trotz vieler Bemühungen von Leonie es waren nur vereinzelte Wörter zu lesen.

Leonie legte die Blätter zur Seite, es kam Ihr vor als hätte Sie irgendetwas übersehen oder nicht beachtet, gut das

Gefühl hatte Sie vorher auch schon. Aber was, was hatte Sie übersehen. Also nochmal ran an das Video, dieses Mal ließ Sie es schneller ablaufen. Als es zu Ende war machte Sie sich erneut Ihre Gedanken, Sie las sich Ihre Aufzeichnungen von vorher durch und glich gleichzeitig im Kopf das Gesehene ab. Aber auch da kam nichts Neues raus. Also gut dann das Ganze in Gegenrichtung und so ließ Sie das Video von hinten nach vorne ablaufen.

Hie und da stockte das Video und Leonie nahm es gelangweilt war und plötzlich war Sie hellwach. Auf die Schnelle wollte Sie die letzte gesehene Sequenz nochmals sehen und fing an am Abspielmodus zu hantieren, da Sie allerdings anfangs eher gelangweilt draufsah war Sie zu langsam, so ließ Sie das Band wieder vorlaufen und dann in der Selben Geschwindigkeit wie vorher, wieder zurück aber jetzt sah Sie gespannt auf den Bildschirm ließ diesen keine Sekunde aus den Augen und da kam die Stelle, wieso hatte Sie dies vorher übersehen? Als die kurze Sequenz vorbei war, stoppte Leonie das Video nachdenklich saß Sie da. Sie startete das Video erneut und ließ die Sequenz, diese fünf Sekunden normal ablaufen, NICHTS! Da war nichts zu sehen. In normaler Geschwindigkeit rückwärts. DA, eindeutig da war es wieder zu sehen. Wie verrückt war das denn?

Sie holte Ihre Fotos aus der Mappe, auf den farbigen war diesmal sogar was zu erkennen. Man sah deutlich den grünlichen Schimmer aus der Ecke, mehr aber auch nicht, doch auf einem war tatsächlich etwas Eigenartiges zu sehen, es war ein grüner Windhauch, nein eher als wie wenn man mit dem dicken Pinsel über eine Leinwand mit einem Zug einen Bogen von rechts Unten zur Mitte des Bildes ziehen würde, der außerdem spitz anfängt, im Bogen breiter wird und dann sich wieder etwas zum Schluss raus verdünnt und dank des Pinsel einzelne mal dickere Linien, immer wieder schwächer werdende teilweise sogar gar nichts zwischen den Linien zu sehen war. Schnell suchte Leonie ein paar weitere Fotos, die um die den gleichen Ausschnitt zeigten, ob dort auch etwas zu sehen war. Aber leider sah Sie nichts. Nun nahm Sie sich die SchwarzWeis Ausdrucke zur Hand begann diese den Farbigen Ausdrucken zu Zuordnen. Was sich nicht unbedingt als leicht erwies, denn man musste schon gut die Details der einzelnen Ausdrucke vergleichen. Nach einiger Zeit begannen Ihre Augen zu stechen. So unterbrach sie die Arbeit nicht aber ohne vorher die bereits zusammengesuchten Bilder mit Nummern und einem ‚A' für die farbigen und einem ‚B' für die SchwarzWeisen entsprechend zu Kennzeichnen. Sie stand vom Boden auf streckte sich kurz durch und rollte den Kopf zur Entspannung. Begab sich dann zur Küche um sich was zum Trinken zu holen. Gerade als Sie die Hälfte der Flasche geleert hatte blickte Sie auf die Küchenuhr und verschluckte sich heftig, was zunächst zu einem heftigen Hustenanfall führte.

„Sch… , schon halb sechs, Ich wollte doch nochmal das Video ansehen, ahhh." Panisch spurtete Sie in Ihr Zimmer zum Rechner und begann das Teilstück, das Sie so sehr beschäftigt hatte, aber auch irgendwie nicht so richtig zu erfassen war in beide Richtungen zuerst in Zeitlupe abzuspielen, machte sich Ihre Notizen, dann in Normalgeschwindigkeit, erneut machte Sie sich Notizen, dann in doppelter Geschwindigkeit, wieder schrieb Sie auf was Sie gesehen hatte.

„Leonie, deine Mama ist da." Tönte es von unten. Panisch packte Sie alles zusammen.

„Ja komm gleich." Gab Sie hastig zurück, zu sich selbst sagte Sie

„Mist, die doofen Fotos hätte ich in den 14 Tagen auch sortieren können. Aber Patricia wird Augen machen wenn sie wieder da ist. Bin gespannt wie Sie reagieren wird."

Kapitel 12

Es verdichtet sich

Kaum bei Ihrer Mutter zu Hause angekommen lief Leonie sofort in Ihr Zimmer. Ihre Mutter schrie Ihr noch nach

„Was ist denn los? Ich brauch deine Wäsche. Und was ist eigentlich mit der Überraschung die du für mich machen wolltest?" Mist daran hatte Leonie gar nicht mehr gedacht.

„Bin noch nicht fertig damit." Das würde Ihre Mutter hoffentlich auch davon abhalten einfach so reinzuplatzen.

„Gib mir aber bitte deine Wäsche." Kam es von Ihrer Mutter nochmal aber dieses Mal massiver.

„Ja, ja schon gut." Mit diesen Worten kam Leonie mit Ihrer Tasche aus dem Zimmer und drückte diese Ihrer Mutter in den Arm. Vorher hatte Sie natürlich alles was Sie für Sie wichtig war und vor allem ALLES was die Römervilla betraf aus der Tasche entfernt.

„Hier hast du's. Damit du glücklich wirst." Fügte Leonie noch hinzu und begab sich erneut in Ihr Zimmer schloss die Tür hinter sich. Gerade als Leonie ihren Notizblock der Römervilla hervorholte ging die Tür auf.

„Junge Dame, so nicht. Ich verlange einen anderen Ton von dir. Und dann mir einfach die Tasche vor die Füße werfen geht ja wohl gar nicht." Polterte Leonies Mutter los und Leonie rollte mit den Augen.

„Ja, komm mal wieder runter, erstens hab ich dir wie von dir verlangt die Wäsche gegeben in der Tasche aber in die Hand und nicht vor die Füße, wenn du es aber zukünftig so willst damit deine Aussagen auch zutreffen mach ich das dann so und zweitens wie wär es mal mit ein wenig Höflichkeit von DIR! Anklopfen wär schon mal der Anfang!" konterte Leonie und sah zu wie Ihre Mutter nach Luft schnappte.

„Jetzt hör mal zu, solche Frechheiten kannst du gut und gerne bei deinem Vater ablassen. Aber bei mir hast du dich zu benehmen, haben wir uns verstanden!" Das letztere schrie Adelheid fast gänzlich. Leonie sah Ihre Mutter ganz ruhig an.

„Du weißt schon, wer schreit hat Unrecht. Und Außerdem mein Vater klopft an bevor er reingeht und wartet sogar bis ich es Ihm erlaube, der schätzt meine Privatsphäre." Leonie sah zu wie der Kopf Ihrer Mutter immer mehr an Farbe gewann und fragte sich innerlich wie dunkel die Rottöne wohl werden könnten. Bevor Adelheid explodierte. Einige Minuten lang kam ein unaufhörlicher lauter Schwall aus Ihrem Mund, Leonie nickte zwar immer wieder mal, um zu signalisieren, Sie höre zu, aber Sie hatte es geschafft Ihre Ohren auf Durchzug zu stellen. Als Ihre Mutter endlich geendet hatte fragte Leonie

„Kann ich morgen nach der Schule zu meiner Freundin?"
Ihre Mutter bekam große Augen.

„Sag mal, hast du mir nicht zugehört?" fragte Adelheid
ungläubig

„Nö!" kam es trocken von Leonie

„Darf ich jetzt oder nicht?" fragte Leonie erneut. Ihre
Mutter rollte mit den Augen.

„Ich hab dir grad eine Woche Hausarrest aufgebrummt,
daher sollte DAS keine Frage sein, und da du es nicht für
notwendig erachtest mir zuzuhören, kommt nochmal
eine Woche obendrauf. Und da ich momentan beruflich
stark eingespannt bin, darfst du die zwei Wochen bei
Oma absitzen!" Ohne ein weiteres Wort, Kommentar
oder eine Geste abzuwarten verließ Adelheid Leonies
Zimmer. Leonie hatte jetzt doch etwas größere Augen.

‚Zwei Wochen Hausarrest. Der ist mir Schnuppe, da hab
ich genügend andere Möglichkeiten. ' Ging es ihr durch
den Kopf.

‚Aber bei OMA!!!, Das ist Höchststrafe!!! Die hat doch
noch immer Angst wenn ich eine Schere in die Hand
nehme, das ich mich verstümmele!!! Oh Mist, da kann
ich wahrscheinlich nicht einmal die Bilder in Ruhe
ansehen, da die ständig wissen und sehen will was ich
tue. Sch…' Leonie begann intensiv zu grübeln wie Sie aus
der Nummer wieder rauskäme. Aber das Glück war Ihr
hold. Ihre Mutter kam wieder in Leonies Zimmer und
Leonie rollte mit den Augen.

„ANKLOPFEN, das geht ganz einfach, Hand ballen und gegen das Holz der Türe schlagen am besten mit den Knöcheln. Je stärker desto lauter und schmerzhafter, aber sobald du es genügend geübt hast, AM BESTEN BEI MEINER TÜR, findest du den richtigen Dreh schon!"

„An deiner Stelle wär ich jetzt ganz still! Hab es mir überlegt, der Hausarrest wird auf eine Woche verkürzt." Kam es von Adelheid. Ihrem Gesicht konnte man aber deutlich ansehen, dass Sie vor Wut kochte und am liebsten das Ganze auf unbestimmte Zeit erweitert hätte. Aber Leonie konnte nicht still sein und setzte noch einen oben drauf.

„Ach, hat Oma keine zwei Wochen Zeit?" fragte sich mit einem süffisanten Ton. Adelheid konnte sich nur mit Mühe beherrschen und zischte nur

„Sei froh, dass es nur noch eine Woche ist!" Und schon war Sie draußen. Damit ersparte Sie sich auch Leonies triumphierendes Gesicht und die entsprechenden Gesten. Leonie hoffte dass nun Ihre Mutter sie heute nicht mehr belästigte. Vorsichtig holte Sie die Mappe mit Ihren gesamten Aufzeichnungen über die Römervilla raus. Doch bevor Sie die Mappe öffnete nahm Sie ein paar Kleidungsstücke und legte diese vor die Zimmertür. Damit diese die Tür erst einmal blockieren und Sie genügend Zeit hat das geheime Material zu verdecken und verstecken.

Langsam und nachdenklich öffnete Leonie die Mappe, was solle Sie am besten zuerst tun? Hmm, Ahh, das

Video, Ihre Entdeckung auf Papier bringen. Bevor Sie das alles noch vergisst.

„Bin mal echt gespannt ob Pati das auch findet oder was Sie dann zu meiner Entdeckung sagt." Murmelte Leonie halb laut vor sich hin. Holte sich ein Stück Papier und fing an das gesehene Aufzuschreiben. Kurze Zeit später stand Notizartig folgendes auf dem DIN A4 Blatt

- Ton abgestellt, denn war auch wenn auf leise gestellt nicht aushaltbar
- Beim in normaler Geschwindigkeit ablaufen lassen nichts besonderes entdeckt
- Auch bei schnellerem Vorspulen keine Auffälligkeiten
- Zeitlupen Ansicht ein grünlicher Wisch, der aber auch aufgrund des langsamen Ablaufens entstanden sein könnte
- Spaßeshalber schnell rückwärts laufen lassen und sah etwas
- Die paar Sekunden in ‚normaler' Geschwindigkeit rückwärts abgespielt grünlicher Schimmer der zum Eck der Kammer dichter wird.
- Beim ‚Bild für Bild' rückwärts laufen sieht man ganz eindeutig dass vom Eck der Kammer etwas rauskommt
- Im Eck es ganz dicht und intensiv grün leuchtend
- Bei den Bildern vorher sieht man, dass es je größer es wird mehr Gestalt annimmt aber im Gegenzug die Leuchtkraft abnimmt.

Fazit:

-   Der Raum muss durch die Wand verkleinert worden sein und dahinter ist eine hohle Kammer, wo das Wesen anscheinend wohnt.

Leonie lehnte sich zurück und sah auf das was Sie da gerade geschrieben hat. Nachdenklich, aufgeregt. War das wirklich ein Geist, aber nur so lies Sie sich auch alles was Ihr und Pati so komisch vorgekommen war auch erklären.

„Essen" kam es von der Tür und sofort sah Leonie dass dieselbe gerade versucht wurde zu öffnen. Doch zu Leonies Glück trat durch die am Boden liegende Kleidung genau der gewünschte Effekt ein und die Tür ließ sich nur einen Spalt öffnen.

„Verdammt nochmal LEO, deine Tür klemmt, was hast du jetzt schon wieder angestellt?" hörte man Adelheid schimpfen. Leonie grinste und versuchte so unschuldig wie möglich zu antworten

„Ich habe nichts gemacht, der Bademantel der an der hängt ist runtergefallen. Heb ihn gleich auf und komme auch gleich zum Essen." Von Adelheid kam nichts mehr Leonie hörte nur noch wie sich Ihre Mutter nach vorn begab. Und so schnaufte Leonie erst einmal durch, räumte Ihre Unterlagen zusammen und versteckte die Mappe auf Ihrem Schrank. Während Sie Ihre Kleidung zur Seite räumte und sich zum Essen begab faste Sie einen Entschluss. Sie würde erst weitermachen, wenn Ihre Mutter in der Arbeit ist. Dann kann die auch nichts sehen und bemerken. Beim Abendessen verlor Leonie kein Wort und war total in Gedanken was Ihre Mutter erneut auf die Palme brachte, Sie rüttelte Leonie

„Hallo, redest du jetzt auch nicht mehr mit mir? Ich wollte wissen was du das ganze Wochenende getrieben hast?" fragte Adelheid. Leonie sah sie zuerst verwirrt an.

„Sag mal träumst du?" fragte Ferdinand und mittlerweile hatte Leonie sich wieder gefunden.

„Sorry, mir geht gerade etwas durch den Kopf hat nichts mit euch oder meinem Wochenende bei Papa zu tun, was übrigens total super war, am Samstag war Pati da, die hat sogar wieder von Freitag auf Samstag übernachten dürfen. Am Samstag waren wir den ganzen Tag draußen und haben gespielt. Am Sonntag dann ein paar Spiele mit Papa und Simone gemacht und dann hab ich noch gelesen bis du gekommen bist." Flunkerte Leonie und fügte noch hinzu

„Zufrieden? Oder willst noch wissen was ich wann zum Essen und Trinken bekommen hab." Ihre Mutter schnaufte tief durch bevor Sie mit angespannter Stimme antwortete

„Nein danke, der kurze Einblick reicht mir heute vollkommen aus. Und was ist SO wichtig für dich, dass du fast vollkommen weggetreten bist?" hackte Adelheid nach.

„Es ist für MICH wichtig. Und ich will nicht darüber reden." Gab Leonie leicht gereizt zurück.

„Sei nicht so frech." Kam rasch von Ferdinand.

„Du hast mir gar nichts zu sagen." Konterte Leonie

„Jetzt reiß dich aber mal zusammen Leo, bist du bei deinem Papa eigentlich auch so frech und redest Simone so schwach an?" wollte Adelheid noch wissen.

„Nein, denn die beachten meine Privatsphäre!" gab Leonie hitzig zurück.

„Und wenn du es wissen willst was mir durch den Kopf geht, es handelt sich um einen Jungen aus unserer Schule u…" zu mehr kam sie nicht, da Ferdinand loslachte

„Du, und Jungs, dafür bist du doch noch zu klein!" kam es prustend von Ferdinand und Ihre Mutter meinte mit einem ebenso lächelnden Gesichtsausdruck

„Jungs, das hat doch noch Zeit, du solltest erst mal Älter werden, dann verstehst du mehr." Erbost sah Leonie beide an

„Von jemanden der erst mal vierzig werden musste um eine Frau abzukriegen lass ich mir das nicht gefallen." Zu Ihrer Mutter gewandt sagte Leonie

„Und genau weil mein Papa mich da ernst nimmt, fühl ich mich da zu Hause! Bin fertig, darf ich jetzt in mein Zimmer gehen, damit Ihr euch weiter amüsieren könnt?" Leonie wartete nicht einmal eine Antwort ab und verschwand in ihrem Zimmer wo sie sich auf Ihr Bett legte. Es dauerte nicht lange und Ihre Mutter stand im Zimmer

„Aber Leo, das hier ist doch dein Zuhause, aber sieh mal du bist gerade mal zwölf Jahre alt. Freu dich doch einfach nur Kind zu sein." Versuchte Adelheid Leonie zu beschwichtigen. Die wollte aber nicht mehr darüber reden, deshalb stimmte Sie Ihrer Mutter einfach mal zu, damit Sie möglichst bald weiter nachdenken konnte. So gab Leonie vor Müde zu sein und jetzt ins Bett wolle. Kurze Zeit später verließ Adelheid das Zimmer und Leonie fing erneut über das Video nachzudenken, aber so richtig konzentrieren konnte Sie sich nicht. Ständig schossen Ihr die Aussagen ihrer Mutter und deren derzeitigen Lebensabschnittsgefährten durch den Kopf.

So stand Leonie kurzerhand wieder auf holte sich Block und Stift und begann das was Sie heute Abend so verletzt hatte aufzuschreiben. Diesen Zettel wollte Sie dann morgen verbrennen und wie bei Papa alles Negative in Rauch aufgehen zu lassen damit es Sie nicht weiter belaste. Aus den paar Notizen wurden dann ganze vier DIN A4 Seiten. Leonie staunte nicht schlecht als knapp eine Stunde später Stift und Block zur Seite legte. Die Seiten hatte Sie bereits aus dem Collegeblock einzeln herausgetrennt und zweimal gefaltet. Durchlesen wollte Sie es nicht mehr, es reichte Ihr den Ballast von der Seele zu schreiben, aber es noch einmal aufzuwärmen das dann nicht mehr und morgen würde Sie das ganze eh in Rauch und Flammen aufgehen lassen. Vorsichtshalber versteckte Leonie aber die Blätter in Ihrem Schulrucksack in einem Buch. Um kurz danach befreiter und zufriedener einzuschlafen.

Erst der Wecker am nächsten Morgen holte Sie wieder in die Realität, kaum hatte Sie ihre Augen aufgeschlagen und erfolgreich den Alarm des Weckers erschlagen, kam Adelheid schon ins Zimmer, wie immer ohne zu klopfen! Warum denn auch anklopfen dachte Leonie ist ja nur meine Privatsphäre. Dunkel kam Ihr was in Erinnerung, in den deutschen Gesetzen gab es etwas von Würde. Achja Die Würde des Menschen ist unantastbar! Aber wo ist die würde hier! Noch halb verschlafen nahm Leonie eine Bewegung ihrer Mutter war, die Sie urplötzlich hellwach und aktiv werden ließ. Ihre Mutter fummelte an ihrem Schulrucksack.

„Was machst du denn da?" fragte Leonie hastig.

„Ich schau nach ob du alles für die Schule dabei hast." Und zu Leonies entsetzen schwenkte ihre Mutter gerade das Buch in dem Ihre Notizen versteckt waren, die Leonie verbrennen wollte.

„Ich hab alles gestern Abend schon gepackt." Antwortete Leonie hastig. Adelheid sah Sie zuerst verwundert, dann aber mit einemleichten Anflug von Begeisterung an.

„Siehst du, kaum hältst du dich an meine Vorgaben und schon haben wir keinen Stress mehr." Damit legte Adelheid das Buch auf den Tisch und begab sich aus dem Zimmer. Leonie atmete tief durch und dachte bei sich selbst, ‚Wenn du wüsstest! ' Schnell packte Sie das Buch wieder in die Tasche ging ins Bad und machte sich fertig.

Die ganze Woche kam Leonie aber nicht dazu, die Blätter zu verbrennen oder sich die Bilder anzusehen. Denn Ihre Oma wachte mit Adleraugen über Sie, damit erstens Leonie ja nichts passierte, selbst die einfache Benutzung einer Schere glich einer Gradwanderung. Und zweitens Leonies Hausarrest. Als endlich das Wochenende kam und Sie lediglich von Ihrer Mutter und Ferdinand beaufsichtigt wurde, war sie schon etwas erleichtert. Nicht zuletzt, da Sie wusste, nächste Woche müsse Sie zwar zu Hause ohne Freunde verbringen, aber endlich ohne AUFSICHT! Damit hatte Leonie endlich Zeit die Blätter zu verbrennen und sich in Ruhe die Ausdrucke anzusehen. Aber erst mal das Wochenende noch relativ schadlos überstehen. Was zurzeit nicht einfach war. Aber Leonie war gewillt es dieses Wochenende nicht wie üblich es zu eskalieren zu lassen. Aber das versuchte Sie bereits seit ein paar Monaten. Aber dieses Wochenende wollte Sie sich noch mehr Mühe geben.

Aber schon der Samstagmorgen brachte die ersten Probleme, beim Frühstück fing Ferdinand wieder mit dem Gespräch über Jungs an.

„Na Leo, hat dein Schwarm dich schon wahr genommen?" fragte er belustigt. Leonie biss sich auf die Zunge um ja nicht zu antworten. Doch Ihre Mutter, Adelheid, legte nach.

„Ach, Leo hat doch noch keinen Schwarm, Jungs sind doch doof in Ihrem Alter." Leonie biss sich stärker auf die Zunge um einerseits die Aussagen zu verdrängen und andererseits, dass nicht mit Ihr sondern über Ihren Kopf hinweg über Sie vor Ihr geredet wurde und wenn mit Ihr, dann wurde Sie lächerlich gemacht, selbst wenn keine weitere Person da war, fühlte Sie ‚das Messer‘ dass Ihre Mutter und deren Lebensabschnittsgefährte in Ihr Herz und Seele stießen sehr stark. Mit viel Mühe und Selbstbeherrschung sagte Sie gar nichts zu dem Thema.

„Du Leo, nachher mache ich noch eine Lampe auf, wenn du willst, kannst du mir dabei helfen." Kam es plötzlich von Ferdinand. Leonie dachte nur ‚ach als Handlanger für sogenannte Männerarbeit darf ich fungieren‘

„Ist ok, gleich nach dem Frühstück?" fragte Leonie entgegen Ihrer Gedanken möglichst neutral, Sie wollte ja keine Eskalation am Wochenende.

„Klingt gut, freut mich, dass Ihr zusammen was macht. Ich sonn mich derweil auf der Terrasse." Warf Adelheid sogleich ein. Der Rest des Frühstücks verlief ohne wirkliche Gespräche. Nach dem Ende des Frühstücks machte sich Ferdinand daran die Lampe an der Wand zu befestigen. Die Löcher hatte er bereits angezeichnet.

„Komm Leo, halt den Schlauch vom Staubsauger unter meine Markierung. Gut so und jetzt nur noch den Staubsauger anschalten. Was Leonie auch prompt machte. Gelangweilt sah Sie zu wie Ferdinand die Bohrmaschine ansetzte und losbohrte.

Ein lautes Flupp ertönte der Staubsauger und die Bohrmaschine gaben keinen Ton von sich. Ferdinand sah Leonie an.

„Was hast du gemacht?" fragte er Sie.

„Ich?" kreischte Leonie fast

„Was ich gemacht habe? Ich hab den doofen Schlauch gehalten. Wohl eher die Frage was DU gemacht hast!" konterte Leonie

„Hmm, ich schau mal zum Sicherungskasten, eventuell hab ich vielleicht möglicherweise ein Kabel angebohrt, kann zwar nicht sein, aber wer weiß." Damit begab sich Ferdinand zum Sicherungskasten, währenddessen kam Adelheid von Ihrem Sonnenbad wieder in die Wohnung.

„Was habt Ihr denn jetzt wieder kaputt gemacht. Da draußen geht grad gar nichts mehr, selbst unsere Nachbarn haben plötzlich keinen Strom mehr!" Polterte Adelheid los. Leonie verdrehte die Augen. Kurz darauf kam Ferdinand ins Wohnzimmer zurück.

„Geht jetzt der Strom wieder?" herrschte Adelheid ihn an. Kleinlaut gab er zurück, dass sich die Hauptsicherung nicht mehr reindrücken ließe. Anscheinend habe er ein Kabel direkt erwischt. Auf die Frage von Adelheid, was das nun bedeute, antwortete Ferdinand zaghaft, dass solange die Schadstelle nicht gerichtet ist auch kein Strom fließt. Bevor Adelheid Zeit hatte etwas darauf zu erwidern, hörten alle drei lautes klopfen von der Wohnungstür. So begaben Sie sich alle zu derselben. Als diese geöffnet wurde standen zwei Nachbarn vor der Tür, die wissen wollten ob bei Ihnen auch der Strom ausgefallen sei und da konnte Leonie nicht weiter an sich halten und nutzte die Möglichkeit sich für die Erniedrigungen zu revanchieren.

„Ja, seit dem Ferdinand in die Wand gebohrt hat, haben wir auch keinen Strom mehr." Beantwortete Sie wahrheitsgemäß die Frage. Der Blick Ihrer Mutter sprach Bände bzw. würde als Mordwaffe durchgehen, den Leonie von Ihr geschenkt bekam. Doch Leonie gab nichts weiter darauf und verschwand in Ihr Zimmer, legte sich rücklings auf Ihr Bett und lauschte den Diskussionen Ihrer Mutter und deren Lebensabschnittsgefährten mit den Nachbarn, welche nach der Lautstärke zu urteilen hitziger wurde, zumal immer mehr Stimmen hinzukamen. Leonie grinste vor sich hin und dachte nur ‚Wenn man halt meint alles zu können sich aber rausstellt das man(n) keine Ahnung hat, dann sollte man(n) es eben lassen. Bin mir sicher meinem Papa wär das nicht passiert. ' Nach einiger Zeit hörten die Debatten auf, die Wohnungstür fiel ins Schloss, aber jetzt legte Adelheid so richtig los und beschimpfte Ferdinand auf das übelste, der gab nur kleinlaut zurück, dass er ja schon nach einem Elektriker suche, der alles wieder repariere und ja den bezahle natürlich er mit seinem Taschengeld. Leonie hörte dann Papiergeraschel und wie Ferdinand versuchte sofort einen Elektriker zu bekommen und beim vierten klappte es.

„Siehst du Schatzi, in einer halben Stunde ist der Elektriker da." Hörte man Ferdinand beschwichtigend sagen. Leonie dachte sich ‚Ah, kann man(n) sich wieder nicht entscheiden ob er Schaf oder Ziege sagen will. '

„Na hoffen wir's." Kam es wutschnaubend von Adelheid zurück.

„Ich bin wieder draußen." Mehr hörte Leonie nicht. Damit Zeit genug sich den Ausdrucken zu widmen. Vorsichtshalber Deponierte Sie wieder ein paar Kleidungsstücke am Boden Ihrer Zimmertür, die sie soeben geschlossen hatte. Holte die Mappe vom Schrank und bekam gleichzeitig einen Schwung Staub mit ab.

„Notiz an mich, zukünftige Verstecke vorher säubern." Nuschelte Sie leise unter einem leichten Nies- und Hustenanfall vor sich hin. Sie nahm sich die Ausdrucke vor, legte die bereits zusammengesuchten zur Seite und begann die anderen zu vergleichen Stück für Stück, auf einmal schreckte Leonie auf, Sie hörte Stimmen, lauschte und dann begann der Lärm. Es war lauter als die Bohrmaschine. An Konzentration war nicht mehr zu denken. Also räumte Sie wieder alles in die Mappe zurück und versteckte diese wieder oben auf dem Schrank. Keine Sekunde zu früh, denn durch den ganzen Lärm hindurch hörte Sie Ihre Mutter so etwas rufen, dann geh ich mit Leonie Eis essen. Hastig schob Leonie die am Boden liegende Kleidung zur Seite, damit die Tür nicht weiter blockiert war. Kaum getan öffnete sich diese auch schon und Adelheid stand Ihr gegenüber.

„Komm, wir gehen jetzt Eis essen, das Ganze soll mindestens eine Stunde dauern. Das hält doch kein Mensch aus! Soll Ferdinand schauen wie er zu Recht kommt. Schließlich ist er ja Schuld an der Misere." Was ja eigentlich nur die halbe Wahrheit war, denn wo die Lampe aufgemacht werden sollte war mit Sicherheit aus jemanden anderen Kopfe gekommen. Gut er hätte mitdenken müssen. Was solls dachte sich Leonie so hab ich nur das halbe Übel.

Der Rest des Wochenendes lief sehr schweigsam ab, was Leonie sehr begrüßte. Sie konnte kaum den Montagnachmittag abwarten. Als dieser dann endlich da war und Leonie allein in der Wohnung war, legte Sie sich auf Ihr Bett und sog die Ruhe in sich auf. Aber nicht lange! Sie war kaum fünf Minuten zu Hause, da läutete auch bereits das Telefon.

„Wer könnte das wohl sein." Kam es ironisch über Ihre Lippen. Als Sie auf das Display des Telefons sah, rollte Sie mit den Augen und schnaufte durch, danach nahm Leonie das Gespräch entgegen

„... ja Mami, ich bin allein, ... ja Mami, ich bleib auch daheim, ... ohh Mama ..., dann bring doch Kameras an die mich ständig beobachten! ... ICH BIN KEINE FÜNF JAHRE MEHR, ... Mama ich öffne alle Türen und häng draußen noch ein Schild auf Selbstbedienung, ... JA NATÜRLICH WAR DAS SARKASTISCH! ... Wenn du meinst ... ich hab noch ein paar Hausaufgaben, ... ja Tschüss." Leonie beendete das Gespräch. Auf dem Weg in Ihr Zimmer murmelte Sie vor sich hin. Setzte sich an Ihren Schreibtisch zog das Erste Buch aus Ihrem Schulrucksack. Es war das Geschichtsbuch. Kurz stockte Leonie, aber dann fiel Ihr wieder ein was Sie als erstes machen wollte. So kramte Sie in Windeseile die vier zusammengefalteten Blätter ans Tageslicht und lief damit in die Küche, suchte sich dort eine geeignete Pfanne aus, stellte diese mitten auf das Kochfeld und dann begann die Suche nach einem Feuerzeug oder Streichhölzern. In einer Schublade im Wohnzimmer wurde Sie fündig. Ein Feuerzeug. Nur Sekunden später war Sie in der Küche, gerade wollte Sie die Erste Seite in Brand stecken, als Ihr durch den Kopf schoss wie es trotz des Dunstabzuges in der Küche noch Minuten später gerochen hatte.

„Hm, Mist!" und genau in diesem Augenblick wurde Leonie klar. Dunstabzug ein und die Pfanne steht richtig nicht wie bei Papa mitten in der Küche. Kaum knatterte das Gerät in voller Leistung und saugte die Gerüche der Umgebung auf zündete Leonie die Erste der Vier Seiten an. Als die Flammen einen Großteil vernichtet hatten legte Leonie es in die Pfanne um sich nicht zu verbrennen, nahm die Zweite Seite und entzündete diese an den Flammen der Ersten Seite, so machte Leonie es auch mit den anderen Blättern, sah zu wie die Flammen das Papier und das was darauf stand dem Rauch übergab und dieser sich langsam auflöste und durch den Abzug verschwand. Als endlich auch die letzte Schwade sich verzogen hatte und in der Pfanne nur noch Asche zu sehen war, entsorgte Leonie diese auf der Toilette. Säuberte die Pfanne und ging in Ihr Zimmer wo sie sich erneut den Ausdrucken widmete.

„Endlich!" jubelte Leonie laut.

„Was ist endlich?" kam es ebenso laut vom Wohnungseingang. Adelheid, ihre Mutter war soeben nach Hause gekommen. Hastig räumte Leonie die in die richtige Reihenfolge und nach Farbe und Schwarzweiß sortierten Ausdrücke zurück in die Mappe und holte noch ein paar Schularbeiten hervor, gut dass Sie heute schon einen Großteil in der Schule gemacht hatte in einer Freistunde, so kam Ihre folgende Lüge auch besser an.

„Ich hab endlich die Mathe Hausaufgabe fertig." Schon stand Adelheid im Zimmer, wie üblich ohne anzuklopfen.

„Das find ich ja super! Sag mal Leo ist dir in der Küche was angebrannt? Da riecht es eigenartig."

„Nein, ich hab nichts gekocht." Und da das auch keine Lüge war, kam es auch so rüber.

„Ok, dachte nur weil leicht verbrannt riecht, aber vielleicht kommt es ja von außen, kann ich dir bei deinen Hausaufgaben helfen?" harkte Adelheid nach. Und Leonie verneinte durch ein Kopfschütteln, was Ihrer Mutter voll auf genügte, denn Sie verließ ohne einen weiteren Kommentar das Zimmer. Leonie atmete durch. Für heute hatte Sie genügend in Sachen Akte Römervilla getan, nun widmete Sie sich dem Rest der Hausaufgaben, damit Sie morgen auch wieder etwas Zeit mit den Ausdrucken verbringen konnte und das ganze endlich aufzuklären.

Der Dienstagnachmittag war ideal zum Aktenstöbern. Es goss aus Kübeln. Und so betrachtete Leonie einen Ausdruck nach dem anderen. Sie nahm sich zuerst die SchwarzWeisen vor. Aber da war nichts Außergewöhnliches. Danach besah sich Leonie die farbigen Ausdrucke, es war zwar mehr zu sehen, man erkannte mehr vom Raum aber ansonsten gab es bis auf das eine Bild mit dem grünlichen Wisch auch nichts Außergewöhnliches. Schon fast verzweifelt legte Leonie die Bilder zurück in die Mappe. Am Donnerstag würde Sie Bild für Bild nochmal vergleichen, als ein Ausdruck gerade quer stellte und aus dem Stapel glitt, ein farbiger Ausdruck. Er lag fast neben dem ersten farbigen Ausdruck. Leonie sah beide nebeneinander an,

„Shit, wie hab ich das übersehen können." Entglitt es Leonie lautstark.

„Ist dir was passiert Leo?" vernahm diese die Stimme Ihrer Mutter, so packte Leonie nur noch alles schnell zusammen, versteckte es auf dem Schrank und antwortete gleichzeitig.

„Alles ok, hab nur länger an einer Mathe Aufgabe geknobelt und jetzt hab ich meinen Fehler gefunden." Log Sie, aber gleichzeitig fragte Leonie sich, Warum ist Ihr dass vorher und beim Sortieren noch nie aufgefallen.

Kapitel 13

In Ecken und Nischen

„Hab eine gute Nachricht für dich Leo, Oma hat nicht nur Morgen, sondern auch am Donnerstag für dich Zeit." Yippie dachte sich Leonie wenig begeistert. Oh Mist, dann komm ich ja frühestens am Freitagabend wieder dazu mir die Bilder anzusehen, gut da war Sie dann bei Papa, da kann Sie das dann wirklich machen, aber das dauert noch soo lange. Spann Leonie den Faden weiter. Irgendwie würde Sie die zweieinhalb drei Tage auch noch rumkriegen.

Endlich war der Freitagnachmittag da. Kaum hatte Alexander geklingelt, hatte Leonie auch schon die Türe aufgerissen und war Ihrem Vater um den Hals gefallen.

„Komm Papa, lass uns fahren, hier ich hab schon alles gepackt." Mit diesen Worten zog Leonie Alexander mit samt Gepäck aus der Wohnung.

„He Stopp, wie wär's wenn du dich von deiner Mutter und von Ferdinand noch verabschiedest." Bremste Alexander Leonies rasante Tour.

„Also gut, TSCHÜSS MAMA UND SAG FERDINAND AUCH TSCHÜSS VON MIR, zufrieden?" beim letzten Kommentar sah Leonie ihren Vater prüfend an. Der schüttelte den Kopf und verabschiedete sich noch kurz von Adelheid.

„Papa, wo bleibst du denn?" kam es ungeduldig von Leonie, die mittlerweile im Auto saß. Alexander zog erstaunt die Augenbrauen hoch während er zum Auto ging.

„Komm ja schon." Gab er zurück und machte sich Stirnrunzelnd auf den Weg zum Auto. Beim einsteigen richtete er gleich seine Frage an Leonie

„Wieso die eilige Hast? Hast du was vor? Bist du auf der Flucht?" kam es leicht spaßig von Alexander und Leonie nuschelte halblaut

„Mehr oder weniger." Fügte dann noch gut verständlich hinzu

„Hab was tolles gefunden, was für Pati ganz interessant ist. Kann es kaum erwarten Ihr das mitzuteilen."

„Achso, dann darf ich mich also an die Straßenverkehrsordnung halten und brauch nicht schneller zu fahren, oder Ampeln missachten." Witzelte Alexander während er gemäßigt losfuhr. Leonie lächelte

„Hmm, warum eigentlich nicht, so sind wir dann schneller daheim." Ihr Vater sah Sie zuerst entsetzt an, als er aber Leonies lachen vernahm entspannte sich sein Gesicht zunehmends. Die restliche Fahrt war das übliche Geplänkel ohne irgendwelche Besonderheiten. Bei Alexander zu Hause angekommen, sprang Leonie ,wie die letzten Male, sofort nachdem der Wagen stillstand aus demselben und eilte zur Haustür. Vergeblich presste

Sie sich dagegen, bis ein Hupen ihr klar machte, Ihr Gepäck noch vom Auto zu holen, sowie den Schlüssel. Mit einem leichten Grunzen eilte Sie zum PKW zurück, nahm Ihre Sachen und den Schlüssel entgegen. Um nur Bruchteile später die Tür zu öffnen und sofort darin zu verschwinden. Kaum oben angekommen pfefferte Leonie ihre Kleidung in die eine Ecke des Raumes und förderte zugleich die Mappe ‚Römervilla' zu Tage. Zum öffnen kam Sie aber nicht, denn es klingelte mehrmals.

„Da kann man sich ja gar nicht konzentrieren, wann macht denn Papa endlich auf?" Kaum war ihr der Gedanke durch den Kopf gesaust schlug Sie sich mit der Handfläche auf die Stirn. Sprang auf und sauste nach unten ins Erdgeschoß öffnete mit Unschuldsaugen und Dackelblick die Haustür.

„Tschuldigung, dacht nicht dran." Ihr Vater zog die Brauen hoch und erwiderte nur.

„Zukünftig nehm ich mir noch den Ersatzschlüssel mit." Antwortete er nur mit einem leichten Seufzer. Beide begaben sich nach oben in die Wohnung allerdings in unterschiedlichem Tempo. Während Leonie hastig zwei Stufen auf einmal nahm und somit binnen kürzester Zeit das zweite Obergeschoß erreicht hatte, ging Ihr Vater in normalem Tempo nach oben. Als er dort angekommen war, war Leonie bereits im Zimmer. Alexander verstaute gerade seine Einkäufe als das Telefon klingelte, nach kurzem Suchen hatte er es gefunden und abgehoben.

„Leonie, es ist für dich, Patricia will dich sprechen." Mit dem Mobilteil in der Hand ging er in Richtung des

Zimmers, doch noch keine fünf Schritte später wurde die Tür aufgerissen und Leonie war bei ihm, riss ihm förmlich das Gerät aus der Hand und verschwand damit im Zimmer. Sobald Sie die Tür hinter sich geschlossen hatte begann Sie

„Hallo Pati, du ich hab was ihres entdeckt, dass muss ich dir unbedingt zeigen, oder hast du es etwa schon selbst entdeckt?" Leonie wartete die Antwort gar nicht ab und redete gleich weiter

„Schau dir mal Farbausdruck eins an und dann den fünften, leg sie dir am besten nebeneinander, dann vergleich, es ist echt der Hammer, da ist ein Loch in der Wand, so wie ein Mäuseloch aber erheblich größer, würde sagen so groß wie, wie, … na eine Zwischengröße, größer wie ein Tennisball aber Zirka halb so groß wie ein Volleyball. Hab das Loch erst gar nicht gesehen, aber dann ist mir das Bild aus der Reihe gefallen direkt neben das erste und dann hab ich das Gesicht gesehen!" Sie schwieg kurz um die Dramatik zu steigern, lies aber Patricia immer noch keine Chance zu reden.

„Siehst du es? Wenn du Bild für Bild durchschaust, fällt es nicht auf, da könnte man es als, als … sonst irgendetwas interpretieren. Aber direkt nebeneinander. Du klappt es, kann ich zu dir kommen, heute oder morgen oder am Sonntag?" Und jetzt bekam Patricia die Möglichkeit zu antworten. Zunächst blieb es still, Leonie merkte förmlich, dass sich Patricia nicht sicher war jetzt auch was sagen zu dürfen.

„Ein, … ein, … ein Gesicht! Bist du dir da sicher?" war Patricias überraschter Kommentar. Weiter sprach Sie erst nach einer kurzen Pause

„Ne du Leo, sorry hatte die zwei Wochen ständig was um die Ohren und dann hat auch meine Mam ständig ins Zimmer geschaut, so dass ich Angst hatte mir alles anzusehen. Nicht dass was entdeckt. Übernachten bei uns klappt. Am besten von Samstag auf Sonntag. Passt das auch bei dir?"

„Ich frag mal meinen Papa, denke aber schon dass das gehen könnte, wart mal schnell. DU PAPA DARF ICH AM SAMSTAG ZU PATI UND AUCH DORT ÜBERNACHTEN?" fragte Leonie über das ‚Haustelefon' Ihren Vater. Der klopfte kurze Zeit später an die Zimmertür. Als er herein gebeten wurde und im Zimmer stand fragte er nach

„Was hast du gemeint Leonie, übernachten bei Patricia, du hast so laut geschrien dass sich das Ganze etwas überlagert hat. Du darfst übrigens gerne mit Fragen zu mir kommen, dass muss nicht ganz Landshut hören. Also nochmal bitte."

„Schon gut, wollt nur wissen ob ich von Samstag auf Sonntag bei Pati pennen darf, biittee!" die Bitte kam mit einem Augenaufschlag der es in sich hatte.

„Weiß Luisa darüber auch schon Bescheid und hat Ihr OK dazugegeben?" harkte Alexander nach. Leonie zuckte mit den Schultern.

„Gib mir bitte mal das Telefon. Hallo Patricia, kann ich bitte deine Mutter sprechen? ... Danke ... Hallo Luisa, weißt du schon Bescheid was die Zwei ausgemacht haben und ist es von deiner Seite auch ok? ... Ja, ich hab damit kein Problem, zumal das Wetter ja für morgen eh miserabel werden soll. ... Gut, um welche Uhrzeit sollen wir dann kommen? ... Passt sind wir da. ... Ja mach ich, bis morgen Tschüß. ... Hier Leonie, Patricia möchte dich nochmal sprechen." Damit hielt Alexander Leonie den Hörer hin.

„Ja, ... ist gut, ... hätt ich eh gemacht, ... ja, dann bis morgen, Ciao." Leonie beendete das Telefonat. Da Ihr Vater bereits wieder aus dem Zimmer war machte Sie sich daran die Ausdrucke, speziell Bild eins und Bild fünf, zu vergleichen. Zuerst sah Sie Bild fünf an, man sah so nur ein paar Linien, aber zu erkennen war eigentlich nicht wirklich was. Leonie legte das Bild zur nahm sich Bild eins und begutachtete es genau. Nach ein paar Minuten legte Sie dieses auch zur Seite. Erstaunt saß Sie da

„Wahnsinn, wenn man ein Bild einzeln betrachtet, ist gar nichts zu sehen! Ich sollte wirklich jedes Bild mit jedem vergleichen. Wie verhält es sich denn zu den SchwarzWeißen. Puh, da haben wir am Wochenende ganz schön was zu tun." Sprach Sie zu sich selbst, zu mehr kam Sie aber nicht, da Ihr Vater klopfte und zum Abendessen bat. Schweigsam und völlig in Gedanken versunken aß Sie, Ihr Vater und Simone schmunzelten.

„Was geht dir denn durch den Kopf?" fragte Alexander, da Leonie nicht reagierte, stupste er Sie kurz an. Leonie erschrak richtig.

„Sorry, wo hab ich dich jetzt hergeholt?" fragte Alexander.

„Von nirgends, … naja mach mir grad Gedanken, hab zwei Bilder die nacheinander aufgenommen wurden, das selbe zeigen, wenn ich die einzeln betrachte sehe ich das gleiche, stelle ich die beiden nebeneinander, dann ist auf dem einen mehr zu sehen. Das versteh ich gerade nicht." Gab Leonie anfangs zögerlich von sich. Simone machte ein ratloses Gesicht. Auch Alexander schien gerade etwas überfordert. Nach kurzem Überlegen meinte er

„Hmm, vielleicht haben sich die Lichtverhältnisse geändert, oder der Blitz war schwächer oder stärker, vielleicht hast du aus einem anderen Winkel die zweite Aufnahme gemacht. Was anderes fällt mir so auf Anhieb nicht ein, wenn ich die Bilder seh…"

„Nein, das geht nicht!" kam es hastig von Leonie, die die Ausführungen Ihres Vaters damit auch unterbrach.

„Ist ja gut, ganz ruhig, war nur ein Vorschlag und ein Hilfsangebot." Beschwichtigte Alexander Leonie sogleich.

„Dann schau dir mal die Bilder an, ob der Winkel anders ist, oder vielleicht etwas heller oder dunkler. Wie gesagt mehr fällt mir dazu auch nicht ein. Vielleicht gibt das

Internet mehr darüber her. Soll ich nachher suchen, oder willst du es alleine machen?" fragte Alexander

„Ich schau im Internet und wenn du so lieb wärst auch zu schauen, du findest doch soo viel und schnell alles im Netz." Schleimte Leonie mit Dackelblick und Augenaufschlag.

„Habs dir ja angeboten, also mach ich es auch." Antwortete Alexander leicht lachend. Leonie beeilte sich mit dem Essen und verschwand dann in Ihr Zimmer, da die Küche ja auf dem Weg lag und Sie schließlich noch eine Gefälligkeit von Ihrem Vater wollte nahm Leonie sogar unaufgefordert Ihren Teller mit und stellte diesen in den Geschirrspüler. Im Zimmer angekommen wurde sofort der dort stehende Computer hochgefahren. Kaum startbereit surfte Leonie im Internet wie wild hin und her, gab verschiedene Suchanfragen ein, notierte sich das wenige was Sie fand. Nach knapp zwei Stunden las Sie sich ihre Notizen durch, doch was da stand war noch weniger als Ihr Vater ihr schon gesagt hatte. Entnervt gab Sie auf und schnappte sich die zwei Bilder und versuchte zu vergleichen auf Hellig- bzw. Dunkelheit, ob die Aufnahmewinkel unterschiedlich waren. Sie verglich und verglich bis Ihre Augen schmerzten. So machte Sie eine Pause, gerade rechtzeitig, da Ihr Vater gerade klopfte um Leonie seine Ergebnisse mitzuteilen sowie um Ihr zu sagen, dass es Zeit war zu Bett zu gehen.

„Also Leonie ich hab im Internet und in dutzenden Foren dein Problem zu finden bzw. eine Lösung oder eine Antwort gesucht, stieß aber immer nur auf das gleiche was ich dir schon gesagt habe. Hast du die Bilder vom

Winkel oder der Helligkeit nochmal verglichen?" fragte Alexander

„Ja, hab in der letzten Stunde alles verglichen, hab gerade damit aufgehört weil mir die Augen schmerzten und wie du hab ich auch nichts im Internet gefunden." Mit einem tiefen Seufzer fügte Sie noch hinzu

„Werds morgen mit Pati besprechen, die war ja auch dabei beim Fotografieren."

„Hat Patricia auch die Bilder?" wollte Alexander wissen.

„Ja, wieso?" kam gleich eher unsicher die Gegenfrage

„Na vielleicht hat Patricia was rausgefunden." Meinte Alexander doch am Kopfschütteln seiner Tochter erkannte er, dass dem nicht so war.

„Leider hatte Sie keine Zeit, die Bilder durchzusehen. Hab ihr heut wo wir hier angekommen sind meine Entdeckung mitgeteilt und da hat es Pati mir gebeichtet, dass es bei Ihr nicht ging." Kam es wehmütig von Leonie.

„Kopf Leonie, dafür habt Ihr morgen und übermorgen viel Zeit, es regnet eh das ganze Wochenende, da ist das dann doch eine tolle Abwechslung." Versuchte Alexander seine Tochter aufzumuntern. Leonie lag noch lange wach nachdem Ihr Vater mit dem üblichen Nachtritual das Zimmer verlassen hatte. Im Kopf ging ihr das Gesicht nicht mehr aus dem Kopf, wer oder was war das, Sie dachte daran was passiert war als Sie das Bild verbrannt hatten, an die Stimme, an die komischen

208

Lichtverhältnisse, was es mit dem Gekritzel im Kamin auf sich hatte und, und, und.

Schließlich übermannte Sie dann doch noch der Schlaf. In dem unruhigen Schlaf in dem Sie gefallen war, träumte Sie wild durcheinander von einem grünen Mädchen, dass sofort in eine Heulboje verwandelte und Sie mit Staub überschüttet wurde, mitten im Nebel stand und im Keller das Geheimnis löste, gerade als die Stelle kam wie wachte Leonie schweißgebadet und heftig atmend auf. Zuerst wusste Sie nicht wo Sie war und sah sich verzweifelt um versuchte den imaginären Staub abzuschütteln. Bis sie merkte, dass war alles nur ein Traum. Sie drehte sich um und schloss die Augen um wieder einzuschlafen, riß diese aber sofort wieder auf, knipste das Nachtlicht an. Holte die Mappe und schrieb sich die Stichpunkte des Traumes auf.

„Vielleicht, kann ich davon was verwenden und führt mich evtl. doch zur Lösung. Kleinigkeiten haben doch schon immer dazu beigetragen Dinge zu lösen." Sagte sie leise zu sich selbst. Zufriedener und deutlich ruhiger schlief Sie wieder ein.

Als Sie am Morgen von Ihrem Vater durch anklopfen zum Frühstück gerufen wurde. Konnte Sie sich nicht mehr erinnern was Sie zuerst geträumt hatte und ob Sie noch was geträumt hatte. Erneut sprach Sie zu sich selbst.

„Gut, dass ich es gleich gestern notiert habe." Trotz der ruhigeren zweiten Nachthälfte stand Leonie zerknautscht auf. Nach dem Frühstück machte Sie sich fertig, packte alles ein was Sie zu Patricia mitnehmen wollte. Kurze Zeit später waren Sie auf dem Weg zu Patricia. Dort angekommen ratschten Alexander und Luisa noch und da Simone auch mit dabei war machten die drei ein Kaffeekränzchen während Leonie mit Patricia in deren Zimmer verschwand und sich gleich über die Fotos hermachten Leonie zeigte Patricia gleich was Sie entdeckt hatte und ebenso wie Leonie war Luisa verblüfft.

„Wie ist das möglich?" stammelte Patricia fassungslos

„Ich hab keine Ahnung. Für uns heißt dass jetzt nur, wir müssen jetzt Bild für Bild miteinander vergleichen. Hast du deine Ausdrucke da?" war Leonies Antwort.

„Natürlich, was denkst denn du!" gab Patricia entrüstet zurück. Und so fingen beide an jeweils Bild für Bild zu vergleichen. Leonie nahm Bild eins und fing an es mit Bild zwei zu vergleichen. Sie besah sich Ecke für Ecke und Nische für Nische alles was es zu erkennen gab auf den Bildern. Da Sie nichts aufregendes Gefunden hatte nahm Sie anstelle Bild zwei, Bild drei. Patricia beschäftigte sich währenddessen mit den SchwarzWeis Ausdrucken. Leonie studierte weiterhin die Farbigen und als Sie nach knapp eineinhalb Stunden alle farbigen mit Bild eins verglichen hatte notierte Sie sich *außer Bild fünf keine Abweichung oder Besonderheit zu entdecken.* Sie nahm Sie Bild zwei und verglich es genauso systematisch wie schon vorher mit Bild eins mit allen anderen Bildern aber mittendrin legte Sie alle Bilder zur Seite sah Patricia an.

„Pause, meine Augen tun mir schon weh und wie geht es dir?"

„Gute Idee, ich kann schon keine Unterschiede mehr erkennen und wollte dir gerade den selben Vorschlag machen. Ich glaub sogar dass wir es Kuchen gibt." Just in diesem Moment klopfte es und die Tür ging auf, Luisa sah ins Zimmer.

„Na ihr beiden Lust auf Kekse und Kuchen?"

„Wir wollten soeben fragen ob wir was bekommen?" antwortete Patricia. Luisa, Simone und Alexander redeten während die beiden Teens ruhig und in sich gekehrt dasaßen. Was aber gar nicht so auffiel, da der Rest ja miteinander redete. Als beide Teens zwei Stück Kuchen verdrückt hatten, holten Sie sich die Erlaubnis wieder ins Zimmer gehen zu dürfen. Im Schneidersitz saßen Sie sich gegenüber.

„Hast du bisher was entdeckt?" Wollte Leonie wissen. Patricia schüttelte den Kopf

„Und du?"

„Ne, bisher auch nichts neues. Aber wenn auf einem was zu entdecken war, so ist es doch wahrscheinlich dass auch auf dem ein oder anderem was zu sehen ist." Versuchte Leonie Patricia zu motivieren.

„Aber das ist soooooo öde." Konterte Patricia

„Na gut, dann schau ich die Bilder weiter durch und du begibst dich in die Villa und dort in die Kammer und versucht so was zu finden." Argumentierte Leonie und wie Sie gehofft hatte knickte Patricia sofort ein.

„Nein, nein, bloß das nicht. Dann halt wieder Bilder." Beide vertieften sich erneut und verglichen die einzelnen Bilder. Stück für Stück. Aber es sah so aus, dass nur Bild fünf und das auch nur wegen der Farbe eine Besonderheit hatte und sich ein Gesicht aus der zu kommen schien. Zwischendrin wurden Sie von Alexander und Simone kurz gestört als diese sich verabschiedeten und Ihnen noch viel Spaß wünschten. Leonie winkte nur kurz. Einige Zeit später gab Luisa zu verstehen, dass es Abendessen gibt. Mit einem erschöpften Seufzer legten beide die Ausdrucke zur Seite. Sahen sich an und ohne dass einer von beiden die Frage gestellt hatte schüttelten Sie den Kopf.

„Sollen wir nach dem Abendessen wirklich damit weitermachen?" flehte Patricia schon beinahe.

„Komm ich hab nur noch zwei Bilder die ich miteinander vergleichen muss, dann bin ich mit den farbigen durch, wie viele von den SchwarzWeisen hast du noch? So was ich gesehen habe bist du ja auch gleich durch. Und schau dann haben wir es überprüft und können so weitermachen und brauchen uns damit nicht weiter abmühen, hmm?" Patricia seufzte hörbar.

„Ist ok, ich hab noch drei oder vier Bilder. Das bring ich dann auch noch hinter mich." Mit diesen Worten gingen beide zum Abendessen.

„So schweigsam? Was habt ihr den ganzen Nachmittag gemacht?" wollte Luisa wissen.

„Ach nur ein paar Bilder angesehen, die wir die letzten Wochen gemacht haben."

„Und, was für Bilder habt ihr gemacht?" harkte Luisa nach und beide Teens sahen sich kurz erschrocken an. Leonie fasste sich am schnellsten wieder.

„Ach von allem möglichen, Häuser, Landschaften und, und, und. Aber es ist nicht so berauschend geworden und so haben wir versucht die Guten von den Miesen zu trennen, ..."

„... du kennst das ja selber, sowas ist Zeitraubend und nervend." Beendete Patricia den Satz und Leonie nickte um die Aussage ihrer Freundin zu bekräftigen.

„Ohh schön, und seid Ihr fertig?"

„Leider noch nicht ganz." Beantworte Patricia wahrheitsgemäß und mit einem leichten Seufzer die Frage Ihrer Mutter.

„Aber es sind nur noch ein paar, nicht mehr tragisch." Fügte Leonie hinzu. So beendeten Sie bald das Abendessen und während Luisa den Tisch und die Küche säuberte verschwanden die zwei gleich wieder in Patricias Zimmer. Leonie machte sich über Ihr letztes Bild her, hatte es schon fast durch als Sie auf einmal hecktische Bewegungen von Patricia wahrnahm. Leonie sah auf und sah wie Patricia wild zwischen zwei Ausdrucken hin und her sah dabei öffnete sich immer mehr der Mund von Patricia die Augen wurden größer und größer.

„Pati, hast du was entdeckt?" wollte Leonie hastig wissen. Aber die schien Sie gar nicht wahrzunehmen.

„He Pati, alles ok, ist da was?" Erst jetzt sah Patricia Leonie mit weit aufgerissenen Augen und Mund an.

Kapitel 14

Buchstabensalat

„Was, was, was?" fragte Leonie jetzt intensiver und Lauter nach. Aber Patricia, reagierte kaum. Erst langsam wich die Starre aus Ihrem Gesicht. Und zu erst noch tonlos begann Sie von Ihrer Entdeckung zu berichten.

„Du musst auch Geräusche in deine Buchstaben legen, wenn du nur deine Lippen bewegst versteh ich dich nicht." Witzelte Leonie und Patricia fing nochmal von vorne an. Jetzt gefasster und mit Ton unterlegter Stimme

„Da sind Buchstaben."

„Was, zeig!" Mit einem Satz war Leonie neben Ihrer Freundin und starrte auf das Bild. Es zeigte einen anderen Ausschnitt der Kammer. Das Loch wo Leonie das Gesicht entdeckt hatte war am unteren Bildrand gerade noch erkennbar darüber war auf dem ersten Blick nur eine graue Wand. Dann zog Patricia das zweite Bild hinter dem ersten hervor und deutete auf die Wand, zuerst sah Leonie gar nichts, aber dann ‚fiel' Sie regelrecht in das Bild und das Foto kam Ihr vor wie eines der Bücher die Sie bei Ihrem Vater gesehen hatte, wo wenn man durch das Bild hindurchsah sich auf einmal eine 3D-Abbildung so eine Art Hologramm auftat. Nur war es dieses Mal kein Adler der durch einen Canyon glitt oder ein Buddha-Kopf, sondern es waren tatsächlich

Buchstaben, wie es Patricia bereits angedeutet hatte und jetzt war es Leonie, die keine Worte mehr hatte. Nach ein paar Minuten stupste Patricia Leonie an.

„He, Leo, alles gut?" Leonie schüttelte sich kurz sah Patricia entgeistert an.

„Ja, danke, aber das hat mich gerade umgehauen. Gib mir mal meine Notizen und einen Stift." Antwortete Leonie

„Und wie heißt das Zauberwort mit den zwei ‚TT'?" gab Patricia zurück.

„Aber flott." Konterte Leonie. Patricia sah Sie zuerst entgeistert an und fingen beide an zu lachen.

„Bitte, liebe Pati gib mir doch meine Notizen und einen Stift, damit wir die Buchstaben aufschreiben können. Willst du als erste Schreiben und ich sage was ich sehe, oder willst du ansagen. Danach wechseln wir sowieso. Frei nach dem Motto ‚Vier Augen sehen mehr als zwei.'"

„Aber soll heißen ich muss jetzt nicht noch alle Farbigen Ausdrucke durchsehen?" kam es entsetzt von Patricia. Aber Leonie kam gar nicht mehr zum Antworten, denn Luisa gab Ihnen den Hinweis, dass es langsam an der Zeit ist ins Bett zu gehen, dort können Sie ja noch weiterratschen. Aber ohne Licht. Was beide dann widerwillig auch taten. Als Sie im Bett lagen beleuchtet vom Vollmond der sich durch die Regenwolken gequält hatte meinte Patricia

„Ich hätte niemals gedacht, dass da an den Internetaussagen über das Haus was dran sein könnte. Aber im Internet stand nichts von einem Kind, dass da verstorben ist oder ist mir da was entgangen?"

„Ich weiß den genauen Wortlaut nicht mehr, aber ich denke es hieß mehrere Menschen auf unerklärliche Weiße, das schließt für mich alles mit ein, Kind, Erwachsener, Mann oder Frau, lass uns einfach möglichst objektiv an die Sache rangehen, nicht von irgendwelchen vorgefassten Meinungen und wahrscheinlich nicht einmal komplett überprüften Todesfälle beeinflussen lassen." Gab Leonie zu bedenken.

„Nicht einmal komplett überprüften Todesfällen …" wiederholte Patricia fassungslos.

„… wenn die schreiben, auf unerklärliche Weise, dann wurde doch sehr intensiv ermittelt und untersucht. Doch die haben nichts gefunden. Was hältst du davon wenn wir morgen raussuchen wer dort alles war und unter mysteriösen Umständen ums Leben gekommen ist Leo?" fügte Patricia hinzu. Zuerst sagte Leonie gar nichts aber im Mondlicht konnte Patricia erkennen dass Sie intensiv nachdachte. Somit ließ Sie Ihrer Freundin Zeit um auf eine Lösung zu kommen. Endlich nach etlichen quälenden Minuten antwortete Leonie

„Ein guter Ansatz von dir Pati, folgendes wir schreiben als erstes die Buchstaben des Ausdruckes auf, dann knöpf ich mir die Ausdrucke wieder vor und zwar dieses Mal im Vergleich Farbe und SchwarzWeis und du klapperst das Internet nach denen ab, die dort unter den mysteriösen Umständen verstorben sind. So arbeiten wir wesentlich effektiver, oder was meinst du dazu." Jetzt begann Patricia über den Vorschlag nachzudenken und Leonie gab Ihr die Zeit dazu, genauso wie Sie sie vorher von Ihrer Freundin bekommen hatte.

„Geht klar, ist zwar etwas gruselig …"

„GRUSELIG? Wie noch gruseliger als die Stimme, das Gesicht, der grünliche Schimmer, die Buchstaben im Kamin und auf den Fotos, die grelle Sirene, soll ich weiter machen?" unterbrach Leonie die Ausführung von Patricia.

„Naja, zum Teil schon etwas. Ich geb dir Recht, was wir in dem Haus schon alles erlebt haben ist, … ist … Puhh schon mehr als ziemlich heftig gewesen und das ein oder andere Mal wollt ich schon aus dem Haus laufen, vor allem dann wenn die Lampen wieder nicht funktionierten. … Wieso lächelst du Leo? Ich kann's ganz genau im Licht sehen, WIESO hast du beim Thema Licht eben gelächelt?"

„Ähhh, … weil … ich … mir so was schon gedacht hatte, dich aber für total mutig hielt dazubleiben und mir beizustehen." Log Leonie, denn noch wollte Sie Ihrer Freundin nicht Ihre Vermutung zumuten. Sie wusste über kurz oder lang musste Sie mit der Sprache raus, aber noch war sich Leonie nicht sicher ob das auch so passte wie Sie vermutete.

„Hmm, ich kenn dich gut genug um zu wissen, dass das so nicht ganz stimmt. Aber ich weiß auch, dass du es gut mit mir meinst und deshalb du bei Sachen wo du dir noch nicht ganz sicher bist noch nichts sagst, um keine falschen Verdächtigungen auszustreuen. Deshalb nehm ich deine Aussage jetzt so als wahr an." Dass Patricia aber trotzdem etwas eingeschnappt war merkte Leonie aufgrund dieser Aussage schon aber noch deutlicher an der folgenden

„Ich bin jetzt müde und möchte schlafen, schlaf gut Leo." Damit wusste Leonie mehr würde Patricia nicht mehr sagen bis Sie aufgewacht war.

„Wünsch dir auch eine gute Nacht Pati, und ja du hast Recht, ich hab eine bestimmte Vermutung, kann Sie dir aber erst in der Römervilla wieder zeigen und beim nächsten Mal auch hoffentlich belegen, nicht nur für dich sondern auch für mich." War Leonies Schuldeingeständnis. Und trotzdem kam von beiden kein Wort mehr. Leonie schlief wieder unruhig. Sie träumte wieder. Doch kaum war Sie aufgewacht war die Erinnerung des Traumes ausgelöscht. Wobei Sie sich sicher war dass es in dem Traum um die Villa und das bislang rausgefundene ging. Mehrmals wachte Sie diese Nacht auf und jedes Mal waren die Erinnerungen des Traumes verschwunden, Leonie hatte nicht Mal die Chance darauf Bruchstücke des Traumes aufzuschreiben. Als Leonie ein viertes Mal erwachte war es bereits hell. Soweit man zu dem erneut mit grauen Wolken verhangenen Himmel überhaupt hell sagen konnte. Sie sah zu Patricia hinüber die noch schlief. Der Blick zur Uhr und das fast gleichzeitig Klopfen von Luisa bestätigten

Leonie dass der Halbe Vormittag schon rum war. Denn Patricias Wecker zeigte bereits zehn Uhr.

„Wollt Ihr noch frühstücken?" fragte Luisa.

„Ja, kommen gleich." Gab Leonie zurück und rüttelte Patricia wach.

„Mmh, was ist los?" kam es von Ihr schlaftrunken.

„He Schlafmütze, der halbe Vormittag ist fast rum, deine Mam hat noch Frühstück für uns. UND, wir haben heute noch viel vor. Wie du dich vielleicht erinnern kannst." Kam es bereits voller Tatendrang von Leonie. Patricia stülpte sich Ihr Kopfkissen über den Kopf, als Leonie ihr das Kissen wegzog griff Sie nach der Decke, die Leonie aber geschickt ebenso blitzschnell entfernte. Patricia grummelte, rappelte sich langsam auf. Beim Frühstück wachte Sie dann so langsam richtig auf.

„Na, Ihr zwei Nachteulen, was habt Ihr heute vor?" wollte Luisa wissen.

„Ach bei dem miesen Wetter, bleiben wir im Zimmer und ..." begann Patricia jetzt schon deutlich aktiver.

„... schauen Fotos und dies und das, einfach was man bei Regen drinnen so macht." Ergänzte Leonie schnell und eher beiläufig. Nachdem beide satt waren und sich auch Tag fein hergerichtet hatten. Waren Sie wieder im Zimmer verschwunden und setzten, das gestern beschlossene in die Tat um. Zuerst besah sich Patricia das Foto und versuchte die Buchstaben und Zeichen zu entziffern. Leonie wartete ungeduldig was Patricia ihr da diktieren würde.

„Na, was siehst du?" drängelte Leonie

„Ich bin mir nicht sicher, die Buchstaben sehen so komisch aus, und dann sind da noch so komische Zeichen, kann das alles nicht so richtig deuten, geschweige denn lesen. Das eine könnte so eine Art ‚G' sein. Die nächsten denke ich sind ein kleines ‚c' mit hacken nach links, ein ‚e'… ‚taf', dann ein Drache mit … äh … zwei Beinen. So sehe ich das irgendwie … die nächsten Buchstaben entweder ein … ein … ‚L' mit Strichen … ne … ein ‚G' sieht zwar etwas anders aus als das erste, aber gut ist ja auch eindeutig Handschrift, danach, … hä? Sieht aus wie ‚holle' nur mit Bauch … hä?" Patricia hielt inne sah Leonie an.

„Meint da die Person die Frau Holle? Mehr seh ich nicht. Da jetzt sieh selbst." Und hielt Leonie die zwei Ausdrucke hin. Diese stürzte sich drauf und versank in die Welt genau wie Patricia vorher. Nach kurzer Zeit begannen sich einzelne Striche und Linien zu bilden und Plopp sah Sie klar. Sie sah genau wie Patricia vor Ihr einzelne Buchstaben und Gebilde.

„Also so wie ich das sehe sind das zwei Wörter die durch … ja, es sieht wirklich aus wie ein Drache, wie ein Mathe-Drache auf zwei Beinen. Ich dachte du meintest einen Feuerspukenden Drachen. So das erste Wort hmm, beginnt mit einem … einem, schwierig ‚C' scheidet eher aus. Geb dir Recht das erste ist wirklich ein großes ‚G', es sieht mir nach einen Namen aus, hmm, wenn ich mir das so ansehe, denke ich dass es ‚Gr'…, ‚Gre'…, ‚Greta'…, …äh ‚Gretaf'?" mit hochgezogenen Augen sah Leonie Patricia fragend an.

„Gretaf? Das soll ein Name sein?" fragte Patricia ungläubig.

„Greta, könnt ich mir vorstellen, aber was soll das ‚f' noch dran?" fragte Sie weiter. Leonie zuckte mit den Schultern.

„Ich weiß es doch auch nicht. Wenn es ein ‚s' wär könnt ich es mir noch erklären, aber da die Schrift ja anders ist als wir jetzt schreiben, also vielleicht hat das auch eine besondere Bedeutung. Das ist auch noch was, was wir im Internet suchen müssen! Aber gut, dann versuch ich mal das zweite Wort zu entziffern." Mit diesen Worten vertiefte sich Leonie wieder in die Ausdrucke. Nach kurzer Zeit sah Sie die Linien und Buchstaben wieder.

„Äh …, also hmm, der erste … Buchstabe, bin mir nicht sicher, hmm, sieht zwar ähnlich wie das erste ‚G' aus, aber doch irgendwie anders, hmm, die Schrift ich glaub mein Vater kann diese les …" weiter kam Sie nicht.

„Bist du wahnsinnig, wir haben uns doch geeinigt, dass wir niemanden etwas verraten und du willst deinen Pa, die Ausdrucke zeigen, was glaubst du denn was der mit uns anstellt?" polterte Patricia los. Leonie beschwichtigte Sie zuerst mit den Armen und Händen, ließ Sie aber ausreden. Mit Kalkül, denn damit hatte sie alles los und Leonie konnte in Ruhe Ihren Plan vortragen.

„Also erstens hatte ich nicht vor die Ausdrucke herzuzeigen, sondern die Buchstaben und Zeichen abzumalen. Sollte das nicht so funktionieren, können wir ja sagen es ist ein Bild mit 3D-Effekt welches wir von Freunden bekommen haben! Aber zuerst versuchen wir es natürlich selber." Und erneut vertiefte Leonie sich in den Ausdruck.

„Also, mit Sicherheit kann ich sagen, das die letzten Buchstaben ... ol ... l ... e ... olle lauten. Aber davor und nach dem ersten, das sieht mehr als komisch aus, geb dir recht ein kleines ‚h' könnte es sein, aber das was da davor noch dranhängt, knubbel oder wie du sagst der Bauch der Frau Holle, ... hmm, ich zeichne mal die Buchstaben ab, so gut ich das eben schaffe." Gesagt getan, Leonie begann die Zeichen die Sie im Kopf hatte sorgfältig abzumalen. Immer wieder vertiefte sie sich in den Ausdruck. Anschließend Malte Sie die Zeichen und Buchstaben wie vorher ebenso sorgfältig nach. Knapp eine halbe Stunde später hatte sie alles fast detailgetreu nachgezeichnet. Voller Stolz präsentierte Sie Ihr Ergebnis.

„Tada, schau mal Pati, das trifft es doch ziemlich genau, oder was meinst du?" Patricia, die sich mittlerweile dem Internet gewidmet hatte schrak hoch.

„Wow, bin begeistert, wie hast du das so schnell abgepaust?" kam es erstaunt von Patricia.

„Was machst du gerade?" fragte Leonie Patricia

„Ich kümmere mich um die Personen die dort verstorben sind, wie ausgemacht. Hab aber noch nicht so richtig was gefunden, bin allerdings erst am Anfang. Willst du jetzt noch die weiteren Ausdrucke vergleichen?" wollte Patricia wissen. Leonie druckste etwas herum bevor Sie antwortete

„hmm naja, hab mir überlegt, ich kann ja immer mal wieder während der Zeit auch zu Hause die Bilder vergleichen. Dacht ich mach mich über die Zeichen und Buchstaben her und versuch rauszufinden was die bedeuten." Eher beiläufig fügte Sie noch hinzu.

„Aber wenn du willst kannst du mich ja unterstützen und selber versuchen die Zeichen zu deuten und zu lesen."

„Oh Gott lass mich damit nur zufrieden, ich such lieber im Internet weiter." Kurz darauf

„Oder nein, ich glaub ich helf dir doch, was genau willst du tun?" fragte Patricia nach.

„Nun ich will schauen ob es verschiedene Bedeutungen und Setzmöglichkeiten der Buchstaben gibt. Dazu hätt ich gedacht ich zeichne jeden Buchstaben auf ein Karteikärtchen und versuch danach alles wie bei einem Rebus, ich glaub so heißt das oder war es Anagramm? Na egal einfach die Buchstaben irgendwie zu einem sinnvollem Gebilde zusammensetzen. Dabei gleich die Frage an dich Pati, hast du Karteikärtchen oder müssen wir DIN A4 Blätter zerstückeln?" Patricia reagierte prompt.

„Mama, wir brauchen Karteikärtchen, hast du sowas?" rief Sie über ihre Schulter hinweg zu Ihrer Mutter, die kurz darauf im Zimmer stand.

„Was brauchst du?" fragte Luisa nach.

„Karteikärtchen."

„Ok, in welcher Farbe und wie viele?" Geschwind zählte Leonie die Buchstaben

„Ähh zwölf weiße und zwölf gelbe wenn das gehen würde." Gab Leonie ganz liebevoll zurück. Luisa ging und kam kurz darauf wieder, mit einem Stapel weiße Kärtchen, auf denen viele Linien waren und dann noch einen Stapel grüne und blaue Kärtchen die komplett Uni waren.

„Rein Weiße habe ich nicht und auch keine gelben mehr, so habe ich euch mal grün und blau mitgebracht, hätte auch noch rote."

„Danke Mama, wir nehmen dann die farbigen. Die mit den Linien sind eher unpraktisch." Mit diesen Worten hatte Patricia bereits die Kärtchen in Ihren Besitz gebracht.

„Darf ich fragen was ihr damit vorhabt?" wollte Luisa noch wissen und noch ehe Patricia etwas stammeln konnte antwortete Leonie

„Wir zeichnen Buchstaben und wollen sehen wie viele verschiedene Wörter wir aus den einzelnen Buchstaben bilden können. Soll total Spaß machen habe ich gelesen." Luisa sah erstaunt aber auch gleichzeitig erfreut auf die beiden.

„He, das finde ich klasse, damit trainiert ihr euren Wortschatz. Nur weiter so." und im hinausgehen hörte man Sie noch sagen,

„Dass meine Tochter freiwillig lernt und übt, hätte ich nie gedacht!" Kaum war Luisa verschwunden wandte sich Patricia völlig aufgebracht Leonie zu. Fast lautlos kreischte Sie los.

„Bist du jetzt komplett wahnsinnig geworden, was hättest du getan, wenn meine Ma genaueres wissen wollte und was …, was? Warum lachst du?" verwirrt sah Sie Leonie an, die leise vor sich hin lachte und unter lachen die Frage beantwortete

„Wenn ich will dass meine Mutter aus dem Zimmer verschwinden soll oder sie nicht genauer wissen soll was ich mache sage ich, dass ich lernen will oder muss oder was für die Schule mache. Und was ist unverfänglicher als ein Spiel, mit Buchstaben wo man sein Gehirn trainiert. Außerdem weiß ich nicht was du hast, ich hab doch die Wahrheit gesagt. Selbst sollte deine Ma genauer nachsehen wollen, so haben wir die Buchstaben und somit ein Alibi ohne dass Sie was merkt. Garantiert! So und lass uns jetzt loslegen. Welche Farbe der Karten magst du?" Patricia tippte auf die Blauen und so nahm sich Leonie die Grünen und beiden begannen die Buchstaben aufs Genaueste Nachzuzeichnen von Leonies

Vorlage weg und zwar je Karte einen Buchstaben. Auch die Groß- und Kleinschreibung beachteten Sie.

„Soll ich das zweite große ‚G' auch so komisch Zeichnen oder wie das Erste, was meinst du Leo?" Die schreckte kurz hoch.

„Ähh, ich würd es so zeichnen wie es da stand. Zumindest mach ich das so. Ich will es so genau wie möglich für mich machen, vielleicht hat die ähnliche Schreibweise auch eine bestimmte Bedeutung. Bin mir auch noch nicht schlüssig was ich mit dem Drachen auf Beinen machen soll, oder es eher als Salatbesteck ansehen, damit wir die Buchstaben durcheinander mischen sollen oder können? Aber ich glaub eher nicht." Patricia lachte

„Also so eine Art Buchstabensalat mit Besteck." Beide lachten

„So könnte man meinen." Und beschwingt machten beide weiter. Nach einiger Zeit sah Leonie auf. Patricia war noch eifrig beim zeichnen. So machte sich Leonie noch daran das „Salatbesteck" wie Sie es Spaßeshalber getauft hatte, abzuzeichnen. Als Sie auch dieses fertig hatte streckte Sie sich. Patricia sah erschrocken auf.

„Bist du schon fertig?" war Ihre überraschte Frage und Leonie nickte.

„Soll ich dir helfen? Wo bist du gerade?" Patricia nickte.

„Hier, wenn du mir noch bitte bei den letzten zwei Buchstaben helfen könntest."

„Gut ich zeichne das kleine ‚e'" ohne eine Erwiderung abzuwarten begann Leonie und Patricia stürzte sich auf das kleine ‚l' zum zweiten Male. Als dann beide fertig waren, sah Patricia Leonie angespannt an.

„Und nun?" fragte Sie

„Jetzt nehme ich meine großen Buchstaben und lege Sie hin und versuche mit den kleinen zwei sinnvolle Wörter zu bilden. Und das solltest du auch versuchen, ich notiere mir meine Versuche und nachher können wir vergleichen, wer was gefunden hat. Also auf die Plätze fertig los." Gab Leonie aus Jux das Startkommando und beide begannen die Buchstaben zu sortieren, anzureihen und etwas einigermaßen Sinnvolles daraus zu machen. Patricia legte gleich wild darauf los, während Leonie erst die Buchstaben nach Alphabet sortierte um sich einen Überblick zu verschaffen welche Buchstaben Ihr zur Verfügung stehen. Sieh hatte ein ‚a', zwei ‚e', ein ‚f', ein komisches ‚h', zwei ‚l', ein ‚o', ein ‚r' und ein ‚t'.

Nach kurzer Zeit sahen sich beide an.

„Mir fällt nichts Vernünftiges ein." Kam es fast verzweifelt von Patricia. Leonie nickte verzweifelt.

„Ich hab auch nicht recht was, … was wirklich sinnvolles gefunden, meine Paarungen sind ‚Gafer/Gohet, Gehet/Garof, Gehet/Goraf, Gehet/Grafo, Gehet/Grofa, Grefat/Gehor, Gaft/Gehoer, Gehoer/Gatf, Grote/Gefah,

Greto/Gefah, Greto/Gafeh, Grote/Gafeh, Gefahr/Gote, Gefahr/Geot und Gefahr/Goet. Was hast du Pati?"

„Ganz ehrlich nicht alles was du hast, die, die ich gefunden habe, hast du schon genannt. Bist du dir sicher dass wir alles richtig haben." Frustriert reichte Leonie die Ausdrucke an Patricia weiter.

„Da, schau doch selber nochmal, vielleicht findest du was? Mir raucht gerade der Kopf und brauch eine Pause." Kaum hatte Leonie geendet, klopfte es und Luisa kam ins Zimmer,

„Mittagessen, habt Ihr Hunger?"

„Ein bisschen schon." Gab Patricia gähnend zurück. Beide Teens gingen Essen. Da während des Essens die Wolkendecke aufbrach und sich die Sonne durchsetzte schickte Luisa die beiden Teens nach draußen. Die dort die Energie der Sonne tankten und sich austobten. Am späten Nachmittag kam Alexander und holte Leonie wieder ab, die eilig alles packte, sich verabschiedete und wehmütig ins Auto Ihres Vaters stieg. Auf der Fahrt nach Hause sprach Leonie wie gewohnt kaum ein Wort. War komplett in Ihre Gedanken versunken. Zu Hause bei Ihrem Vater angekommen stieg Sie aus dem Wagen und nahm Ihre Notizen mit viel Schwung mit, wobei sich ein Großteil der Karteikärtchen auf dem Armaturenbrett verteilten. Leonie erschrak, als Ihr sogleich das Missgeschick offenbar wurde, dazu kam, dass alle Karten mit der Schrift nach oben zeigten. Ihr Vater half Ihr beim einsammeln. Als sein Blick auf die Zeichnungen fiel, obenauf lag gerade der Drache mit den Füßen bzw. das ‚Salatbesteck'.

Tausend Gedanken schossen Leonie durch den Kopf.

„Wie würde Ihr Vater reagieren? Würde er Fragen stellen? Was für Fragen würde er stellen?" Leonie sah Ihn an, Ihr Vater sah Sie an, das machte Sie erst recht nervös. Sie sah wie Ihr Vater ansetzte etwas zu sagen. Eigentlich wollte Sie aktiv agieren um Ihrem Vater den Wind aus den Segeln zu nehmen, aber Ihre Nervosität lähmte Sie förmlich. Und die Worte Ihres Vaters trafen Sie mit voller Wucht.

Kapitel 15

Namen

„Wow, seit wann interessiert Ihr euch für Runen?" fragte Alexander seine Tochter mit freudigem Erstaunen.

„Runen?" kam es erstaunt und skeptisch von Leonie.

„Ja, Runen. Diese hier kenn ich zufälligerweise, das Zeichen bedeutet *Freier Bauer auf freier Scholle*."

„Scholle?" kam es noch erstaunter von Leonie.

„Was ist eine Scholle, da ist doch keine Eisscholle gemeint, was soll denn die Ru… Ru…, na das Ding nochmal gleich bedeuten?" fragte Leonie jetzt stark interessiert und aufgeregt. Alexander lächelte

„Nein, nein, keine Eisscholle, als Scholle bezeichnete man früher das Gebiet, dass der Bauer bearbeitet hatte und wo dieses Zeichen war, dann wusste man dem Bauer gehört das Stück Land dass er bearbeitet und er ist keinem Lehensherrn verpflichtet, muss nur Steuern zahlen an den Landesherren." Beantwortete Alexander die Frage und Leonie begann nachzudenken, nahm all Ihren Mut zusammen.

„Du Papa, hab da noch ein paar Buchstaben, kannst Du die auch lesen oder deuten?" Ihr Papa lachte auf.

„Welch große Erwartung, aber ich werd mein bestes geben. Zeig mir mal, was ich deuten soll." Forderte er Leonie auf, die zögerlich dem Aufruf folgte und die Kärtchen vorsichtig vorzeigte. Ihr Vater sah diese mit Großem Interesse an, nach kurzer Zeit

„Also, das andere sind Buchstaben, hab hier ein ‚e', ein ‚a' und ein ‚o', ein ‚s', ein …"

„EIN ‚s'?, Was? Wo? Zeig!" unterbrach Leonie erstaunt und aufgeregt. Alexander zeigte Ihr die Karte, die beide Teens für ein ‚f' gehalten hatten. Verwirrt sah Leonie Ihren Vater an.

„Das ist doch ein ‚f'." gab Leonie zu bedenken. Ihr Vater schmunzelte

„Nun, Leonie wie du gemerkt hast, ist das Schriftbild, dass du schreibst das gleiche was du mir hier zeigst, und deine Schreibschrift unterscheidet sich auch in einigen Buchstaben von der meinen und vor einiger Zeit hatten wir noch nicht mal dieses Schriftbild, was allgemein auch als das Lateinische Schriftbild genannt wird, sondern da gab es die sogenannte ‚Frakturschrift', die ‚Schwabacher' und, und, und. In diesen Schriftbildern wird manchmal das kleine ‚s' ähnlich einem kleinen ‚f' geschrieben. Und schau her, dass hier ist nicht ein Buchstabe, das ist ein ‚ch'." Alexander zeigte Leonie eine weitere Karte auf der war das ‚h' mit Bauch.

„Ok, das versteh ich ja, kannst du bitte noch die jeweiligen Buchstaben auf die jeweilige Karte Schreiben, ich bin grad so aufgeregt, dass ich dazu nicht in der Lage bin, ohh und da kommt meine Mam, ich hol mal meine Sachen, und wenn du so lieb wärst, dass noch schnell für mich zu machen, biiittteee." Hatte Leonie noch mit einem schmelzendem Blick von unten hinzugefügt. Ihr Vater nickte. Er stieg zwar aus und begrüßte seine ExFrau kümmerte sich aber dann noch rasch um die Karten. Als Leonie wenige Minuten später wieder unten auf dem Parkplatz war, hatte Ihr Vater alle Kärtchen beschriftet, sogar das mit dem ‚Salatbesteck'. Leonie fiel Ihm aus Dankbarkeit und Freude um den Hals. Kurze Zeit später war Sie mir Ihrer Mutter vom Hof verschwunden. Auf der Fahrt nach Hause wurde Sie wieder ausgefragt. Ihre Antworten liefen wie üblich ziemlich einsilbig ab. In Leonies Kopf ging etwas ganz anderes vor.

„Was kommt bloß raus, wenn ich die Buchstaben jetzt richtig lesen kann." Als Sie endlich bei Ihrer Mutter zu Hause und in Ihrem Zimmer war, schloss Sie hinter sich die Türe und legte Ihren Bademantel auf den Boden vor die Tür um Ihre Privatsphäre mehr zu schützen. Kaum erledigt zog Sie das Blatt raus, wo Sie die Buchstaben und Zeichen so abgezeichnet hatte wie Sie sie auf dem Bild gesehen hatte legte es vor sich hin und nahm anschließend die Karten und ein leeres Blatt Papier. Karte für Karte legte Sie hin, wie es dort stand und Begann als Sie damit fertig war. Die Buchstaben, die Ihr Vater auf die Karten gezeichnet hatte zu lesen und auf das leere Blatt zu übertragen. Als Sie fertig war, schüttelte Sie ungläubig den Kopf.

„Wie konnte ich nur so Blind sein." Sagte Sie zu sich selbst. Es war soo einfach und Sie beide hatten sich so, so irgendwie fehlten Ihr die Worte. Mehrmals schlug Sie sich mit der flachen Hand auf die Stirn.

„Ahhh, GRETAS SCHOLLE." Sagte Sie halblaut vor sich hin. Kurz darauf hörte Sie Ihre Mutter wegen des Abendessens. Als Sie vom Essen zurück ins Zimmer kam schnappte Sie sich Ihr Handy und versuchte mittels App mit Patricia Kontakt aufzunehmen. Als diese kurz darauf antwortete schrieb Leonie Ihr was die Zeichen eigentlich bedeuten incl. des ‚Salatbesteckes'!

Die Antwort von Patricia lies lange auf sich warten.

„Ich weiß grad gar nicht was ich sagen/schreiben soll." Da aber half Ihr Leonie sofort weiter. Und schrieb Patricia zurück

„Such du im Netz nach den Namen wer da alles umgekommen ist, sowie nach dieser Greta. Ich schau und vergleich Farbe mit Schwarz/Weis." Patricias Antwort

„Mich schauderts, aber viel Glück, vielleicht können wir ja Kontakt über WhatsApp halten. Das dürfte deine Mutter am wenigsten mitbekommen, oder?" Leonie überlegte

„Hmm, denke da ich mein Handy immer bei mir habe, wird Sie das wohl nicht kontrollieren, die Überwachung ansonsten reicht doch schon!" damit beendeten Sie für heute den Kontakt. Als Leonie sich schlafen legte kreisten Ihre Gedanken um die Buchstaben und deren Bedeutung.

„Was hat Sie mit der Scholle wohl gemeint?" sagte Sie halblaut vor sich hin.

„Betrachtete Sie die Kammer oder den hinteren Teil der Kammer als Ihre ‚Scholle', Ihr Reich, wo niemand anderes rauf- oder reindurfte. War es Ihr persönlicher Rückzugsort, ein Versteck, wo Sie frei sein konnte, frei von was? Hatte Sie deshalb die Rune noch aufgezeichnet und als zweites Wort bewusst das Wort ‚Scholle' gewählt? War es ein Blitzgedanke oder hatte Sie es einfach aufgeschnappt und nur so benutzt? Was würden die weiteren Bildvergleiche bringen? Welche Namen würde Pati ans Licht bringen und welche Geschichten verbergen sich dahinter?" Über diese Gedanken und unbeantworteten Fragen schlief Sie schließlich ein. Aber die Gedanken bescherten Ihr eine unruhige Nacht, von Träumen gepeinigt wachte Sie mehrmals auf, aber leider konnte Sie sich an den Inhalt des jeweiligen Traumes nicht mehr erinnern. Als dann endlich der Morgen kam und Sie geweckt wurde, was es kein Wunder dass Sie wie gerädert wirkte und mehr schlafend als wach den morgendlichen Ablauf hinter sich brachte. Den Weg zur Schule legte Leonie im Halbschlaf hinter sich. Als es dann endlich zum Schulschluss läutete war Sie langsam aufgewacht. Eine Ihrer Freundinnen meinte spaßeshalber

„An dir sieht man heute, dass Schulschlaf der gesündere ist." Leonie sah Sie an. Und beide grinsten. Den Nachmittag und auch die folgenden Nachmittage verbrachte Leonie wie gewöhnlich mit Hausaufgaben und treffen mit Ihren Freunden, wo Sie die

Nachbarschaft unsicher machten. Aber Abends zog Sie die Mappe mit den Bildern hervor und verglich akribisch Abschnitt für Abschnitt, Bild für Bild.

Aber selbst nach zehn Tagen hatte Sie nichts Außergewöhnliches mehr entdeckt. Langsam näherte sich das Wochenende und von Patricia hatte Leonie schon lange nichts mehr gehört. Auch Nachrichten über WhatsApp kamen keine. Aber gut Leonie hatte auch bislang nur zwei kurze Nachrichten versendet. Der Inhalt war stets der gleiche „Ich find nichts." Daher dachte Sie sich auch nichts sonderliches dabei. Außerdem wusste Leonie ja, dass Patricia, die Woche über immer viel mit Schule zu tun hatte. Aber langsam wünschte Sie sich doch mal was gehört zu haben. Desweiteren nahte Ihr Papa-Wochenende und Sie wollte unbedingt mindestens einen Tag mit Patricia verbringen um von Ihr das neueste zu erfahren. Sicherlich normalerweise hatte Leonie stets mehr zu bieten als Patricia, doch in diesen Wochen hatte Leonie keine neuen Erkenntnisse um so mehr brannte Sie darauf von Patricia was zu erfahren, wie weit Sie mit den Namen und deren Hintergründe gekommen sei und außerdem wollte Sie unbedingt wieder in die Villa. Es war Ihr klar, dass nur dort der Schlüssel verborgen lag um alle Geheimnisse aufzudecken. Leonie beschloss Patricia erneut eine Nachricht über WhatsApp zu senden. Halblaut las Sie Ihr geschriebenes mit

„Hallo Pati, freu mich aufs Wochenende, kannst du Samstag und/oder Sonntag vorbeikommen. Brenne darauf das neueste von dir zu erfahren. GLG Leo" Ein paar freundliche Smilies verzierten Ihre Nachricht noch. Leonie starrte auf Ihr Handy und wartete darauf, dass

Patricia nun doch einmal antworten würde, aber selbst nach ein paar Minuten hatte sich noch nichts getan. Enttäuscht warf Leonie ihr Handy aufs Bett und noch im Fluge versuchte Sie danach zu greifen, es hatte gepiebt. Eine neue Nachricht. Da Leonie das Handy nicht mehr greifen konnte hechtete Sie kurzerhand hinterher und landete dicht neben dem erst kürzlich aufgeschlagenem Handy. Nervös öffnete Sie den Dialog und lass Patricias Nachricht.

„Sorry Leo, hatte mein Ladekabel verlegt, hab erst jetzt alles gelesen und ja, hab etwas zu berichten, aber leider nicht das was du dir wahrscheinlich erhoffst. Ich frag mal meine Mutter wann ich kommen darf und ob es erneut möglich ist zu übernachten, denke aber eher nicht. Schreib dir sobald ich mehr weiß. Auch von mir GLG Pati." Auch dieses Nachricht war mit Smylys übersäht, ein paar zeigten sich reumütig, aber der Rest war positiv animiert. Und so vergingen die nächsten Stunden für Leonie noch langsamer als es sonst üblich war im Hause Ihrer Mutter. Bei sich dachte Sie

„Hmm es sind doch bald Ferien, vielleicht darf ich da ein paar Tage bei Papa verbringen." Mit dieser Frage im Kopf ging sie zu Ihrer Mutter.

„Du Ma, kann ich die Herbstferien bei Papa verbringen?" tönte Sie schon bevor Sie überhaupt in die Nähe Ihrer Mutter gekommen war. Diese war sichtlich überrascht und wusste gleich nicht was Sie sagen sollte.

„Wie, was ist los, wo willst du wann sein?" fragte Ihre Mutter.

„Na ich will die Herbstferien bei Papa verbringen, was ist daran so schwer zu verstehen?" kam es unwirsch von Leonie. Ihre Mutter hackte nach.

„Die Erkenntnis kommt ja früh, dir ist schon bewußt, dass das in eineinhalb Wochen ist und weiß dein Papa darüber auch schon Bescheid? Hat er etwa so was schon gesagt oder gefragt?"

„Nein, hat er nicht, aber Papa ist mit Sicherheit damit einverstanden. Ich ruf Ihn gleich mal an." Antwortete Leonie und wollte sogleich das Telefon suchen.

„Stopp, stopp, stopp, du hast ja noch nicht einmal mich gefragt ob mir das Recht ist." Bremste Adelheid Leonie ein.

„Also noch einmal langsam, du willst in den ganzen Herbstferien zu deinem Papa, ja? Wie hast du dir das denn vorgestellt? Glaubst du wirklich dass dein Papa so begeistert ist wie du?" Sähte Adelheid Zweifel. Doch Leonie ließ sich davon nicht beindrucken und antwortete mit einem zuversichtlichen Ton

„Würd sagen, fragen kostet nichts, ich ruf schon mal an, dann sehen wir ja, was Papa dazu sagt. Außerdem sieh es mal von der Seite, dann kannst du eine ganze Woche ohne Streit mit mir verbringen, daß ist doch für dich auch mal eine Erholung, oder etwa nicht?" Und schon war Sie in Richtung Tisch, wo sie das Telefon erspäht hatte. Wählte sogleich die Nummer. Es läutete. Nach kurzer Zeit hörte Leonie wie das Telefon abgehoben wurde. An der Begrüßung erkannte Leonie die Stimme Ihres Vaters.

„Hallo Papa, ich darf doch die Herbstferien bei dir verbringen." Setzte Leonie die Zustimmung ihres Vaters bereits voraus. Der war zuerst kurz überfordert.

„Wie? Ähh wann genau sind denn die Herbstferien? Aber an sich spricht nichts dagegen." Kam es ziemlich zügig von Ihm und so klärten Sie den Zeitraum ab und beendeten danach das Telefonat. Leonie freute sich innerlich riesig, doch nach außen zeigte Sie sich verhalten. Bevor Ihre Mutter sich noch was einfallen lassen würde um das Ganze noch zu verhindern.

Ha, ganze zehn Tage hatte Sie dann Zeit um dem allen auf die Spur zu kommen. Da müsste das Geheimnis doch zu lösen sein. Dachte sich Leonie auf dem Weg in Ihr Zimmer. So, jetzt musste sie nur noch Patrizia dazubringen mindestens zwei Nächte am Stück bei Ihr zu verbringen, damit Sie tagsüber viiiel Zeit hatten die Villa an den einzelnen Punkten, die seltsam, geheimnisvoll und vor allem mystisch waren auszuloten. Zuvor jedoch war sie gespannt was Patricia alles zu Tage gefördert hatte. Doch bis dahin waren leider noch zwei Tage.

Die auch nicht richtig zu vergehen schienen. Leonie konnte sich auf nichts mehr richtig konzentrieren außer auf das Stundenlange kriechen des Sekundenzeiger. Das die Minuten vergingen kam Ihr noch länger vor. Durch diese auch von Interessenlosigkeit gefolgte Apartheit handelte Sie sich mehrere Rügen Ihrer Mutter und den Lehrern ein. Was aber nicht half, da Leonie an nichts anderes mehr denken konnte. Endlich war Freitag spätnachmittag und Ihr Vater kam um Sie abzuholen. Auf der Fahrt zitterte Sie leicht vor Aufregung, was natürlich auch Ihr Vater bemerkte und wissen wollte was los sei. Leonie antwortete ausweichend, dass Sie sich auf das Wochenende und das Treffen mit Patricia so sehr freue. Was sollte Sie schon sagen, wie wäre die Reaktion Ihres Vaters, auf das was Sie gerade machten und noch vorhatten. Schnell verdrängte Leonie die Gedanken daran was alles über Sie hereinbrechen würde.

Kaum zu Hause angekommen, dachte Sie diesmal mit und nahm gleich alles mit was nach oben gehörte. Trotzdem war Sie erneut schneller an der Tür. Da diese verschlossen war, musste Sie warten bis Alexander kam um Sie reinzulassen. Kaum drin war Sie auch schon oben und kramte Ihr Handy aus der Tasche ‚Mist' keine neue Nachricht von Patricia. So suchte Sie das Mobile Festnetz Telefon Ihres Vaters um Patricia, beziehungsweise deren Mutter anzurufen ob und wann Patricia kommen darf. Als Sie es gefunden hatte war Alexander auch schon in der Wohnung.

„Darf ich Pati anrufen und darf Sie hier übernachten?" überfiel Sie ihren Vater gleich. Der sah Sie nur kurz Kopfschüttelnd an.

„Ja und ja, allerdings unter der Voraussetzung, dass Luisa auch zustimmt." Stimmte Alexander der halben Bitte seiner Tochter zu deren Freude zu. Er hatte noch nicht mal geendet als Leonie bereits die Nummer aus dem Speicher gesucht hatte und wählte. Nach kurzem Läuten war Patricia am Hörer.

„Wollt dir grad eine Nachricht schreiben, übernachten geht leider nicht, aber morgen am Samstag kann ich kommen. Passt dass auch bei dir?"

„Warte ich frag noch mal zur Sicherheit." Damit drehte Leonie den Kopf in Richtung Küche, wo Sie ihren Vater vermutete

„Du Papa, darf Pati morgen kommen, oder hast du was geplant?" schallte es lauttönend durch die Wohnung. Kurze Zeit später erschien Alexander im Flur in jeder Hand hielt er eine Dose, die er gerade verräumen wollte, sah Leonie kurz über seine Brille hinweg an und antwortete in normaler aber gut verständlicher Lautstärke

„Von mir aus gerne, wie ich dir ja vorher bereits erlaubt habe und es wäre mir echt lieber wenn du deine Fragen zukünftig mir gegenüberstellst und nicht über drei Zimmer hinweg, das gesamte Haus um Erlaubnis frägst, OK?" die letzte Silbe hatte er mit Nachdruck hinzugefügt. Er wartete noch kurz das zustimmende Nicken ab und verschwand dann wieder in der Küche.

„Mein Paps stimmt zu, also dann bis morgen ALLERSPÄTESTENS um 10.00 Uhr! Wir haben morgen viel vor!" Gerade als Sie auflegen wollte viel Ihr noch was ein.

„Du Pati, hast du nach dem Namen Greta auch gegoogelt?"

„Na… ja… nur halbwegs, aber das erklär ich dir am besten morgen." Entgegnete Patricia vorsichtig und verhaltend. Leonie ärgerte sich ein wenig, sagte aber nichts. Sie war gespannt auf das was Patricia rausgefunden hatte. Selbst eine Stunde nach dem Telefonat mit Patricia malte Sie sich aus, was Sie mit den imaginären Ergebnissen alles anstellen könnten und wie weit Sie mit den Ermittlungen an diesem Wochenende kommen würde. Verträumt nahm Sie gemeinsam mit Alexander und Simone das Abendessen ein. Auch das Abendprogramm lief schemenhaft an Ihr vorbei. Was Ihrem Papa nicht entging. Da Sie ihm aber mehrmals bestätigte dass alles in Ordnung ist. Nahmen dies Alexander und Simone zur Kenntnis und ließen Leonie weiter in Ihren Träumen schwelgen. Die Folge war allerdings, dass Leonie als Sie später im Bett war. Sich so rein gesteigert hatte dass Sie zunächst nicht einschlafen konnte, aber irgendwann doch in einen unruhigen Schlaf fiel, wirr träumte und mehrmals in der Nacht aufwachte sich aber nicht mehr an die Inhalte der Träume erinnerte. Entsprechend gerädert wirkte Leonie am Morgen, als Sie wie von Ihr gewünscht um kurz nach neun Uhr geweckt wurde. Mit geschlossenen Augen nahm Sie Ihr Frühstück ein. Erst langsam kam Leonie in die Gänge auch die Morgentoilette schien das nicht zu ändern. Das ertönen der Türklingel allerdings schon binnen Sekunden fiel jegliche Müdigkeit von Ihr ab. Kurz darauf als Patricia in der Wohnung erschien zog Leonie Sie sofort in Ihr Zimmer.

„Und, und Pati was hast du alles rausgefunden, gab es viele?" Überrannte Leonie Sie förmlich. Patricia sah Sie nur mit großen Augen an und wartete darauf was sagen zu können. Nachdem Leonie nun doch schon ein paar Sekunden still war setzte Sie mit einem tiefen Atemzug an

„Muss dich leider enttäuschen, Namen hab ich außer einem Raketenwissenschaftler aus dem zweiten Weltkrieg nicht rausbekommen. Der hieß Wernher von Braun und der war auch nur hier und hat in dem Haus für ein zwei Nächte geschlafen, weil er angeblich hier geheiratet hat. Allerdings sind in verschiedenen Foren die Jahreszahlen nicht identisch, einmal war es 1947 und einmal 1948. Was mich auch etwas stutzig macht ist dass in dieser Zeit das Haus von den US-Amerikanern besetzt und benutzt wurde und der Wissenschaftler für die Nazis Raketen und Bomben entwickelt hat."

„Sind die nicht alle verhaftet und verurteilt worden?" fragte Leonie verwundert nach.

„Weiß nicht, soweit sind wir mit Geschichte noch nicht. Aber sowas steht doch im Internet, oder?" gab Patricia unsicher zurück. Leonie nickte nachdenklich.

„Glaub schon, aber so sicher bin ich mir nicht. Aber gut, das können wir dann später machen. Ich will so schnell wie möglich wieder in das Haus. Es gibt da für mich ein paar Ungereimtheiten die ich abgeklärt haben möchte. Komm los pack deine Sachen. Vergiss die Taschenlampe nicht."

„Funktionieren die wieder einwandfrei oder ist da nach wie vor ein Wackler drauf?" fragte Patricia erstaunt, fügte aber gleich hinzu

„Müssen wir wirklich da noch mal rein? Hatte gehofft du bzw. wir haben alles was wir brauchen um den Rest vorm Computer und/oder im Internet zu klären. Hhhh seit dem letzten Mal gruselts mich so richtig. Hast du die Vorkommnisse oben etwa vergessen. Vielleicht ist alles auch nur Zufall …"

„NUR ZUFALL, … ZUFALL … sag mal bist du, … warst du …, hast du zum Beispiel die Fotos, oder das Video vergessen, die, die, die … ach …" unterbrach Leonie Patricia

„Dann sag mir doch welche Ungereimtheiten du noch entdecken und aufklären willst? Vielleicht verstehe ich es dann besser." Schleuderte Patricia Ihr entgegen.

„Ach man Pati, komm mit, dann versuch ich es dir zu zeigen. Ich bin mir doch da auch nicht ganz sicher, allerdings hab ich halt eine Theorie, und die möchte ich oder besser gesagt, die muss ich geklärt haben, sonst geht hier gar nichts weiter, leider." Und mit Dackelblick

„Mensch Pati, ohne dir geht es nicht, du hast mich sogar darauf aufmerksam gemacht. Ich war von anderen Sachen so abgelenkt, dass ich zuerst gar nicht bemerkt habe, aber trotzdem möchte ich das überprüfen, komm schon ohne dir geht es einfach nicht, biiitteeee." Patricia rollte mit den Augen

„Also gut, aber nur wenn du mich darauf hinweist wenn du das wieder bemerkst was dir aufgefallen ist!" So packten beide einen kleinen Rucksack mit allen was Sie benötigten, Stifte, Papier, Tücher, Taschenlampen und noch etwas zum Trinken. Kaum traten Sie aus der Tür stand Alexander vor Ihnen, der Sie gerade fragen wollte ob Sie was bräuchten oder was machen wollten. Leonie erklärte dass sie das Wetter ausnutzen und sich wieder draußen aufhalten wollten. Was Ihr Vater natürlich begrüßte.

„Aber um zwei Uhr seid Ihr wieder da, da gibt es dann Kuchen." Gab Alexander beiden noch auf den Weg. Patricia und Leonie beeilten sich um die Villa zu erreichen. Unauffällig schlenderten Sie zuerst zum Spielplatz, hockten sich auf die Schaukel und sahen sich vorsichtig um. Auf dem Parkplatz standen drei große Autos sonst war niemand zu sehen. Die Gelegenheit nutzten Sie um auf Ihren üblichen Weg wieder ins Haus zu schlüpfen. Im Keller herrschte das matte Licht wie Sie es bereits kannten. Patricia kramte bereits in Ihrem Rucksack nach der Taschenlampe als Leonie in den Keller rutschte.

„Ach verdammt ich find das Mistding in meinem Rucksack nicht." Zischte Patricia.

„Dann lass uns auf den Gang gehen, da kannst du dann im hellen danach suchen." flüsterte Leonie und begab sich in Richtung Tür. Dort angekommen nahm Sie die Klinke in die Hans als aus dem Hintergrund Patricia zu hören war.

„Jaa, hab die Lampe gefunden." Im selben Moment flammte das Licht auf. Leonie erschrak leicht, beruhigte sich aber sofort wieder. Trotzdem dass es im Kellerraum

245

eine gewisse Grundhelligkeit dank des großen Fensters gab konnte man den Lichtkegel deutlich erkennen. Leonie winkte Patricia zu sich her. Beide lauschten ob sich draußen was tat, da kein Laut zu vernehmen war, öffneten Sie vorsichtig die Tür huschten hinaus. Auch dieses Mal zuckten sie zusammen. Sahen sich aber gleich grinsend an.

„Wohin?" fragte Patricia leise. Leonie deutete zum Raum schräg gegenüber. Wo sie sich auch sofort hinbegaben. Vorsichtig öffneten Sie die Tür schlichen in den Raum. Als Leonie die Tür wieder schloss sahen sich beide mit den Taschenlampen im Raum um. Nachwievor war der Raum ungenutzt.

„Was willst du hier? Da ist doch nichts zu sehen?" fragte Patricia irritiert nach. Leonie schmunzelte.

„So dann pass mal auf deine Taschenlampe auf." Wies Leonie Patricia an, die jetzt noch irritierter dreinsah, nach kurzem zögern der Aufforderung folgte. Nachdem Patricia Ihrer Aufforderung folge geleistet hatte ging Sie im Raum in Zielstrebig zu dem Schrank der in der Nische stand. Kurz bevor Leonie den Schrank erreichte räusperte sich Patricia

„Ähhh Leo … warte, das Licht wird schlechter. Verdammte Lampe, ich dachte du hättest gesagt die funktionieren?" Leonie schmunzelte, sagte aber nichts und ging weiter in Richtung der Nische. Erneut tönte Patricia

„Jetzt bleib doch mal stehen. Das Licht wird immer schlechter und auch durch das Fenster kommt weniger Licht wie vorher." Jetzt ging Leonie aufs ganze

„Gut, dann helf ich dir, damit du wieder besser siehst." Gab Sie provokativ zurück. Patricia sah verwirrt drein, soweit Leonie dies im schwachen Schein erkennen konnte. Aber Leonie wollte sich und Patricia ihre gedachte Theorie beweisen und drehte sich um und ging auf Patricia zu und damit Entfernte Sie sich gleichzeitig von der Nische.

„Upps, jetzt wird's wieder besser. Glaub die Batterien sind nicht mehr die Besten." Trotzdem ging Leonie fast grinsend weiter auf Patricia zu.

„Anscheinend hat sich die Wolke von draußen auch verzogen, denn der Keller ist auch wieder heller geworden." Leonie sagte nach wie vor nichts. Drehte sich um und ging wieder in Richtung Nische. Es dauerte nicht lange bis Patricia sich wieder zu Wort meldete.

„So ein Scheiß, … Leo hast du andere Batterien dabei, oder kann ich deine Dynamo Taschenlampe haben?" Leonie ballte die Faust und zog den Arm Siegerposen mäßig durch. Ging weiter endlich hatte sie die Nische erreicht. Sah sich um und suchte den glänzenden Stein und gerade als sie ihn berührte versuchte Sie diesen zu bewegen.

„Jaaa" dachte sie sich das Ding ist beweglich,

„hmm, ahhh, mmmh, soll ich, aber wie?" Auf einmal riß Sie die Augen auf.

„Verdammt nochmal ist es so einfach?" doch bevor Sie Ihre Gedanken weiterführen konnte, hatte Patricia kaum wahrnehmbar zu quietschen und japsen begonnen. Ohne Sich umzudrehen

„Was, was, was?" fragte Leonie genervt.

„Ich weiß ja, dass es wieder dunkler geworden ist …" doch irgendwie war es anders, irgendwie … heller und dunkler. Patricia stammelte nur noch

„Du, du Leo, bit… bitte dreh dich um… aber … nicht aufregen …, aaarg." Leonie drehte sich um, während der Bewegung antwortete Sie mehr als genervt

„Ach verdammt Patricia, ich geb dir gleich meine Lampe, aber die wird dir a…" und wurde schlagartig kreidebleich.

Kapitel 16

Greta's Geheimnis

„L… L… L… Leo, w… www… was… i, i, ist das?" brachte Patricia keuchend hervor.

„Was, was, was, verdammt noch mal, du sollst auf das Licht achten, ich probier hier grad was und sag dir gleich was und warum." Gab Leonie gereizt zurück.

„Da, da, da, das mu, mu, mu mus, st du, du, du, du dir s, s, sel, sel, bst an, an, an, an, seh, anse, seh, hen." Kam es zittrig von Patricia.

Leonie antwortete nicht. Ihre Augen waren weit aufgerissen. Es dauerte gefühlte 15 Minuten bis sich Leonie wieder gefasst hatte.

„Ähh, … hallo, … bist du Greta?" stammelte Leonie mit zittriger Stimme. Doch das Gegenüber gab keinen Laut von sich.

„Wir wollen nichts Böses." Redete Leonie jetzt mit etwas sicherer Stimme weiter. Doch noch immer gab es keine Antwort. Anstelle war aber Patricia angstvoll zu hören.

„Llll lass uu uns lie lie lieber gehen Leo, vie vie vie viellei ei eicht kann uns das W w we we we wesen nicht v v v verste ste ste ehen."

„Doch" schwang es laut, machtvoll und düster durch den Raum. Patricia schlug sich mit beiden Händen auf den Mund um einen Schrei zu unterdrücken. Auch Leonie war angstvoll zusammengezuckt. Sie versuchte nun Ihr Gegenüber genauer anzusehen und in dem grünlichem Dunst konnte Sie das Gesicht eines Mädchens erkennen, die Gesichtszüge soweit erkennbar waren feiner aber hart geprägt. Auf der einen Seite konnte Sie so eine Art geflochtenen Zopf erkennen. Die Mimik wirkte vorwurfsvoll und aggressiv. Leonie nahm nochmal allen Mut zusammen

„Wirklich, wir wollen nichts böses, uns haben nur die Geschichten über die ungeklärten Todesfälle neugierig gemacht und dem …"

„Verschwindet." donnerte es jetzt richtig durch den Raum. So laut, dass es sogar von den Wänden wiederhallte. Noch bevor der Widerhall verstummt war, verschwand die grünlich schimmernde Gestalt. Leonie und Patricia waren bei der Heftigkeit zusammengezuckt. In dieser Stellung verharrten beide noch einige Zeit. Endlich fand Patricia wieder ein paar Worte und flüsterte zu Leonie

„Wir sollten uns an das halten, was …" sie stockte als Leonie Ihr mit einer Handbewegung zeigte Sie solle still sein. Leonie bewegte sich nahezu lautlos in Richtung der Tür und lauschte.

„Mist!" presste Sie hervor, winkte Patricia zu sich. Die jetzt auch die Schritte vernahm. Es kam jemand, aber wie und wo konnten Sie sich verstecken? Beide sahen sich nervös um. Die Schritte kamen näher und schon hörten Sie wie eine Tür geöffnet wurde. Es würde nur noch Sekunden dauern bis Sie beide entdeckt würden. Da entdeckte Leonie einen Holz keil der zum ein spreizen für Türen verwendet wurde. Ruck zuck hatte Sie diesen geholt und unter die Tür geschoben. Gerade noch rechtzeitig, denn fast im selben Moment ging die Klinke nach unten, Leonie und Patricia hielten die Luft an und pressten sich zusätzlich noch gegen das Türblatt damit es noch mehr danach aussah als wär die Tür verschlossen. Mehrmals wurde an der Tür gerüttelt.

„Hmm, komisch dachte der Raum sei offen, gestern glaube ich war er sogar noch offen." Hörten Sie die Worte dumpf durch die geschlossene Tür.

„Dann lass mich mal ran." War eine andere Stimme zu hören. Erneut wurde an der Tür gerüttelt.

„Also, die Tür ist zu. Von darin kann es also auch nicht gekommen sein."

„Dann doch von draußen, wie schon vermutet."

„Das glaub ich zwar nicht, aber …" mehr hörten die beiden nicht mehr, da sich die Zwei Personen während Sie sich unterhielten entfernten. Trotz angestrengtem hören, nahmen Sie zwar war, dass sich noch unterhalten wurde aber nicht mehr worüber. Erleichtert sackten beide still zusammen und ließen sich auf den Boden gleiten. Lange Zeit sagte keiner ein Wort.

„Ich will nicht mehr, so knapp! Ich glaub ich bin um 20 Jahre älter." Keuchte Patricia. Leonie reagierte nicht.

„Hallo, Leo, hast du mich verstanden?"

„Ja, hab dich verstanden. Was macht deine Taschenlampe?"

„Hä, tickst du noch? Wir wären grad erwischt worden und die willst wissen ob die Lampe geht?" Als Patricia sah das Leonie sie auffordernd und nickend ansah. Schnaufte Sie kurz durch, verdrehte die Augen und schaltete die Taschenlampe mit den Worten

„Geht ja eh nicht mehr." ein. Doch zu Ihrem erstaunen funktionierte die Lampe einwandfrei und gab dem Raum einen gewissen Grad an Helligkeit.

„Also dann, los geht's." Mit diesen Worten stand Leonie auf ohne weiter auf Patricia oder deren Äußerung einzugehen. Etwas fragend sah zwar Patricia drein stand aber dann auch auf. Vorsichtig und leise zogen sie den Keil unter der Tür hervor, was beiden einiges an Schwierigkeiten bereitete, da sie diesen vorher vor lauter Angst diesen so heftig reingedrückt hatten, dass dieser jetzt Bombenfest saß. Gerade als der Keil sich lockerte wetterte Patricia los

„So eine Sch… Lampe, jetzt ist das Licht schon wieder so schwach." Leonie drehte sich schlagartig um und schon dröhnte es in beiden Ohren.

„NOCH IMMER DA?" erschrocken wirbelte Patricia herum und unterdrückte entsetzt einen Aufschrei. Zugleich machte Sie der Gestalt farblich Konkurrenz, denn Ihr Gesicht färbte sich erst kreidebleich um aber dann ins grüne umzuschlagen.

„So nah wa wa war ich n n n n noch niee, ich… ich… ich… gl gl glaub ich… m m mir ist ü ü ü übel." brachte Patricia mühsam hervor, bevor Sie würgte und schluckte. Leonie hatte währenddessen das Gesicht der Erscheinung nicht aus den Augen gelassen.

„Du bist ganz schön gehässig." Kam es trocken von Leonie.

„Chhhhhh" mit diesem Laut stürmte die Gestalt auf Leonie los und kam nur Zentimeter vor Leonies Gesicht zum Stillstand.

„GEHT, so lange Ihr noch könnt!" Kam es jetzt kraftvoller und bestimmter mit einem unheimlichen Unterton. Leonie setzte alles auf eine Karte holte tief Luft und antwortete jetzt bestimmt und laut

„NEIN! Erst wenn wir mehr wissen." Das Wesen wich zuerst zurück, anscheinend hatte es lange oder noch nie eine solche Reaktion erlebt, aber nur um erneut mit Anlauf auf Leonie zu zu schweben. Keine zwei Zentimeter vor Leonies Gesicht kam das Wesen mit grimmigen Blick zu stehen. Beide musterten sich nun gegenseitig intensiv.

„Zumindest hast du keinen Mundgeruch." Kam es taff von Leonie was die Erscheinung kurz irritierte.

„Was hast du zu verbergen, hast du was verbrochen oder wurde an dir was verbrochen?" hackte Leonie nach.

„Du hast keine Ahnung, GEHT!" mit diesen Worten verschwand die Gestalt durch die Decke.

„Los, Ihr nach." Mit diesen Worten riss Leonie die Tür auf, zum Glück war der Keil mittlerweile so locker das er beim öffnen der Tür förmlich durch das Zimmer flog.

„Wo bleibst du?" tönte es von Leonie, die man bereits auf den Stufen hörte, Patricia fasste sich mit Ihren angstvoll aufgerissenen Augen ein Herz und eilte Leonie nach. Schritt halten war unmöglich Sie dachte nur hoffentlich hört und entdeckt uns niemand! Doch zum Glück blieb Leonie kurz vor dem Erdgeschoß stehen, lauschte und sah vorsichtig ums Eck. Gerade als Sie wieder los wollte hatte Patricia Sie erreicht und hielt Leonie am Arm fest. Keuchend fragte Sie

„Wohin willst du? Warum so schnell? Wär es nicht besser zu gehen?"

„Oben, Zeit und Nein." Mit diesen kurzen Antworten löste sich Leonie aus Patricias Griff und bewegte sich rasch und beinahe lautlos ums Eck sowie weiter nach oben. Patricia zuckte ratlos mit den Schultern und folgte Ihr ebenso leise. Ohne weiteren Halt ging es direkt ins Dachgeschoss. Leonie steuerte ohne Umweg den linken hinteren Raum an. Patricias Augen waren schlagartig weit aufgerissen.

„L L Lelelele Leo, STOP, bist du wahnsinnig, du weißt doch was beim letzten Mal passiert ist." Leonie blieb stehen, drehte sich zu Patricia um und grinst schelmisch.

„Hast du die Taschenlampen da?" Patricia sah jetzt noch verwirrter aus. Schüttelte den Kopf und kramte in Ihrem Rucksack. Kurz darauf förderte Sie eine weitere Taschenlampe zu Tage die Sie Leonie gab. Leonie schaltete Sie ein und nahm mit einem zufriedenen Lächeln den matten schwach schimmernden Schein der Lampe zur Kenntnis.

„Pati, jetzt brauch ich dich! Das ist wirklich wichtig, du brauchst auch keine Angst zu haben. Stell jetzt bitte auch keine Fragen sondern tu es einfach worum ich dich jetzt gleich bitte und bei Gott ich schwöre dir, danach nimmt der Spuk ein Ende beziehungsweise ist für uns erledigt!"

„Wie soll das denn gehen? Etwa so wie beim Gespenst von Cantervill?" gab Sie mit einem sarkastischen Unterton zurück. Leonie nahm den Unterton mit einem Lächeln zur Kenntnis.

„Hmm, so in etwa könnt es klappen. Du musst jetzt nur wieder in den einen Raum gehen und in der Nische wo ich vorher war den Stein oder was auch immer das ist hin und her drehen."

„Ab ab ab ab ab abber dann kommt doch d da d d d d das Wesen!!" stotterte Sie herum. Leonie wiegte den Kopf hin und her.

„Wenn, dann aber nur kurz, da kannst du dir sicher sein. Du kannst auch die Augen zumachen. Auf jeden Fall brauch ich dich dann wenn das Wesen wieder weg ist hier her oben."

„Wie soll ich bei geschlossenen Augen bemerken ob und wann das Ding kommt oder geht." Quietschte Sie erstaunlich flüssig aber dafür aber fast außerhalb der menschlichen Wahrnehmung. Leonie lachte leise.

„Achte einfach auf den Schein deiner Lampe. Sobald diese wieder kraftvoll leuchtet kommst du einfach nach oben." Patricia sah Sie fassungslos an. Aber die Ruhe und Überzeugung die Leonie in Ihre Worte gelegt hatte wischte einen Großteil der Angst beiseite. Machte sich auf den Weg nach unten, doch noch auf den ersten Stufen drehte Sie sich nochmal zu Leonie um

„Was hat das Ganze mit dem unzuverlässigem Licht zu tun."

„Überleg mal." Begann Leonie

„Wann hat das Licht immer einwandfrei funktioniert, oder kam durch die Fenster genügend Licht und wann wurde es schlechter." Patricia überlegte, setzte mehrmals an um letztendlich doch Kopfschüttelnd aufzugeben.

„Dann mach mal deine Lampe an und beobachte den Lichtkegel." Patricia gehorchte. Der Leuchtkörper innerhalb wurde hell nicht stark aber deutlich genug.

„So, komm auf mich zu und beobachte die Stärke des Lichtes." Gesagt getan und je näher Patricia der Kammer kam, desto schwächer wurde der Schein. Zuerst dachte Sie, dass Sie sich das nur eingebildet hätte. Aus diesem Grund machte Sie kehrt und ging wieder zur Treppe, wieder zurück. Als Sie zum dritten Mal bei Leonie angekommen war stammelte Sie

„W W Wie i i i ist das m m mög m mög lich?"

„Das liebste Pati, kann ich dir auch nicht erklären, aber immer wenn ich mich beobachtet gefühlt habe, oder wir die Präsenz gespürt haben sowie gesehen haben, schien es als würde ein immer dunkler werdender Schleier über jegliche Leuchtquelle gelegt werden. Erinnerst du dich an den Keller als wir dachten eine Wolke habe sich vor die Sonne geschoben, als dann aber auch das elektrische Licht nur bedingt funktionierte hab ich es bemerkt und mit den Taschenlampen konnt ich es richtig beobachten. Drauf gekommen bin ich als wir unsere Beobachtungen zu Papier gebracht haben. So nun weißt du was es mit den Lampen auf sich hat und wie du feststellst ob das Wesen in der Nähe ist oder nicht." Leonie machte eine kurze Pause, ließ Patricia Zeit das Ganze sacken zu lassen.

„Bereit, für den Keller?" wollte Sie dann kurze Zeit später wissen. Patricia nickte und trottete nachdenklich und leise in Richtung Keller. Leonie wusste sofort wann

Patricia begonnen hatte mit dem Stein zu spielen. Denn schlagartig leuchtete die Lampe hell auf. Leonie holte tief Luft und ging in die Kammer und dort zu dem Verschlag. Sie leuchtete hinein, sah aber nichts auch das Ableuchten der Bretter brachte keinen Eingang zu Tage, so rüttelte Sie an den Brettern. Sie schmunzelte als die Taschenlampe zu flackern begann, genau das wollte sie erreichen. Das Wesen wusste nicht was wichtiger ist. So klopfte und leuchtete Leonie den Verschlag weiter ab und fand eine Latte, die sich gelockert hatte just in dem Moment als Sie die Nägel gelöst und die Latte zur Seite gelehnt hatte sah Sie in das entsetzte Gesicht eines kleinen Mädchens. So eindeutig hatte Leonie das Gesicht noch nie gesehen. Sie war schon darauf gefasst dass es wieder laut wurde, doch die Mimik des Wesens war ängstlich fast schon flehend und genauso klangen die Worte

„Ihr wisst nicht worauf Ihr euch einlasst. Bitte geht."

„Was ist mit dir geschehen, Greta?" wollte Leonie wissen. Erstaunt sah das Wesen Sie an.

„Woher weißt du wie ich heiße?"

„Du hast deinen Namen in die Bretter geschrieben, man sieht es zwar kaum, aber auf den Fotos haben wir es entdeckt."

„Fotos? Ich habe keine Kameras gesehen! Ihr müsst aber Reich sein." Leonie runzelte die Stirn.

„Wieso Reich?" fragte Sie

„Du hast doch gesagt Ihr habt Fotos gemacht, ihr habt die Mehrzahl benutzt. Und ein Foto kostet ein paar Millionen Reichsmark."

„Ein paar Millionen Reichsmark?" wiederholte Leonie ungläubig.

„Was sind Reichsmark?" war die nächste Frage.

„Du bist lustig." kam es von Greta

„Reichsmark ist unsere Währung. Wie wollt Ihr denn sonst etwas bezahlen?"

„Naja mit dem Euro halt." Gab Leonie zurück

„Was ist Euro?"

„Die Währung die in Deutschland und Europa gültig ist. Und ein Foto, das kann man zu Hause ausdrucken, das kostet fast nichts." Beantwortete Leonie die Frage

„Ausdrucken? Was ist denn das schon wieder?" fragte Greta weiter.

„Oje, das könnt jetzt zu lange dauern. Sag mal lieber was dir passiert ist und wann?"

„Was kann ich dir nicht sagen, das weiß ich selber nicht. Aber gestorben bin ich 1948 im Sommer, ich war hier oft in dem Haus hab gespielt, auch als die Soldaten und Ärzte hier waren. Die haben nicht einmal bemerkt dass ich mich immer wieder heimlich rein geschlichen habe, hier her oben kam selten einer her, da hatte ich meine Ruhe. Hier habe ich mir eine kleine Zuflucht gebaut es war schön, und ruhig, hier konnte ich träumen und ab und zu konnte ich einen Keks ergattern den ich hier so richtig geniesen konnte. Eines Tages standen hier zwei Fässer. Ich hab eines geöffnet. Es hat weder gestunken noch nach irgendwas geschmeckt. Doch kurz darauf wurde mir mehr als übel und und und mehr weiß ich nicht." Bei diesen letzten Worten drehte Sie sich von Leonie weg.

„Wow, das hätt ich nie gedacht." Erklang Patricias Stimme von hinten. Erschrocken drehten sich Leonie und Greta um.

„Puhh, ich dacht schon jetzt ist alles aus und einer der Knallköpfe von unten hätt uns erwischt."

„Ne, die hab ich beobachtet wie Sie weggefahren sind." Antwortete Patricia jetzt sehr selbstbewusst.

„Ähh, Hallo ich bin übrigens Pati." Stellte sich Patricia unsicher winkend vor.

„Upps, peinlich ich bin Leo. Wieso hast du eigentlich das ganze deine Scholle genannt? Und was hat es mit dem Stein auf sich, ist dahinter etwas versteckt?"

„Es haben schon andere versucht mir zu helfen, die sind alle gestorben, also geht lieber euch soll nicht das gleiche Schicksal ereilen!"

„Also ist da was versteckt, gut dann mach ich es jetzt auf und schau es mir …" weiter kam Sie nicht, denn Greta hatte wieder die bedrohliche Maske aufgesetzt und war auf Leonie losgestürmt.

„NEIN, LASS ES GUT SEIN. Außerdem weißt du eh nicht wie es aufgeht, da haben sich die anderen auch die Zähne ausgebissen." Dröhnte es durch den Raum.

„Du spielst auf die zwei Polizisten an, die Geschichte kennt man ja. Achja, wenn du gewollt hättest dass es niemand erfährt dann hättest du aber den Code nicht aufschreiben dürfen." Grinsend schwebte Greta nun vor Leonie

„Ja, ich hab Ihn notiert, aber du weißt nicht … woher weißt du dass ich den Code notiert habe?" beim zweiten Teil des Satzes entglitten Ihr die Gesichtszüge. Jetzt grinste Leonie Greta an.

„Was waren das denn für Steine im Kamin? Du hast gesagt die anderen haben sich auch die Zähne ausgebissen, hast du Ihnen nicht geholfen?"

„Nein, ich wollte nicht dass Ihnen was passiert. Und wie du siehst, hätten Sie die Finger davon gelassen wären Sie noch am Leben!" gab Greta ihre selbsterfüllende Prophezeiung von sich. Doch davon ließ sich Leonie nicht beeinflussen.

„Hast du dir schon mal darüber Gedanken gemacht, dass vielleicht beide noch leben könnten wenn du Ihnen geholfen hättest?" Für einige Minuten herrschte betretenes Schweigen im Raum.

„Macht doch was Ihr wollt, aber da rein kommt keiner! Nur über meine Leiche." Gab Greta trotzig zurück.

„Da seh ich kein Problem, denn du bist ja leider schon gestorben." Konterte Leonie und mit einem Knurrendem Geräusch zog sich Greta zurück. Leonie schnappte sich Patricia und beide eilten in den Keller. Vor der Nische angekommen sahen sich beide Teens an, nickten Leonie holte Ihre Notizen aus der Tasche und kramte den Zettel hervor wo Sie den Code aufgeschrieben hatte. Vorsichtig bewegte Sie den Stein gemäß Ihren Aufzeichnungen, kaum hatte Sie die letzte Anweisung befolgt knackte es und ein Teil der Rückwand schwang etwas nach vorn aber nur ganz minimal. Patricia fasste an der Öffnung die Platte und zog diese weiter auf. Dahinter sahen Sie ein paar Regale auf diesen lagen Klemmbretter und Papiere.

„Was sollen wir machen?" flüsterte Patricia

„Ich hab keine Ahnung. Weiß ja nicht was da drauf steht. Phhh, fotografieren und einpacken, zu machen und zu Hause überprüfen was es ist." War Leonies Vorschlag, Patricia nickte verhalten. Aber schließlich holte Sie Ihr Handy raus und beide Teens fotografierten alles wie es war und packten alles vorsichtig in den Rucksack. Keiner wagte einen Blick auf die einzelnen Blätter zu werfen. Die Angst war riesig. Als die Fächer leer waren, schoben Sie die Tür wieder zu. Es knackte erneut. Die Wand sah wieder wie vorher aus. Nichts deutete daraufhin, dass hier ein Versteck beziehungsweise ein Geheimversteck war.

Mit Ihrer Beute im Rucksack machten sich beide auf dem Weg zu Leonies Vater. Dort sofort ins Zimmer wo Sie alles durchsehen wollten. Vorsichtig holten Sie Ihre Schätze aus dem Rucksack und begannen zu sortieren. Was Sie sahen waren Tabellen, Kalkulationen, Berichte zum Großteil war alles auf Englisch aber das eine oder andere war in der komischen Schrift auf Deutsch.

„So ein Mist, das was auf Deutsch ist kann doch keiner Lesen!" Polterte Patricia.

„Ruhig, mein Vater hat doch gesagt es handelt sich um eine bestimmte Schrift. Googeln wir doch mal das Schriftbild und übersetzen Buchstabe für Buchstabe in unser Schriftbild. Was hältst du davon?"

„Das dauert ja Stunden!" gab Patricia verzweifelt zurück. Leonie lächelte.

„Mit der Zeit werden wir einige Buchstaben ohne Vergleich schnell zuordnen können." Also machten Sie sich an die Arbeit, das Schriftbild hatten Sie bald gefunden und das zugehörige Alphabet ausgedruckt so machten sich beide unabhängig voneinander an die Arbeit. Leonie hatte sich den Bericht geschnappt der oben auf lag. Akribisch übersetzte Sie die Buchstaben in das heutige gewohnte Schriftbild. Sie behielt Recht, schon nach kurzer Zeit brauchte sie das Alphabet nicht mehr, denn die meisten Buchstaben erkannte sie und die die Sie nicht sofort lesen konnte, erkannte Sie aus dem Zusammenhang. Immer flüssiger wurde Ihr geschriebenes. Innerlich fühlte sie sich wie ein Ägyptologe beim Übersetzten von Tontafeln. Als Sie bei der Unterschrift angekommen war und damit fertig übersetzt hatte, sah sie auf Patricia war noch dabei und tat sich etwas schwerer, was auch nicht verwunderlich war, denn Sie hatte sich eine Tabelle mit Kalkulation geschnappt, also nichts wo man Buchstabenzusammenhänge erkennen konnte. So machte sich Leonie daran das übersetzte im Zusammenhang zu lesen und je mehr sie davon las, desto blasser und fassungsloser wurde Sie!

Kapitel 17

Wer hat's erfunden?

„Das ist der Hammer! Das glaub ich jetzt nicht!" rief Leonie entsetzt aus.

„Solche A…" Patricia sah Leonie jetzt fragend an.

„He Leo, was ist denn los? Warum schimpfst du so?"

„Na da, lies und dann möchte ich sehen wie gelassen und ruhig du bleibst!" Mit diesen Worten drückte Leonie den übersetzten Bericht Patricia in die Hände. Diese nahm und begann zu lesen. Leonie ließ Sie keinen Moment aus den Augen und verfolgte wie Patricia immer größere Augen machte je weiter sie las, zwischendrin sah Sie immer wieder ungläubig Leonie an. Kaum hatte Sie die letzte Zeile gelesen begann Sie heftigst Ihren Kopf zu schütteln. Es dauerte noch einige Minuten bis Sie ihre Fassung wieder gefunden hatte und ein paar Worte herausbrachte.

„Solche Schweine. Die haben da einfach was zusammengemixt ohne darüber nachzudenken, haben dann festgestellt dass es, ‚nicht gut ist' wie es wortwörtlich in dem Bericht steht. Sie auch nicht wissen wie Sie es vernichten können, so dann füllen wir die Scheiße ab und lagern es einfach mal ein. Achja da ist ja dann noch ein ungebetener Besucher der ‚sehr wahrscheinlich daran verendet ist'. Um nochmals zu zitieren. … Ich … ich … Ahh, der Wahnsinn. Wer hat eigentlich den Bericht geschrieben? Hat der das Zeug auch mit gemixt?"

„Hier ist das Original, ich kann die Unterschrift schlecht lesen, die ist halb verblasst. Ob der Typ dabei war keine Ahnung, aber er hat mit den anderen das Zeug untersucht oder angeschaut. Laut seinem Bericht denke ich war er mehr zur Untersuchung wegen des Transportes da." Beantwortete Leonie die Frage. Patricia blickte Nachdenklich drein.

„Welchen Transport denn?"

„Keine Ahnung, es kam mir halt so vor, da er viel vom Gewicht geschrieben hat und der Verteilung."

„Davon habe ich auch gelesen. Moment mal, … war da nicht der Typ …" und schon kramte Sie in Ihren Unterlagen.

„Habs, Wernherr von Braun, haut das mit der Unterschrift hin." Leonie und Patricia besahen sich gemeinsam die schwache Unterschrift.

„Hmm, ich weiß nicht. Also nach Braun sieht das nicht aus, oder?" meinte Leonie

„Ne, auch wenn ich die Schnörkelschrift mit in Betracht ziehe, so … mmmh, ne hmmm …"

„… irgendwie sieht mir der erste Buchstabe eher wie ein ‚S' aus und auch länger als Braun, komm Pati jeder schnappt sich jetzt ein Blatt und versucht als Braun in Schnörkelschrift und in Schreibschrift zu unterschreiben. So kommen wir wahrscheinlich eher hin ob der den Bericht verfasst hat." Gesagt getan, es dauerte etwas bis beide sich an die Schrift gewohnt hatten und flüssiger in verschiedenen Varianten den Namen Braun unterschriftsreif zu Papier zu bringen. Doch selbst mit der derzeit üblichen Schreibschrift konnten Sie die Unterschrift nicht eindeutig zuordnen.

„Mist, für was war denn dieser Braun zuständig?" wollte Leonie wissen und schon widmeten sich beide dem Internet und Googleten den Namen, die Flut von Treffern zu den unterschiedlichsten Personen mit den Namen Braun führte zu keinem befriedigendem Ergebnis, so grenzten Sie die Suche mit Landshut und dem Jahr 1947 etwas ein. Was dann zu erheblich weniger Treffern führte und schließlich zu einer Seite von Wikipedia, die das Leben und Wirken von Wernherr von Braun kurz umriss.

„Also Raketenwissenschaftler war er im dritten Reich für die Entwicklung der Vergeltungswaffe der sogenannten V2 verantwortlich. Danach hat mit den Besatzungsmächten vor allem den USA zusammengearbeitet." Fasste Patricia kurz zusammen.

„Ha, ... also doch Transport aber mit einer Rakete." kam es fast schadenfroh von Leonie.

„Zuerst arbeitet er mit den Deutschen zusammen und nach dem zweiten Weltkrieg gleich mit den US-Amerikanern. Irgendwie verstehe ich das nicht.

Normalerweise wurden doch alle Nazis und diejenigen die mit denen Zusammenarbeiteten doch in den Knast gesteckt." Gab Patricia fragend von sich.

„Hmm, vielleicht hat er sich gut verkaufen können, dass er wichtig ist. Einstein hat auch mit den US-Amerikanern zusammengearbeitet. Aber die Frage hatten wir schon." warf Leonie in den Raum.

„Und noch immer keine Antwort darauf, was Einstein betrifft der ist doch schon früher ausgewandert, oder?" schon hingen beide wieder im Netz bei Google.

„Also Einstein ist 1932 auf eine Reise in die USA gegangen und als Hitler die Macht ergriff hat er laut Wikipedia den deutschen Pass abgegeben und somit ausgewandert. Hat sich also mit den Nazis überhaupt nicht abgegeben." Resümierte Patricia. Leonie nickte.

„Gut, machen wir uns dran und übersetzen den Rest ins Deutsche."

„Hast du einen englischen Text?" fragte Patricia mit leichtem Stirnrunzeln. Leonie schmunzelte

„Ne, ne bislang nicht. Aber der Rest hat mit dem heutigem Deutsch auch nicht mehr viel gemein, oder?" Jetzt schmunzelte auch Patricia, nickte zustimmend und beide machten sich wieder über die Unterlagen her. Patricia über die bereits fast vollständig übersetzte Tabelle. Leonie kramte und suchte sich wieder ein Blatt aus, wo viel Zusammenhängender Text stand. Es war wieder ein Bericht in Deutsch, zumindest zu Anfangs. Je weiter Leonie kam desto mehr Ausdrücke und Begriffe die Sie noch nie kannte standen darauf. Aber in erster Linie ging es mal um die Übertragung in das Schriftbild das Sie kannten. Als Sie am Ende der Seite angekommen war, bemerkte Sie eine Zahl rechts unten auf der Seite, es war die Eins. Also musste noch zumindest eine weitere Seite zu dem Bericht gehören. Sie nahm sich den Stapel der zwischen beiden lag und besah sich das Stück Papier das als nächstes oben lag. Ihr Blick wanderte über das Blatt. Dieses war maschinell geschrieben, aber auf ein komisches Englisch. Also dieses nicht. Die nächsten waren alle mit einer Schreibmaschine geschrieben worden. Schließlich stieß Leonie auf ein weiteres mit Hand beschriebenes Blatt Papier. Es war nur zur Hälfte beschrieben und trug eine unleserliche Unterschrift. Rechts unten stand die Zahl Drei. Leonie atmete tief durch legte das Blatt auf die Seite und suchte weiter. Als Sie den Stapel durchgesehen hatte und alle per Hand geschriebenen Berichte zur Seite gelegt hatte. Zählte Sie die Aussortierten. Im Ganzen waren es sieben Blätter, ohne den beiden welche Sie schon übersetzt hatte. Drei trugen eine Unterschrift, eines mit Unterschrift hatte keine Zahl rechts unten, die anderen schon. Leonie sortierte die Zahlen aufeinander. Oben auf lag das Blatt mit der Zahl eins, danach die beiden Blätter die die Zwei trugen, danach beide Dreier, den Schluss bildete zuerst die Vier gefolgt von dem Bericht ohne Zahl. Leonie sah auf. Patricia war in weitere Berichte vertieft. Plötzlich klopfte es. Auf Leonies herein öffnete sich die Tür einen Spalt und der Kopf ihres Vater kam zum Vorschein.

„Habt Ihr Hunger?" fragte er. Jetzt erst bemerkten beide, dass die Mägen schon knurrten. Sie nickten kurz, standen sofort auf und gingen Leonies Vater hinterher, der bereits vorausgegangen war.

„Ihr wart ja ganz schön in Gedanken eben." fing Simone das Tischgespräch an.

„Wir haben euch schon einige Male gerufen. Muss ja was ganz spannendes sein, dass ihr zwei da ausheckt." Redete Sie weiter.

„Hm, haben da was gefunden, dass in schnörkeliger Schrift geschrieben ist, da wollen wir sehen wer das schneller in unser heutiges Schriftbild übersetzt hat." antwortete Leonie im Großen und Ganzen wahrheitsgemäß und möglichst gelassen ohne dabei aufzusehen. Simone und Alexander sahen sich kurz erstaunt an.

„Wo habt ihr dass denn gefunden?" wollte jetzt Alexander wissen. In Leonie stieg Nervosität auf. Bei sich dachte Sie nur ‚Mist'! Aber Sie fing sich sehr schnell wieder.

„Och das hat mir meine Mam von Oma mitgebracht, war alles in einer alten Kiste." Versuchte Sie die Situation zu retten. Doch Ihr Vater blieb hartnäckig.

„Und, das weiß deine Oma? Was steht denn da drin?"

„Ja." log Leonie dreist.

„natürlich, als Sie es gefunden hat, hat Sie gleich bei Oma angerufen. Die konnte aber die Schrift nicht lesen und da hat Oma gemeint wenn ich es schaffe das Ganze in das heutige Schriftbild zu übertragen tät ich Ihr damit einen RIESEN Gefallen. Ist angeblich was von Uroma oder noch früher. Bis jetzt ist es nur langweilig!" anscheinend reichte die Antwort aus um Alexander und Simone zu besänftigen. Sie aßen ruhig weiter. Als Ihr Vater plötzlich meinte

„Kann oder soll ich dir dabei helfen." Patricia bekam vor Schreck große Augen, doch Leonie schaufelte das Essen gelassen weiter.

„Bist du dir sicher, dass Mama davon begeistert wäre?" pokerte Leonie jetzt.

„Hast Recht, kannst aber gerne bei Fragen zu mir oder zu Simone kommen, ok."

„Ja, ist i.O." kurz darauf hatten Sie fertig gegessen und wurden vom Tisch entlassen. Im Zimmer konnte sich Patricia fast gar nicht mehr beruhigen.

„Bist du wahnsinnig? Willst du mich umbringen? Die angebotene Hilfe fast annehmen, was hättest du gemacht, wenn dein Vater nicht darauf eingegangen wäre?" kam es leise kreischend von Ihr. Leonie sah Sie gelassen an.

„Pati, beruhig dich. Erstens kenn ich meinen Vater und zweitens kenn ich meine Mutter. Mehr muss ich dazu nicht sagen."

„Aber, aber, aber wie kannst du so ruhig bleiben?"

„Also ruhig war ich ganz und gar nicht. Aber vor nicht einmal drei Stunden haben wir Auge in Auge mit einem Geist verhandelt. Da ist das hier doch der reinste Kindergarten. Lass uns jetzt weitermachen Pati." diese nickte schweigsam und nachdenklich. Dennoch vertieften sich beide wieder auf Ihre Blätter. Es dauerte nicht lange und Patricia sah genervt auf.

„Du Leo, ich hab jetzt drei oder vier Blätter von den Tabellen versucht zu übersetzen, aber das sind Formeln und Zeugs so wissenschaftsmäßiges soll ich das wirklich noch weiter übertragen? Vor allem da stehen so viele Fachbegriffe drauf."

„Zeig mal." Leonie nahm eines der Übersetzungen und verglich es mit dem Original.

„Ne, lass das mal, da geb ich dir Recht, das bringt nicht viel. Die Blätter wo viel Text steht. Da können wir wirklich was rausholen und rausfinden. Vor allem weil das Zeug ja wirklich gut versteckt war muss das Zeug ja extrem wichtig sein, oder?" erneut nickte Patricia zustimmend, schnappte sich das nächste Blatt vom Stapel.

„Hei, da hab ich ja gar nichts zu tun. Das ist mit der Schreibmaschine geschrieben." freute Sie sich. Leonie schmunzelte.

„Bist du dir da ganz sicher? Lies mal lieber." kam es leicht ironisch von Leonie und Patricia fing an zu lesen.

„Ach Menno, das ist ja Englisch!"

„Und selbst da bin ich mir nicht sicher." war Leonies bedenken. Patricia sah Sie verwirrt an. Und las weiter.

„Ähh, … du … Leo, … hat das ein halber Analphabet geschrieben?"

„Phhh, denk eher dass das das Amerikanische Englisch ist. Auf jeden Fall wünsch ich dir viieeel Spaß beim Übersetzen." Patricia sah Leonie kurz finster an. Grinste aber auf einmal schnappte sich den Laptop und tippte etwas ein. Gleich darauf präsentierte Patricia Leonie Ihr Ergebnis.

„Textübersetzung!" strahlte Patricia.

„Du bist genial Pati, darauf wär ich nie gekommen." gab Leonie ehrlich und verblüfft von sich.

„Weiter so Pati, vielleicht schaffen wir es sogar noch bevor du geholt wirst." Angespornt von Ihren Erfolgen versuchten sich beide gegenseitig zu Übertrumpfen. Leonie erkannte mittlerweile einen Großteil der Buchstaben und Patricia tippte sich die Finger wund und brachte die Internetleitung zum glühen. Wodurch es beiden wirklich gelang den Stapel der Blätter immer mehr schrumpfen zu lassen. Die Kalkulationen legten Sie auf einen extra Stapel. Im ganzen Eifer bemerkten Sie nicht einmal die Zeit oder das klopfen an der Tür. Sie erschraken sich richtig als Alexander den Kopf durch die Tür steckte und Sie laut ansprach.

„HALLOO, geht es euch noch gut?" Mit riesigen Augen sahen Sie Ihn an, nickten. Leonie fragte

„Warum denn nicht?"

„Na, weil wir euch schon Kuchen angeboten haben und Ihr nicht reagiert habt, jetzt ist Patricias Mutter da und Ihr reagiert immer noch nicht. Da macht man sich halt Gedanken."

„Komm Patricia mach dich fertig wir müssen los." Hörten die Zwei Luisas Aufforderung.

„NEIN, noch nicht, du wolltest doch erst am Abend kommen." Wehrte sich Patricia mündlich.

„Du bist gut, hast du schon mal auf die Uhr geschaut?" erwiderte Luisa.

„Es ist nach 18.00 Uhr, mach dich jetzt bitte ohne Diskussion fertig, da wir eh spät dran sind, eigentlich sollten wir seit einer Stunde schon weg sein." Drängte Sie jetzt. Widerwillig gab Patricia nach etlichen Versuchen mit Unterstützung von Leonie Luisa umzustimmen nach, verabschiedete sich und verlangte aber von Leonie, dass Sie später nochmal entweder skypen oder über WhatsApp sich austauschten. Kaum war Patricia weg wollte Ihr Vater wissen ob Sie denn Hunger habe oder wann Sie essen will. Da Leonies Hunger derzeit mehr auf das Lösen des Rätsel gerichtet war vereinbarten Sie ein spätes Abendessen. So konnte sich Leonie noch einige Zeit in Ruhe den Übersetzungen widmen. Als dann knapp eine Stunde später es erneut an der Tür von Leonies Zimmer klopfte was Sie fast fertig mit den Handgeschriebenen Berichten, nur noch ein Absatz fehlte. Erbat Sie sich noch fünf Minuten in denen Sie es tatsächlich schaffte den letzten Absatz zu übersetzen. Erfreut und erschöpft verließ Sie das Zimmer zum Abendessen.

„Und, alles geschafft?" wollte Ihr Vater wissen.

„Ja, habe ich, bin jetzt aber auch geschafft." Kam es von Leonie. Simone meinte nur

„Das sieht man dir aber auch an. Du hast leicht gerötete Augen. Hast du Lust nach dem Essen noch eine kleine Runde spazieren zu gehen?" Leonie überlegte kurz, auf einmal kam Ihr ein Gedanke.

„Können wir an der Römervilla vorbeigehen? Möchte sehen wie Sie im Dunklen ausschaut."

„Kein Thema, gerne." Gaben beide Erwachsene zeitgleich zurück.

„Soll ich ein paar Fotos dann machen?" Leonies Augen begannen zu leuchten.

„Das wär supergenial." Da es bereits Spätherbst war, konnten Sie gleich nach dem Abendessen los. Ihr Vater bewaffnete sich mit seiner Spiegelreflexkamera inklusive Blitz. Auf dem Weg zur Villa redeten alle drei über allgemeine Themen aber auch über die Blätter die Leonie übersetzt hatte. Doch Leonie umschiffte diese Fragen geschickt mit allgemein gehaltenen Antworten.

Bei der Villa angekommen ging Leonies Vater rund um die Villa machte mehrere Fotos aus verschiedenen Winkeln mit und ohne Blitz. Zwischendrin lichtete er auch immer wieder Simone und Leonie ab. Als er alle Seiten und Winkel fotografiert hatte ging er zu seinen beiden Damen.

„Und? Hab ich was vergessen?"

„Weiß nicht, hast du den Turm da oben auch fotografiert?" fragte Leonie fast beiläufig und deutete genau auf das Eck in dem sich das Versteck von Greta befand. Ihr Vater sah sich auf dem Display die Bilder kurz an.

„Ja, ist auch mit drauf, schau selbst." Er zeigte Ihr die Aufnahme. Leonie war nicht zufrieden.

„Papa, der Turm fasziniert mich irgendwie, kannst du den auch einzeln fotografieren?"

„Na klar." Und schon setzte Alexander an nach ein paar Minuten zeigte er sein Ergebnis Leonie die es für gut befand. Insgeheim hoffte Sie auf den Fotos vielleicht etwas zu sehen, doch die Wahrscheinlichkeit lag bei null das wusste Sie auch. Beschwingt gingen Sie die Runde zu Ende. Wieder zu Hause angekommen wollte Leonie die Fotos auf dem Laptop haben. Was auch sofort erledigt wurde. Aufgeregt sah Sie die Bilder rasch durch, für diejenigen auf denen der Turm abgelichtet war opferte Sie viel Zeit. Doch wie schon vermutet war nichts Außergewöhnliches erkennbar. So widmete Sie sich den Übersetzungen, begann die Seiten zu sortieren. Da Ihr bei der Übersetzung aufgefallen war, dass es sich um zwei verschiedene Handschriften handelte, machte Sie zwei Stapel. Mit dem kleineren der beiden Stapel fing Sie an. Es war der Bericht mit den vier Seiten beziehungsweise inklusive den Übersetzungen jetzt acht.

„Mist wie soll ich die beieinander halten?" fragte sie sich Halblaut. So sprang Sie auf und lief zu Ihrem Vater, als Sie wieder ins Zimmer kam trug Sie stolz einen Stapel Prospekthüllen, ein Register und einen Ordner. Zuerst sortierte Sie die Berichte, die Übersetzung sah nach oben, das Original sah nach unten. Rein in den Ordner. Ebenso verfuhr Sie mit dem zweiten Stapel. Die Blätter mit den Zahlen und Tabellen nahm Sie in eine Prospekthülle. Auch die Übersetzungen legte Sie bei. Den Stapel den Patricia schon übersetzt hatte nahm Sie die Originale und verfuhr genauso wie vorher, anschließend warf Sie den Drucker an und druckte alle Übersetzungen aus. Es waren immerhin zwölf Seiten nahm Sie erstaunt zur Kenntnis. Als auch das erledigt war, überlegte Sie mit was Sie anfangen sollte. Sie entschied sich mit Ihren Handschriftlichen Übersetzungen anzufangen. Beim ersten Bericht der viele Fremdworte enthielt handelte es sich anscheinend um die Untersuchung wie ‚eine Fremdperson weiblich minderjährig zu Tode gekommen sei.' Leonie schnappte sich den Laptop zog Ihr Handgeschriebenes aus der Prospekthülle und tippte jedes Fremdwort ein, dabei stieß Sie darauf, dass ein Teil Lateinisch war und ein anderer Teil Griechisch. Wort für Wort besserte Sie auf allen vier Seiten des Berichtes die Fremdworte aus und übertrug diese ins Deutsche. Als Sie damit fertig war begann Sie erneut den Bericht zu lesen. Als Sie fertig war zog Leonie für sich Resümee welche sie auch schriftlich in Ihrem Notizblock festhielt.

„Also, kurz gesagt Sie wissen nicht genau wie und ob die neue Flüssigkeit den Tod von der unbekannten weiblichen minderjährigen Fremden bewirkt hat. Es muss schnell gegangen sein und andere Todesarten sind nicht vollkommen auszuschließen aber eher unwahrscheinlich da die inneren Organe vollkommen zusammengeschrumpft sind und Blut gänzlich nicht mehr da gewesen sei beziehungsweise sich vollkommen aufgelöst hat. Kein Plasma mehr, keine roten oder weißen Blutkörperchen mehr feststellbar. Und der Körper habe eine grünliche Färbung innen wie außen angenommen." Während der Zusammenfassung war Sie vollkommen nüchtern. Aber Ihr wurde richtig schlecht danach. Da hatten die irgendein Teufelszeug zusammengemixt für was auch immer und dann lassen die das einfach rumstehen. Aber nein, Greta hat gesagt auf einmal stand da ein Fass, die haben das einfach nur versteckt. Diese und viele andere Gedanken gingen Ihr durch den Kopf. Ob Greta leiden musste, wie lange es wirklich gedauert hat, wie lange Sie da lag bevor Sie gefunden wurde und, und, und. Sie schnaufte durch und nahm den nächsten Bericht zur Hand. Hierbei handelte es sich um den dreiseitigen und wieder war dieser gespickt mit Fremdwörtern, als Sie gerade mittendrin war klopfte es an der Tür. Ihr Vater meldete sich

„Es ist Zeit fürs Bett. Mach dich fertig und gib mir Bescheid wenn du soweit bist."

„Kann ich noch ne halbe Stunde, biiiiitteeee." Bettelte Leonie

„Ok, eine halbe Stunde, dann selbständig fertig machen und mir Bescheid geben."

„Danke." Leonie beeilte sich schaffte den dreiseitigen und noch einen einzelnen bevor die halbe Stunde rum war. Sie machte sich bettfertig und rief nach Ihren Vater. Der Sie zu Bett brachte. Leonie wollte wissen ob Sie noch lesen dürfe, was Ihr ihr Vater für eine Stunde noch genehmigte. Sie schnappte sich die zwei Berichte und las diese durch. Im dreiseitigen stand ähnliches wie im vierseitigen. Worauf dieser sich mehr auf die Verfärbungen und die Auflösung des Blutes einging. Im einseitigem Bericht hatte er nur die Adern innen und außen untersucht. Wobei die Adern vollkommen intakt waren. Im letzten Handgeschriebenen Brief waren wieder Fremdwörter, also nahm sich Leonie einen Bericht vor den Patricia übersetzt hatte. In dem ging es um die Flüssigkeit. Leonie las und las teilweise musste Sie die ein oder andere Zeile nochmals lesen. Als Sie endlich geendet hatte. Schnappte Sie sich Ihr Handy und schickte eine kurze Zusammenfassung über WhatsApp zu Patricia. Je länger Sie tippte desto fassungsloser wurde sie. Und halblaut gab Sie noch den Kommentar

„Das kann doch wohl nicht wahr sein! Diese Schweine! Die, … die, … " über die Lippen.

Kapitel 18

Amerikaner

Patricia reagierte zwar nicht gleich auf die Nachricht, war auch nicht mehr online. Geschockt aber auch geschafft schlief Leonie ein. Ihr unruhiger Schlaf wurde von den verrücktesten Alpträumen begleitet. Als Sie am nächsten Morgen zum Frühstück geweckt wurde, war Sie wie gerädert. Nur mühsam konnte Sie sich aufraffen. Simone sah Leonie an

„Hast du schlecht geschlafen?" Leonie nickte.

„Hab dazu auch noch verrückt und schlecht geträumt, weiß aber nicht mehr um was es ging." Schickte Sie noch hinterher.

„Du Leonie, hast du dir die Fotos von gestern schon angeschaut?" wollte Ihr Vater wissen. Müde und während eines ausgedehnten Gähnens antwortete Sie

„Nur kurz, ein paar Fotos, die mit dem Turm, sind gut geworden. Danke nochmals."

„Mmmh, das mein ich nicht, aber auf einem ist was Komisches zu sehen, wollte nur wissen ob du das auch schon gesehen hast und wie du darüber denkst?" Schlagartig war Leonie hellwach.

„Komisches, was? … was? … Nun sag schon was ist da zu sehen?" Drängte Sie

„Nach dem Frühstü…"

„Waaas, wie soll ich jetzt noch was essen können wenn du mich so auf die Folter spannst?" Kreischte Leonie. Simone und Alexander sahen sich kurz an und Simone meinte

„Selbst schuld, hab es dir ja gesagt." Mit einem Seufzer stand Alexander auf holte den Laptop und die besagten Bilder Leonie kam zu Ihm sah ihren Vater über die Schulter. Als das betreffende Bild auftauchte sah Leonie nicht gleich was Ihr Vater meinte.

„Wollte gestern die Bilder bearbeiten, und da sah ich einen Punkt, den ich mir nicht erklären konnte, dachte schon die Kamera oder das Objektiv hätte Aussetzer und dann hab ich die Stelle vergrößert." So begann er den Ausschnitt zu vergrößern. Als der Ausschnitt den ganzen Bildschirm ausfüllte sah Leonie überdeutlich was Ihr Vater gemeint hatte. Im Kellerfenster war schemenhaft ein grünliches Gesicht mit rausgestreckter Zunge zu sehen.

„Vielleicht hat da jemand für Halloween was hingestellt." Meinte Leonie gelassen aber man sah Ihr an wie fasziniert sie war.

„Ja, das war auch meine erste Vermutung, aber eine Sekunde später beim zweiten Bild ist davon gar nichts mehr zu sehen. Schau das hab ich um 19.26 Uhr und 35 Sekunden gemacht. Und auf diesem um 19.26 Uhr und 49 Sekunden und allen weiteren ist gar nichts mehr zu sehen. Ihr wart doch öfter auf dem Spielplatz hast du da was gesehen, ist dir vielleicht etwas aufgefallen?" wollte Alexander wissen.

„Also aufgefallen ist Pati und mir nie etwas, haben aber auch nicht so sonderlich darauf geachtet. Darf ich es noch einmal sehen?" kam es ganz unschuldig von Leonie. Ihr Vater überlies ihr den Laptop und Leonie sah sich die Bilder erneut an. Bild für Bild zwischen den beiden Bildern die so kurz hintereinander gemacht wurden zappte sie einige Male hin und her und erneut fielen ihr die Lichtverhältnisse auf. Da Ihr Vater allerdings einige mit und einige ohne Blitz gemacht hatte fragte Sie nach.

„Hast du die mit oder ohne Blitz gemacht Papa?"

„Die, die beiden da hab ich geblitzt das siehst du da an den Scheiben, nur auf dem einen war der Blitz anscheinend noch nicht ganz wieder aufgeladen, deshalb ist es dunkler. ... Seltsam, das hab ich aber vor dem hellerem abgelichtet. Eigentlich müsste es umgekehrt sein ... hmm ... naja Technik halt eben. Komm lass uns frühstücken ich hab Hunger." Leonie stimmte zu. Aber gleich nach dem Frühstück verschwand Sie wieder in Ihrem Zimmer vertiefte sich wieder in Ihre Unterlagen als sich Patricia über Skype ankündigte. Leonie nahm den Anruf gern entgegen. Bevor Patricia loslegen konnte, begann Leonie sofort die neueste Entdeckung vom Stapel zu lassen.

„Hey Pati, du gestern sind wir noch spazieren gegangen und mein Papa hat Foto von der Römervilla gemacht, auf einem Foto ist Greta zu sehen, die streckt die Zunge raus, ich schick es dir nachher noch. Voll geil. Meinem Pa war das glaub ich etwas unheimlich, hab es auf Halloween geschoben. Und, und was sagst du zu dem was ich dir gestern geschickt habe?"

„Auch hey, schön dass du auch mal Luft holst." Scherzte Patricia wurde aber gleich wieder ernst.

„Find es für einen absoluten Hammer, da Experimentieren die so rum machen eine Zufallsentdeckung lassen sozusagen ein paar Kollegen einfach mal Hopps gehen bevor Sie mit Vorsicht an die Brühe rangehen, versuchen das Experiment zu wiederholen, scheitern mehrmals kläglich, dann wissen die nicht was Sie damit machen sollen, sagen sich ok, dann halten wir mal einfach den Mund und verstecken die Sch… damit es keiner erfährt dass Sie zu Dumm sind das Experiment Ihres Toten Kollegen zu wiederholen. Wer hat den Scheiß eigentlich entdeckt?" wollte Patricia wissen.

„Du vergisst in deiner Zusammenfassung, dass Sie nicht einmal in der Lage waren das Zeug unschädlich zu machen. Nach den Papieren, die ich bislang gesichtet habe, auch deine Reihen und so was du übersetzt hast, waren das die US-Amerikaner, die haben die Villa als so eine Art Drogenküche verwendet."

„Drogenküche, wohl eher ne Todesküche." Berichtigte Patricia Sie.

„Aber wozu haben die dann den … den … den, ach Sch… Namen, wie hieß der eine Deutsche der angeblich nur zur Hochzeit da war?" fügte Sie ihrer Aussage noch hinzu. Leonie besah sich Ihre Notizen

„Wernherr von Braun, der war Raketenwissenschaftler, denke vielleicht wollten Sie dass er das Transportmittel baut, sobald Sie erfolgreich die Brühe in Serie produzieren hätten können. Nur so macht das für mich Sinn, oder wie siehst du das?"

„Hmm, da stimm ich dir bedenkenlos zu. Das ist vielleicht auch der Grund weswegen der Typ nicht in den Knast musste. Hast du eigentlich einen Bericht über die Todesursache von den unglücklichen Entdeckern gefunden?"

„Also bei den Handschriftlichen noch nicht, da muss ich aber nur noch einen einseitigen Bericht lesen, die sind nämlich gespickt mit Fremdwörtern, teils griechisch, teils lateinisch und DIESE Fremdwörter hab ich seltenst bis noch gar nicht gehört. Ist halt viel mit Medizin. Sobald ich die anderen Berichte durch hab geb ich dir nochmal einen Bericht, kann ich dich später über Skype erreichen, oder soll ich dir lieber über WhatsApp schreiben." Patricia überlegte kurz.

„Besser über WhatsApp, weiß nicht ob ich nachher noch zu Hause bin, du weißt doch die liebe Verwandtschaft, da ist immer irgendwas. Bis später und viel Spaß dabei."

„Also ich hab meinen Spaß, wahrscheinlich sogar mehr als du." Gab Leonie grinsend zurück. Damit beendeten

Sie den Anruf. Leonie widmete sich den weiteren Berichten die Patricia übersetzt hatte aber etwas Neues kam nicht zum Vorschein, die Berichte zeigten nur den verzweifelten Versuch die Brühe zu mixen oder nur kurz militärisch nüchtern, wie die Personen ums Leben kamen. So nahm Leonie ein Blatt Papier zur Hand und fasste die Berichte zusammen. Immer wieder machte Sie sich Gedanken wie Sie und Patricia dass was Sie entdeckt hatten auch publik machen könnten. Diese Frage rumorte ständig in Ihren Kopf aber eine Antwort darauf fand Sie nicht. So machte Sie sich daran die letzten Berichte zu übersetzen. Da Sie gleich mitlas, fand Sie schnell heraus, dass auch diesen Berichten nichts Neues zu entnehmen war. Aber dennoch wollte Sie alles Übersetzten und lesen, damit Sie auch wirklich nichts übersah. Darüber vertieft bemerkte Sie war nicht wie der Tag vergangen war. Sie schrak auf als Ihr Vater an die Tür klopfte und wissen wollte ob alles ok war und ob Sie Kuchen wollte. Vor ein zwei Minuten hatte Leonie gerade den letzten Bericht übersetzt, gelesen und im Ordner archiviert so dass Sie es als eine willkommene Abwechslung sah.

„Hast du noch viel zu machen?" begann Ihr Vater das Gespräch.

„Ne, habs vor zirka fünf Minuten geschafft. Dafür bin ich aber jetzt auch geschafft."

„Das glaub ich dir gern, ich hätte nicht die Ruhe und Nerven dafür." Steuerte Simone der Unterhaltung bei.

„Ach am Anfang ist einfach die Neugier und nach und nach steigert sich diese außerdem mit der Zeit kennst du die Buchstaben schon. Ich meine viele sind der heutigen Schreibweise ja durchaus ähnlich. Das hättest du auch gut hinbekommen. Lästig ist nur das Geschreibe."

„Da wird deine Mama und deine Oma aber froh, stolz und glücklich sein, dass du mit der Arbeit fertig bist." Leonie zuckte zusammen ‚Mama, oh Gott die darf nichts erfahren!' schoss es ihr durch den Kopf. Doch ebenso schnell kam Ihr der Rettende Gedanke.

„Och damit will ich Sie überraschen. Also bitte pssst." Die Aussage unterstütze Sie noch mit Ihrem Dackelblick und dem gestreckten Zeigefinger auf dem Mund. Simone und Alexander lachten kurz auf.

„Das geht klar." Meinte er nur schmunzelnd. Mit belanglosen Gesprächen verbrachten Sie noch die letzten Stunden bis Leonie geholt wurde. Auf der Fahrt zurück wurde Sie wieder ausgehorcht, aber Leonie war dieses Mal vorsichtiger als bei Ihrem Vater und Ihre Antworten waren sehr allgemein gehalten. Kaum im Haus angekommen verschwand Leonie in Ihrem Zimmer legte sich aufs Bett und überlegte wie Sie es anstellen könne die ganzen Informationen an die betreffenden Stellen weiterzuleiten, welche Stellen könnten das bloß sein überlegte Sie, wurde aber jäh gestört.

„Bist du krank?" wollte Ihre Mutter wissen. Leonie schrak auf, schnaufte auf.

„Oh Mann Mama, kannst du nicht klopfen, du weißt doch ganz einfach Handballen …" weiter kam Sie nicht.

„Langsam Fräulein, reiß dich zusammen. Ich will ja nur wissen wie es dir geht und warum du gleich im Zimmer verschwunden bist?"

„Mein Gott Ma, wollt einfach nur meine Ruhe und mir geht es gut. Kannst du dann BITTE mich jetzt allein lassen, DANKE, achja ist es denn wirklich SO schwer für dich anzuklopfen bevor du in mein Zimmer kommst. Faust machen und VON AUSSEN …"

„Treibs nicht zu weit. Ich schrei dir wenn das Abendessen fertig ist." Mit diesen Worten verließ Leonies Mutter wutschnaubend das Zimmer. Leonie holte sich ein Blatt Papier und einen Stift, legte sich Bäuchlings aufs Bett sah auf das leere Blatt, kaute auf dem Stift. Es dauerte etwas bis Sie anfing zu schreiben. Welche Behörden sind zu verständigen? Polizei? Auf jeden Fall. Und dann überlegte Sie weiter. Auf einmal durchfuhr es Sie wie ein Blitz, Patricia die soll im im Internet nach den Stellen suchen. Leonie schnappte sich ihr Handy und schickte Patricia mittels WhatsApp die Nachricht dass Sie im Internet nach den Behörden Googlen soll die für so etwas zuständig sind. Es dauerte gar nicht lange und Patricia antworte.

„Da brauch ich nicht lange suchen. POLIZEI wie wärs damit."

„Daran hab ich auch schon gedacht!" Appte Leonie zurück

„Aber da muss es doch mehr geben, schließlich handelt es sich hier um was giftiges, tödlich giftiges und selbst Jahre nach dem die US-Amerikaner die Brühe versteckt haben, sind Menschen wahrscheinlich daran verstorben! Also such im Netz wenn man da am besten informiert."

„Ja, mach ich die Tage, was tust du bis du wieder in L A bist?" wollte Patricia wissen.

„Kommt darauf an, was ich hier in Ruhe machen kann, am liebsten würde ich alle Unterlagen, Notizen, Fotos, einfach alles zu sortieren, im Rechner zusammenfassen. Aber Rechner fällt schon mal aus, daher nur sortieren. Wird auch ganz schön viel werden. Vor allem da schon wieder Stress wegen der Schule gemacht wird." Schrieb Leonie zurück. Von Patricia kam nur noch

„Na dann viel Spaß!" mit ein paar grinsenden und hämisch dreinblickenden Smileys.

„Mit wem schreibst du denn jetzt schon wieder?" Leonie erschrak.

„Mann! Mama Verdammt! KLOPFEN ..." Diese hob sofort mahnend den Zeigefinger und fiel Leonie ins Wort.

„Erstens, HÖR mit deiner Flucherei auf! Zweitens, achte darauf was du zu mir sagen willst und drittens das Abendessen ist fertig. Komm jetzt bevor ich noch ungemütlich werde." Gab Leonies Mama zum Besten. Widerwillig gehorchte Leonie, sagte aber auch während des Abendessens keinen Ton. Nach dem Abendessen verschwand Sie sofort in Ihrem Zimmer. Versehentlich fiel der Bademantel hinter ihr auf den Boden und würde die Tür blockieren. Mit der kleinen Sicherheit im Rücken machte sich Leonie an Ihr Vorhaben. Sie sortierte die Berichte und Notizen, Bilder und Vorkommnisse so wie Sie es als sinnvoll erachtete. Sie war noch nicht ganz fertig als Ihre pseudo Alarmanlage ansprang. Von vor der Tür konnte man deutlich die gereizte Stimme von Adelheid vernehmen.

„LEO, deine Tür geht nicht auf, lass mich rein." Leonie rollte mit den Augen, und räumte in Windeseile die Unterlagen unters Bett, dabei antwortete sie mir aller Unschuld die Sie in diesem Moment aufbringen konnte

„Upps, das tut mir leid, der Bademantel ist wieder runtergefallen, das hab ich gar nicht bemerkt. Ich räum ihn gleich weg. Warum willst du eigentlich rein?"

„Na schau mal auf die Uhr es ist kurz vor Zehn, ab ins Bett morgen musst du wieder früh raus."

„Was, schon." Kam es ernsthaft überrascht von Leonie.

„Mach mich gleich fertig. Danke." Sie hörte wie sich Ihre Mutter mit etwas Gemurmel entfernte. So machte sich Leonie daran die Unterlagen in Ihr Versteck zu legen und die Tage weiterzumachen.

Im Laufe der Woche kam Sie immer wieder mal dazu für ein zwei Stunden zu sortieren. Als Sie damit fertig war nahm Sie ein weißes Blatt Papier und fasste zusammen was Sie zu zweit alles so rausgefunden hatten. Am

Freitag meldete sich endlich Patricia wieder mit einer Nachricht über WhatsApp

„Habe das gewünschte gefunden. Allen voran sollten wir die Ortspolizei verständigen, die betreffende Feuerwehr, die über sogenannte ChemieSchutzanzüge verfügt, das Seuchen- und Katastrophenzentrum, das Auswärtige Amt und die Botschaft der USA." Leonie lass die Namen dreimal durch bevor Sie antwortete

„Wozu das Auswärtige Amt? Was ist das überhaupt? Die Botschaft kann ich ja noch verstehen, wobei ich glaube, das sich die ziemlich still verhalten werden, das ganze ignorieren, die Taktik haben Sie ja mittlerweile 65 Jahre angewandt." Es dauerte etwas bevor Patricia antwortete.

„Ja, geb dir Recht, aber es ist deren Schuld, also wenn ich zu Hause Suppe verschütte verlangt meine Ma auch, dass ich selbst das sauber mache, bin ja schließlich kein Kleinkind mehr und mit glaub ich über 400 Jahren kann man von den USA auch behaupten dass diese kein Kleinkind mehr sind, oder?" Ein grinsendes Smiley war angehängt. Leonie hatte noch nicht fertig gelesen, als von Patricia eine weitere Nachricht ankam

„Ich schau nochmal nach was das Auswärtige Amt ist und geb dir die Tage Bescheid. Wie weit bist du gekommen?"

„Bin gerade bei der Zusammenfassung, sortiert ist alles. Danke."

Leonie schrieb sich die betreffenden Organisationen auf Ihren Notizblock und besah sich die Liste.

„Also Feuerwehr glaub ich weiß ich welche da zu verständigen wäre, soweit ich noch denke ist mein Papa in Ergolding mehr oder weniger aktiv und da glaub ich hat er schon mal was erzählt. Ja, genau, er und ein Kamerad waren im Hallenbad um das ausgetretene Chlor aufzuwischen waren in diesen Anzügen und wie hat er gleich nochmal gesagt, da sind absolut Luftdicht, damit man die Dämpfe und Gase nicht einatmet, auf jeden Fall stand er auf einmal den Bademeister, dem Bürgermeister, seinem Kommandeur oder so gegenüber, die alle keine Ausrüstung trugen, da sei er sich schon etwas blöd vorgekommen. Upps, soll oder muss ich dann meinen Pa darüber informieren? Ähh, das würd ich am liebsten lassen. Allerdings …, … ne, … hmm, … aber wie und was sagen wir den einzelnen Gruppen? Hmm…, das Seuchen- und Katastrophenzentrum, wie können wir oder kommen wir an die heran, wie stellt sich Pati das vor, wo ist das eigentlich." Um an die Antworten zu kommen fasste Leonie Ihre Fragen zusammen und sendete diese an Patricia. Auf eine Antwort wartete sie nicht.

„Wer war da noch auf der Liste, oh ja, natürlich wir gehen mal so schnell in die US-Botschaft, wo hat die denn gleich wieder Ihren Sitz, ach wahrscheinlich in Berlin, klar ich frag mal schnell meine Mutter – Du Mami fährst du mich und Pati mal kurz nach Berlin, müssen da nur zur Botschaft der USA um denen ein paar Fragen zu Geheimnissen zu stellen die von Ihnen seit Jahren versucht wurde zu ignorieren. – Phhh, oh man, irgendwie hab ich mir das einfacher vorgestellt." So verfasste Sie gleich eine weitere Mitteilung über WhatsApp mit Ihren Fragen an Patricia.

„Hmm ich glaub die bringt mich langsam um, bei dem was ich alles wissen will." Dachte Leonie bei sich. Ein erneuter Blick auf die Liste ließ Ihr ein Lächeln über die Lippen huschen.

„Na wenn ich die anderen alle erreicht habe dann sind die letzten da ja langweilig." Grinste Leonie vor sich hin.

„Naja, nachdem wir die Botschaft der USA informiert haben, machen wir einen Abstecher zum Auswärtigen Amt, dann noch meinen Vater und das Seuchen und Katastrophenzentrum informieren, wenn dann alle diese Kleinigkeiten erledigt sind dann ist da noch die größte Hürde, die örtliche Polizei, das ist dann nur eine Kleinigkeit" spottete Leonie in ihren Gedanken. Aber immer mehr Fragen tauchten auf. So machte sie sich eine Liste absteigend nach Ärger und Schwierigkeitsgrad der einzelnen Behörden und Personen.

„Also am schwierigsten wird es wohl wenn meine Mutter das erfährt, an zweiter Stelle mein Vater, danach … hmm, ich glaub Botschaft und Auswärtiges Amt setze ich auf eine Stufe, danach dieser Katastrophenschutz und … und … ja am leichtesten wird es wohl bei der Polizei sein, sollte ich da noch überhaupt was sagen dürfen und können. Obwohl wenn ich die ersten beiden der Liste überlebt habe ist der Rest ein Kinderspiel. Aber wie und was soll ich nur sagen." Je mehr Sie auch überlegte desto weniger fiel Ihr ein.

Am nächsten Tag meldete sich Patricia zu Wort.

„Hallo Leo, zu deinen Fragen hab ich im Internet gesurft und das ein oder andere gefunden. Was das Seuchen- und Katastrophenzentrum angeht da gibt es widersprüchliche Aussagen, bei uns in der Nähe hab ich außer dem THW nichts gefunden." Das half auch nicht sonderlich weiter. Bei sich dachte Leonie gut, dann streich ich mal das Seuchen- und Katastrophenzentrum. Aber die schlimmsten bleiben immer noch. Das teilte Sie auch gleich Patricia mit.

Nach ein paar Minuten summte Ihr Handy. Eine neue Nachricht von Patricia

„Hi Leo, hab gerade gegoogelt und send dir eine Kopie, wie es in Wikipedia steht wofür das Auswärtige Amt zuständig ist." Eine weitere Nachricht kam

„Das Auswärtige Amt bildet gemeinsam mit den Auslandsvertretungen des Bundes den sogenannten Auswärtigen Dienst (§ 2 Gesetz über den Auswärtigen Dienst); er nimmt die auswärtigen Angelegenheiten des Bundes wahr, indem er die Beziehungen der Bundesrepublik Deutschland zu auswärtigen Staaten sowie zwischenstaatlichen und überstaatlichen Einrichtungen, den Internationalen Organisationen, pflegt." Eine weitere Nachricht von Patricia erschien.

„Also wenn du den Text liest, ist es durchaus denkbar, dass wir Guido Bescheid geben sollten." Lachendes und

Grinsendes Smiley angehängt. Leonie blickte verwirrt drein

„Guido? Welchen Guido?"

„Na den derzeitigen Deutschen Außenminister Guido Westerwelle, ist durch sein Amt der derzeitige Vorsitzende. Aber nicht wichtig." Leonie wurde langsam immer mehr die Tragweite Ihrer Enthüllungen bewusst. Was würde wirklich passieren?

Kapitel 19

Freiheit und Ruhe

Die ganze nächste Woche grübelte Leonie nach, wie Sie es angehen solle. Auch der regelmäßige Austausch via Handys mit Patricia brachten keine weiteren Ergebnisse. Dennoch wollte Sie sich nicht geschlagen geben. Irgendeine Lösung mussten Sie finden. So verabredeten sich beide für den Samstagvormittag bei Leonie.

Als Leonie geholt wurde, war Sie wie die letzten Male sehr still und nachdenklich.

„Na, was geht dir durch den Kopf?" versuchte Alexander ein Gespräch in Gang zu bringen.

„Ach, eigentlich nichts."

„Eigentlich, du weißt schon, dass es eigentlich eigentlich nicht gibt und du damit auch gleichzeitig sagst da ist was, Ärger mit deiner Mutter, in der Schule oder mit Freunden?"

„Ach mit Mama streite ich doch ständig. Du weißt doch ich bin jetzt in dem Alter in dem Eltern schwierig werden." Gab sie jetzt grinsend zurück.

„Ich beziehungsweise Pati und ich hängen gerade an etwas und weiß nicht wie ich wir es angehen oder lösen soll."

„Wenn du mir sagst um was es geht, kann ich dir vielleicht helfen." bot sich Ihr Vater an. Doch Leonie wehrte gleich ab.

„Nein, nein, danke, ist lieb von dir gemeint. Aber das müssen wir beide alleine klären."

„Ihr habt doch keinen Streit untereinander?"

„Wie kommst du jetzt darauf?" kam es erstaunt von Leonie.

„Ich meinte nur, aber einen Tipp, so mach ich es immer wenn ich festhänge, ich löse mich komplett von der Sache, mache und denke was ganz anderes und ein zwei Stunden oder Tage später fällt mir die Lösung wie Schuppen von den Augen. Kommt daher dass wir uns wenn wir uns auf eine Sache konzentrieren so richtige Scheuklappen bekommen und damit die Sicht für anderes verborgen bleibt. Also heut auf alle Fälle nicht mehr daran denken und nichts in der Sache machen, ok?" Er wartete das Nicken seiner Tochter ab bevor er weiterredete.

„Habt Ihr schon was vereinbart, wer wann wo kommt oder gebracht wird?"

„Ja, Luisa bringt morgen Vormittag Pati zu uns und holt Sie dann abends wieder ab."

„Ok und um welche Uhrzeit zirka?"

„Öh, keine Ahnung denke aber so um 10.00 Uhr."

„Mir ist das egal, ich bin auf, du musst halt rechtzeitig aufstehen oder bist halt im Schlafanzug." Gab Ihr Vater zurück. Leonie beließ es dabei.

„Gut, ich befolge deinen Tipp, dann lass dir mal was einfallen wie du mich ablenkst!" Alexander lachte auf.

„Du bist 13 was willst du machen?"

„Hmm, weiß nicht schlag was vor."

„Spazieren gehen?"

„Ne."

„Gesellschaftsspiele spielen?"

„mmh, ne"

„Was basteln?"

„Ne."

„Lesen?"

„NEE!"

„Film anschauen?"

„Hmm, … ne."

„Was willst du dann machen? Schlag selber was vor." Wollte nun Ihr Vater wissen.

„Ich weiß nicht, sag lieber du was wir machen können?" Alexander verdrehte die Augen. Atmete tief durch. Antwortete dann ruhig und besonnen.

„Wie wär es mit Sport?"

„Um Gottes Willen, da mach ich schon genug in der Schule!" tiefer Schnaufer von Alexander

„Wie wär es mit Fernsehen?"

„Weiß nicht, was noch?"

„Wie was noch, du kannst noch Computerspielen, oder mit deinem Gameboy."

„hmm, ... ne."

„Phh, tut mir echt leid, aber mehr fällt mir grad nicht ein. Das Wetter gibt einen Radausflug auch nicht her, nicht einmal grillen. Also du musst dich für eine der vorher genannten Varianten entscheiden."

„und die wären?" wollte Leonie wissen. Langsam drehte Alexander den Kopf und sah Leonie mit weit geöffneten Augen an.

„Ähh, Pa, die Straße? ... Kannst du bitte wieder auf die Straße sehen!?!" Erst da folgte Alexander der

Aufforderung seiner Tochter. Schüttelte mehrmals den Kopf.

„Also gut, du kannst dich entscheiden zwischen, Spazieren gehen, Lesen, Film schauen, Fernsehen, Basteln und oder Malen, Gesellschaftsspiele spielen, Sport machen oder Fernsehen?" ein kurzer erwartungsvoller Blick zu seiner Tochter ob sie zugehört hatte. Nach kurzer Überlegung meinte Leonie dann

„Hmm, … ich weiß nicht, … ich glaub Fernsehen. Was läuft denn?"

„Das weiß ich nicht. Das können wir zu Hause nachlesen." Wenig später waren Sie angekommen und Leonie half alle Sachen hochzutragen.

„Willst du mir beim Kochen helfen? Wär auch ne Abwechslung." Leonie stimmte zu und zusammen zauberten Sie in der Küche. Später aßen Sie zu dritt und suchten sich eine Komödie aus. Als Leonie dann später entspannt einschlief hatte sie wirklich keine Sekunde mehr an eine Lösung gedacht. Der Lohn eine entspannte und ruhige Nacht. Sie wachte rasch auf als Simone sie zum Frühstück weckte. Kurz darauf war auch Patricia schon da. Nach dem gemeinsamen Frühstück verschwanden die beiden Teens sofort im Zimmer.

„Und, weißt du nun wie wir die alle verständigen?" Leonie sah erst etwas verdutzt, doch sofort wußte Sie was Patricia wissen wollte und schüttelte den Kopf. Leonie zog Ihre Notizen hervor oben auf lag das Blatt mit der Liste, schon etwas bemalt und mit einzelnen

Eselsohren versehen vom ständigen in die Hand nehmen. Sie besah mit Patricia das Blatt und begann zu lächeln.

„So einfach, oh man, es kann wirklich so einfach sein." Patricia schaute Sie verwirrt an.

„Was meinst du?"

„Na, WIR brauchen NUR der Polizei Bescheid geben und die Berichte ohne unsere Übersetzungen den Beamten aushändigen, dann sind die im Zugzwang und verständigen die entsprechenden Stellen. Wir sind dann fein raus."

„Und wie oder was willst du der Polizei sagen?" fragte Patricia ungläubig. Leonie überlegte kurz darauf schnappte sie sich den Volleyball der bei Ihr im Zimmer lag, mit einem Lächeln und Augenzwinkern sagte Sie

„Komm lass uns Volleyball spielen." Noch ungläubiger sah Patricia drein.

„Hä, du weißt doch, dass ich das nicht kann und mag."

„Ach du Dussel, das sagen wir erstens zu meinem Papa und zweitens der Polizei warum wir im Keller waren." Patricia schlug sich auf den Kopf.

„Na klar, ist doch logisch. ... Aber ... wie ist der Ball den in den Keller gekommen, die Fenster sind doch normalerweise geschlossen, du wirst doch nicht eine Scheibe einschlagen, oder?"

„Wenn's sein muss." Gab Leonie mit fester Überzeugung zurück, heute die Sache ins Rollen zu bringen. Diese Überzeugung reichte aus um die letzten Zweifel von Patricia aus der Welt zu schaffen. Gesagt getan, mit dem Ball und den Berichten bewaffnet machten Sie sich auf den Weg zur Römervilla. Leonies Vater fand es gut, dass Leonie jetzt doch noch Sport machen wollte. Es war kurz vor zwölf als die Beiden an der Villa ankamen. Sie schlenderten fast teilnahmslos zum Spielplatz, dennoch vergewisserten Sie sich ob noch jemand in der Nähe war und ob im Haus jemand war. Spielplatz und Parkplatz waren vollkommen verweist auf der Straße fuhren nur vereinzelt Fahrzeuge. Leonie atmete kurz durch, schritt zielstrebig zu dem Fenster bei dem beide üblicherweise eingestiegen waren, dass zum Glück immer noch offen war. Leonie sah nach links und rechts und verschwand. Patricia wusste jetzt gar nichts mehr. Ratlos stand Sie da, bis Sie die Stimme von Leonie wahrnahm.

„Willst du da oben Wurzeln schlagen, komm schon." Erschrocken folgte Sie Leonie in den Keller.

„Warum bist du nochmal reingegangen? Sollten wir jetzt nicht nach der Polizei Ausschau halten?" flüsterte Patricia.

„Eigentlich ja, aber ich will vorher noch Greta Bescheid geben, was wir vor haben, damit Sie denjenigen die das hier dann untersuchen auch einen Schrecken einjagt und wieder alles umsonst ist. Außerdem muss ich ja noch den Safe öffnen, bevor ich das Fenster öffne." Klärte Leonie Patricia flüsternd auf. Die drei Stockwerke überwanden Sie in Kürze, vorsichtig gingen Sie auf die Kammer zu Beide hatten die Taschenlampen angeschaltet. Patricia fiel es dieses Mal als erster auf.

„Du Leo, mein Licht wird schwächer, ich glaub Greta ist im Anmarsch." Ein leichtes zittern schwang in Ihrer Stimme mit. Leonie sah auf Ihre Taschenlampe und nickte. Mit fester Stimme begann Sie

„Hallo Greta, … wir haben rausgefunden was dir da …" weiter kam Sie nicht. Greta war vor Ihr aufgetaucht und funkelte Sie bös an. Leonie versuchte keine Furcht zu zeigen, während Patricia einen leisen Schrei des Entsetzens von sich gab.

„WAS?" donnerte es so laut, dass die Fenster wackelten.

„Wir wissen was dich umgebracht hat und wissen auch was zu tun ist, dass das nie wieder passiert."

„Gar nichts wisst Ihr." Zischte Greta etwas leiser aber immer noch sehr laut.

„Das haben die anderen auch behauptet!"

„Aber die haben nicht die Unterlagen gefunden und gelesen, die wir gefunden haben." Greta wich zurück. Beinahe sah es so aus als würde sie sich das Kinn reiben während Sie darüber nachdachte.

„Und was war es?" wollte Sie nun forsch aber mit einer Spur Unsicherheit in der Stimme wissen.

„Wie man die Brühe nennt, haben wir nicht rausgefun…"

„HAB ICH ES DOCH GEWUSST." Donnerte Greta wieder los und fuhr auf die beiden Teens zu. Doch so leicht gab sich Leonie nicht geschlagen.

„In den Unterlagen geht eindeutig hervor was es ist, doch wir sind keine Chemiker, daher geben wir das ganze der Polizei und die haben heutzutage entsprechende Möglichkeiten die Brühe zu entsorgen. Damit niemals wieder so etwas passiert. ABER damit das gemacht werden kann musst du mitspielen! Denn NUR so kannst du deinen Frieden finden und es wird zukünftigen Menschen das gleiche Schicksal erspart bleiben und das wolltest du doch immer." Je länger Leonie sprach desto merkwürdiger sah Greta aus. Stück für Stück wich Sie weiter zurück.

„Und … wenn es wieder nicht klappt? Wieder Menschen wegen mir sterben müssen?"

„Wieso wegen dir?" fragte jetzt Patricia verwirrt.

„Na weil ich Sie nicht davon abgehalten habe!" kam es scharf von Greta. Doch Leonie versuchte Sie sofort zu beschwichtigen.

„Du bist doch nicht schuld! Du bist eines der ersten Opfer und im Gegensatz dazu bist du die einzige die einfach nur … ich weiß jetzt nicht wie ich es freundlicher formulieren soll, mmh naja nur abgelegt und von denen gehofft vergessen. Also gib uns und denen die jetzt

kommen die Möglichkeit das alles gut zu Machen, ok?"
Es dauerte etwas.

„Und was soll ich tun?"

„Am besten dich still und unsichtbar machen. Alles von
der Ferne beobachten. Bringst du das hin?"

„WEHE das klappt nicht!" und damit verschwand Greta.
Leonie sah Patricia an beide nickten und begaben sich
nach unten Leonie ging in den Keller mit dem
Geheimversteck öffnete dieses, dann das Fenster.

„So dann lass uns jetzt deinen Freund und Helfer suchen.
Phhh" Man sah beiden an, dass Sie mächtig Angst
hatten. Aber jetzt hatten Sie angefangen den Stein ins
Rollen zu bringen also sollten Sie es durchziehen. Leonie
holte die Dokumente aus der Hülle, die Tabellen und
einen Bericht legten Sie zurück in das Versteck. Mit den
restlichen Berichten in der Hand, begaben Sie sich nach
draußen. Auf dem Bürgerteig sahen Sie sich immer
wieder um, es dauerte einige Zeit bis ein Polizeiwagen in
Sichtweite kam. Patricia entdeckte Ihn als erste.

„Und wie willst du die jetzt auf uns aufmerksam
machen?" Leonie lächelte und fing wild zu gestikulieren
an deutete immer wieder auf die Berichte, als der
Wagen dann schon fast an beiden vorbei war, tat Leonie
so als hätte Sie diesen gerade erst bemerkt, drehte sich
in Richtung Fahrzeug und begann noch wilder zu winken.
Anscheinend doch etwas zu spät oder Sie hatten nicht
genügend Aufmerksamkeit erregt. Wütend und
Enttäuscht stampfte Sie auf. Im selben Moment

wendete das Polizeifahrzeug und fuhr auf beide Teens zu.

„Jetzt kommt es darauf an, dass wir wirklich überzeugend sind." Raunte Leonie Patricia zu die aber eher starr vor Angst war. Auf Höhe der Teens stoppten die Polizisten, die Seitenscheibe senkte sich und eine freundliche Polizistin wollte wissen ob alles in Ordnung sei, ob Sie nur so gewunken haben oder wirklich Ihre Hilfe wollten. Leonie kaute nervös auf Ihrer Unterlippe fasste sich ein Herz.

„Nein und Ja, wir haben gerade Volleyball gespielt beim zurückgehen habe ich versehentlich den Ball in das Haus da, besser gesagt in den Keller, befördert. Als wir klingelten hat niemand aufgemacht. So sind wir in den Keller gestiegen um den Ball wieder rauszuholen, dabei haben wir zufällig in einem leeren Kellerraum diese alten Dokumente gesehen und … mmh … naja, wir konnten nicht widerstehen diese mit nach draußen zu nehmen um Sie durchzusehen. Sie sind sehr alt und das was wir auf die Schnelle da gelesen haben, hat uns Angst gemacht. Da steht was von Tod von einer Kinderleiche und Gift das im Haus versteckt wurde. Naja … und da haben wir diskutiert was wir machen sollen, vielleicht sehen Sie sich das selber an." Mit einem Ihrer Unschuldsblicken sah Sie der Polizistin direkt in die Augen. Die sah zuerst skeptisch drein, entschied sich aber dann mal einen Blick auf die Berichte zu werfen.

„So, dann zeigt mal her." Die Polizistin besah sich die Berichte las sich in den obersten etwas ein, sah dann rasch darauf wer der Verfasser war, besah sich die anderen Berichte gab auch Ihrem Kollegen auch einen

„Du, das musst du sehen, dass sind Berichte aus dem Jahr 1948, von Deutschen und von den USA, ich glaub da ist wirklich was dran." Ihr Kollege fing an zu lesen.

„Tut mir leid, aber das ist nicht einmal Schulenglisch und selbst das kann ich leider kaum. Aber die Schrift kenne ich." Er las einen Bericht eines Deutschen, seine Augen wurden groß.

„Verdammt, ich glaub du hast Recht, ich ruf mal die Zentrale du nimmst derzeit die Personalien der Zwei auf." Während die Polizistin ausstieg um von Leonie und Patricia die Personalien aufzunehmen funkte Ihr Kollege die Dienststelle an. Es dauerte etwas, dann kam anscheinend ein ok. Denn der Polizist betätigte das Blaulicht und die Warnblinkanlage des Fahrzeuges, stieg aus.

„Du Gabi, da kommen gleich noch ein paar Kollegen und Florian ist auch verständigt." Patricia und Leonie sahen sich fragend an. Die Beamtin klärte Sie auf, dass mit Florian die Feuerwehr gemeint war. Kurz darauf drangen auch schon die ersten Töne eines Martinshorns zu Ihnen herüber. Innerhalb weniger Minuten tauchten weitere Fahrzeuge auf, zuerst Polizei, gefolgt von der Feuerwehr und dem Rettungsdienst. Während die Polizistin mit Leonie und Patricia auf die gegenüberliegende Straßenseite ging und bei Ihnen blieb versuchten andere Polizeibeamte in das Haus zu kommen. Da anscheinend niemand auf Klingeln reagierte wurde eifrig Telefoniert.

Währenddessen kamen noch weitere Feuerwehrfahrzeuge die wartend da standen. Auf einmal kam ein Feuerwehrmann auf die Polizistin und die beiden Teens zu. Patricia zupfte Leonie am Ärmel und raunte Ihr nervös zu

„Leo, leo dein Papa kommt." Die Beamtin hatte das verhalten bemerkt und sah beide erstaunt an, fragen konnte Sie nicht mehr stellen. Denn Alexander war schon da.

„Leonie, Patricia, ist euch was passiert?" kam es besorgt von Ihm. Leonie schüttelte den Kopf. Brauchte aber nicht zu antworten, das übernahm die Beamtin, die Ihn kurz über die Geschehnisse aufklärte. Währenddessen traf eine weitere Person ein. Zielstrebig ging diese auf die Tür zu. Redete kurz mit den Beamten und schloss danach die Tür auf und ließ die Beamten sowie die Feuerwehr in das Haus. Leonie kaute weiter nervös auf der Unterlippe. Nach etlichen Minuten kam brachte ein Funkruf an die Beamtin Gewissheit.

„Also Ihr zwei, es stimmt wirklich was Ihr da gelesen habt, meine Kollegen haben unter dem Dach in einem verborgenen Winkel ein paar nicht so schöne Sachen gefunden. Ich fahr euch jetzt nach Hause."

„Ähh und was passiert dann mit den beiden?" wollte Alexander wissen.

„Nichts, vielleicht bekommen Sie die Anerkennung dafür, aber aus unserer Sicht haben die Zwei vollkommen richtig gehandelt. Das ist lobenswert. So jetzt dürft Ihr mal Polizeiauto fahren." Auf der kurzen Fahrt nach Hause fragte die Polizistin

„Dein Vater war etwas skeptisch, hat er einen Grund dafür?"

„Na, was soll ich sagen Väter, die sind doch immer besorgt." War Leonies Erwiederung. Die Polizistin schmunzelte und gab Leonie recht. Angekommen stiegen beide Teens aus. Begaben sich nach oben.

„Glaubst du dein Vater hat was gemerkt?" fragte Patricia. Leonie sah Sie ungläubig an.

„Ich hoffe er reißt mir nicht den Kopf ab." Schweigend kamen beide oben in der Wohnung an. Simone begrüßte Sie und teilte Ihnen mit dass Alexander im Feuerwehreinsatz sei. Im Zimmer setzten Sie sich gegenüber sahen sich schweigend an. Nach einiger Zeit hörten die beiden wie Leonies Vater nach Hause kam. Sie hörten wie er mit Simone ein paar Worte wechselte. Kurz darauf klopfte es an der Tür und Leonie hörte

„Ich würd euch beide gerne vorne kurz was fragen. Kommt bitte ins Wohnzimmer." Angstvoll sahen beide Teens sich an. Betreten folgten Sie der Aufforderung. Im Wohnzimmer saßen Alexander und Simone. Alexander sah beide mit einem Blick an den Leonie nicht deuten konnte. Er forderte beide auf sich zu Ihnen zu setzen. Nervös und mit starker Beklemmung folgten beide.

„Also eins möchte ich gleich vorausschicken, ich bin nicht böse oder sauer, ich möchte nur von euch beiden jetzt die Wahrheit wissen, sollte ich aber rausfinden dass Ich mich jetzt anlügt, dann bin ich sauer, habt Ihr mich Verstanden." Begann Alexander und wartete ein Nicken der beiden ab. Er fuhr fort

„Ihr wart doch nicht wirklich Volleyballspielen, oder? Und das was ihr übersetzt habt waren auch keine Briefe von deiner Uroma, oder? Und das alles was Ihr hier in den letzten Wochen gemacht habt hängt dass alles mit dem zusammen was heute da passiert ist? Wenn ja klärt mich bitte auf." Erwartungsvoll sah er Leonie und Patricia an. Die beiden Teens sahen sich an und nickten kurz.

„Pati, ich fang an und du holst bitte die Notizen." Patricia verschwand wie der Blitz und Leonie begann wie Sie anfingen mit den Notizen, Unterlagen und Bildern die Patricia mittlerweile gebracht hatte zeigten beide Simone und Alexander wie und was Sie rausgefunden hatten. Knapp zwei Stunden später hatten Sie geendet. Angstvoll was jetzt geschehen würde sahen Sie, vor allem aber Leonie, Alexander an. Der stand auf atmete tief durch.

„Wow." War sein erster Kommentar.

„Danke, für eure Ehrlichkeit." Noch immer stand er.

„Wow, ... ich muss sagen trotz allem ich bin stolz auf euch, eure Beharrlichkeit und den Mut das alles rauszufinden. Meinen Respekt, aber bitte wenn Ihr wieder mal so etwas wahnwitziges vorhabt, dann bitte sagt mir Bescheid."

„Und dann wärst du damit einverstanden und würdest uns unterstützen?!" kam es prompt von Leonie

„Ich würde lügen, wenn ich ja sagen würde." Gab Ihr Vater ehrlich zurück.

„Was und wie willst du deiner Mutter sagen?" wollte Alexander wissen. Leonie wirkte unsicher.

„Müssen wir das Mama sagen?"

„Und wie willst du die Geschichte Ihr erklären?"

„Na so wie wir es der Polizei erklärt haben." Ihr Vater sah Sie mir großen Augen an.

„Es ist deine Entscheidung."

„Cool, danke." Auch Patricia bedankte sich. Sie unterhielten sich noch gut eine Stunde über alles was während den Ermittlungen passierte, lachten über Missgeschicke wie zum Beispiel das erschrecken der beiden Teens im Keller als immer wieder der Bewegungsmelder anging. Bis Patricia abgeholt wurde. Alexander sagte nichts zu Luisa und Patricia hatte auch nicht genügend Mut dazu etwas zu sagen. Eine Entscheidung, die sie im Laufe des Abends noch bereuen sollte. Leonie verzog sich nachdem Patricia weg war in Ihr Zimmer. Beim gemeinsamen Abendessen lief der Fernseher. Als um zwanzig Uhr die Nachrichten kamen wollte Alexander gerade umschalten als er das Stichwort

Landshut vernahm und lauter schaltete. Die Nachrichtensprecherin führte aus

„Landshut, Bayern, zwei Teenager haben vielleicht einen der größten Skandale der US-Streitkräfte der Nachkriegszeit aufgedeckt. Die beiden fanden beim spielen bislang unbekannte Dokumente die die Polizei zur Durchsuchung eines Gebäudes, der sogenannten Römervilla von Landshut, in der die US-Streitkräfte von 1945 bis 1949 in dem Haus stationiert gewesen waren, veranlasste. Dort fand man neben einem Fass mit unbekanntem Inhalt eine Skeletierte Leiche eines Kindes. Viele Fragen, doch noch gibt es keine Kommentare und Antworten. Der Sprecher der Polizei gab sich bislang sehr bedeckt. Er gab an, dass man erst in Ruhe klären will, was es mit dem Fass und dem Skelett auf sich habe. Ferner seien da auch noch die Dokumente die noch viele Fragen aufwerfen. Mehr vom Pressesprecher der Landshuter Polizei nicht zu hören. Auf Nachfragen im Auswärtigem Amt und der Botschaft der USA gab es bislang noch keinen Kommentar. ... Paris ..." Alle drei sahen sich gegenseitig an.

„Ok, damit hast du es zu schon mal geschafft wichtiger als die Internationalen Nachrichten zu sein. Aber zu deinem Glück wurdest du nicht namentlich erwähnt, so kannst du deiner Mama gegenüber wie gewünscht schweigen." Kam es entspannt von Alexander. Leonie, die fast erschreckt wirkte nickte etwas beruhigt. Den weiteren Abend kamen keine neuen Informationen mehr dazu. Auch der Sonntag war ohne neue Erkenntnisse, als Leonie abends abgeholt wurde sagten weder Sie noch Ihr Vater etwas.

Im Laufe der Woche wurde das Thema in den Medien immer mehr hochgeschaukelt. Da aber weder von der Botschaft der USA, das Auswärtige Amt oder der Polizei Landshut etwas neues öffentlich bekannt gaben wurde viel spekuliert. Am Dienstagabend, kurz nachdem Alexander zu Hause war läutete das Telefon. Seine ExFrau, kaum hatte er abgehoben gingen die Schimpftiraden los. Alexander hielt den Hörer weit von sich und verstand die Worte die aus der Muschel drangen noch mehr als gut. Er vernahm die Worte wie

„ob er wahnsinnig sei, was ihm einfalle, ob er überhaupt kein Verantwortungsgefühl habe …" und so weiter. Alexander legte das Mobilteil auf die Seite, lies seine ExFrau weiter schimpfen, aber er musste sich das nicht mehr antun. Gewohnheitsmäßig schaltete er den Fernseher ein, wollte gerade sehen ob was läuft was Ihn interessiere als er es wahrnahm.

„… das Video zeigt die zwei Teenager, die den Stein ins Rollen brachten." Jetzt war er mehr als interessiert und verfolgte die Bilder im Fernsehen. Da waren in relativ guter Qualität Leonie, Patricia, die Polizistin zu sehen und wie er zu der Gruppe ging. Nachdem Alexander den Helm abgenommen hatte war er mehr als eindeutig zu erkennen. Damit war ihm klar warum Adelheid anrief. Die Meldungen die im Fernsehen dazu liefen glichen mehr Spekulationen. Er schüttelte nur noch den Kopf.

Die Tage verfolgte er was noch alles über die Römervilla berichtet wurde, da er so ziemlich als einer der wenigen genau Bescheid wusste konnte er nur über die Berichte lächeln. Ein Spießrutenlauf stand Ihm am Freitagabend noch bevor. Leonie abholen und damit seiner ExFrau gegenüber treten. Als Sie Ihm die Türe öffnete fingen die Schimpftiraden erneut an. Aber er ließ sich davon nicht beeindrucken und mit einer coolness die er bislang selbst nicht an sich vermutete fragte er

„Ist Leonie fertig?" Adelheid sah ihn ungläubig an.

„Und ist Leonie jetzt fertig?" ohne weitere Worte aber mit Blicken die Töten könnten erfolgte die Herausgabe. Auf der Fahrt nach Hause brachten sich beide auf den neuesten Stand. Gerade als Sie ausstiegen sahen Sie sich umringt von Personen im schwarzen Anzug.

„Leonie darf ich dir vorstellen, das Auswärtige Amt und Vertreter der Botschaft der Vereinigten Staaten von Amerika. Wer was ist, kann ich dir nicht sagen, denke nur die mit dem breiterem Kreuz sind die aus USA."

„Wir haben nur ein paar Fragen und Bitten. Würden Sie uns bitte begleiten." Kam es von einen der Anzugträger. Alexander sah seine Tochter an, die furchtsam die Männer ansah.

„Nur wenn ich mit meiner Tochter zusammen befragt werde!" Kurze Zeit später waren Sie in einem Gebäude und es wurden viele Fragen gestellt Leonie beantwortete alle. Nach knapp einer Stunde wurden Sie entlassen und nach Hause gebracht. Als Sie abends zu dritt Nachrichten sahen war das dominierende Thema die Funde in der Römervilla. Es wurde berichtet dass das Skelett identifiziert wurde. Es handele sich um die vermisste

Person Greta Müller, ein Mädchen dass in dem Haus zu Tode kam. Das nach den Berichten die dort gefunden wurden das Mädchen und weitere nicht bekannte US-Forscher wegen einer Zufallsentdeckung einer giftigen chemischen Verbindung, die nicht mehr repliziert werden konnte, aber auch nicht neutralisiert. Mittlerweile konnte die Flüssigkeit erfolgreich vernichtet werden. Wahrscheinlich sind Dämpfe für weitere Todesopfer verantwortlich die im Laufe der Jahre dort gearbeitet haben und auf unerklärliche Weise verstorben sind. Laut Auswärtigem Amt haben sich die Vereinigten Staaten noch immer nicht zu den Ermittlungen geäußert oder auch nur irgendwie zu den Ermittlungen beigetragen. Auf diverse Anfragen und Bitten zur Freigabe von Dokumenten ist bislang nicht nachgekommen worden. Was immer weitere Fragen aufwarf selbst den Vorwurf die Aufklärung zu behindern wurde ignoriert. Was davon zu halten ist, mag jeder selbst entscheiden. Gab der Sprecher des Auswärtigen Amt bekannt.

„Wow, was bedeutet das?" wollte Leonie wissen.

„Hmm, will mich nicht zu sehr aus dem Fenster lehnen aber es sieht mir sehr danach aus dass die USA ziemlich viel Dreck am Stecken haben, aber zu feige sind dazu zu stehen. Ähnlich wie mit dem skalpieren, das wird den Ureinwohnern der USA zugeschrieben, aber tatsächlich haben die sogenannten Weißen für jeden getöteten Indianer eine Prämie erhalten, als Beweis reichte der Skalp eines Indianers und die haben es sich einfach abgekuckt." Kaum hatte Alexander seine Ausführungen geendet als das Telefon läutete. Er nahm er das

Gespräch entgegen. Redete kurz mit dem Gegenüber bevor er auf Laut stellte.

„Hört bitte mal das was mir gerade gesagt wurde. Bitte sagen Sie das nochmal was Sie mir gerade gesagt haben." Leonie und Simone sahen gespannt auf das Mobilteil des Telefons

„Hallo, mein Name ist Tamara Müller, ich bin eine Großnichte von dem Mädchen was gefunden wurde. Hab dann erfahren dass Ihr es ermöglicht habt, dass Greta mit der Familie zusammengeführt wird. Da Ihre sterblichen Überreste morgen zu Grabe getragen werden, würden wir, also meine ganze Familie und Verwandtschaft, uns geehrt fühlen wenn Sie anwesend wären. Patricia haben sie schon erreicht und die haben zugestimmt." Leonie sah Ihren Papa an.

„Ich wär dafür." Und somit stimmte Leonie zu. Am nächsten Tag auf dem Friedhof Leonie und Patricia standen gemeinsam vor dem Grab. Nach den bewegenden Reden wurde der Sarg in die Tiefe gelassen, aber fast allen anwesenden standen die Münder offen als aus dem Sarg eine grünliche Gestalt entwich und vor Leonie und Patricia Aufstellung nahm und sich bedankte. Danach in Richtung Himmel entschwand. Leonie und Patricia sahen sich zufrieden an. ENDE